dtv
premium

Stefan Maiwald

Die Toten von Rialto

Davide Veniers drittes Abenteuer

Roman

dtv

Von Stefan Maiwald
sind bei dtv erschienen:
Der Spion des Dogen (dtv premium 26124, dtv 21723)
Der Knochenraub von San Marco
(dtv premium 26171, dtv 21757)

MIX
Papier aus verantwortungsvollen Quellen
FSC® C083411

Originalausgabe 2019

Umschlaggestaltung: Katharina Netolitzky unter Verwendung von Motiven von akg-images und bridgemanimages.com
Satz: C.H.Beck.Media.Solutions, Nördlingen
Gesetzt aus der Guardi 9,5/14˙
Druck und Bindung: CPI books GmbH, Leck
Gedruckt auf säurefreiem, chlorfrei gebleichtem Papier
Printed in Germany · ISBN 978-3-423-26224-8

Für Cice, Lilly und Laura

Inhalt

KAPITEL 1: Der Dieb 9
KAPITEL 2: Die letzte Fahrt 13
KAPITEL 3: Der Abschied 18
KAPITEL 4: Inbesitznahme 28
KAPITEL 5: Drei Morde 32
KAPITEL 6: Girolamo und Davide, 1545 36
KAPITEL 7: Die Finanzen 58
KAPITEL 8: Zum Rapport 63
KAPITEL 9: Das Treffen 69
KAPITEL 10: Die Einschiffung 81
KAPITEL 11: Eine erste Spur 86
KAPITEL 12: Hinterher 96
KAPITEL 13: Miguels Geschichten 99
KAPITEL 14: Die Abreise 106
KAPITEL 15: Kriegsrat 110
KAPITEL 16: Der Überfall 117
KAPITEL 17: El Cid 129
KAPITEL 18: Piraten! 134
KAPITEL 19: Die Flotte sticht in See 145
KAPITEL 20: Die Versammlung 148
KAPITEL 21: Der Aufmarsch 152
KAPITEL 22: Die Schlacht 162
KAPITEL 23: Die Diagnose 185
KAPITEL 24: Quattrodenti 190
KAPITEL 25: Die glorreiche Rückkehr 199
KAPITEL 26: Sternschnuppen 202

KAPITEL 27: Von Salz und Pfeffer 204
KAPITEL 28: Zwei weitere Morde 209
KAPITEL 29: Summa summarum 212
KAPITEL 30: Die Sühne 216
KAPITEL 31: El Mercado 226
KAPITEL 32: Eine Überraschung 236
KAPITEL 33: Kriegsrat 239
KAPITEL 34: Die Nachricht 245
KAPITEL 35: Die Schiffsentladung 256
KAPITEL 36: Die Kurtisane 261
KAPITEL 37: Die Beladung 267
KAPITEL 38: Beim französischen Botschafter 271
KAPITEL 39: Der Mord am Dogen 282
KAPITEL 40: Das Stilett 291
KAPITEL 41: Schatten 295

Nachwort: Zur historischen Genauigkeit 297

KAPITEL 1

Der Dieb

Ihm blieb nur ein Fetzen Stoff in der Hand. Eine Möwe, welche die Szene vom Dach eines verfallenen Palazzos aus beobachtete, krächzte höhnisch. Pasquale Innocenti hatte sich mit einer artistischen Verrenkung der Gliedmaßen aus Davides Griff befreit, sprintete die Gasse entlang und sprang dann über eine Gondel ans andere Ufer. Er war flink und glitschig wie eine Sardine. Selbst wer ihn zu fassen bekam, konnte sich seiner Sache nie sicher sein.

Davide Venier warf das Stück des Mantels zu Boden und stürzte dem Dieb hinterher. Er nahm ebenfalls die Abkürzung über die Gondel, und die Ruderer auf ihrem schwankenden, schmalen Boot wussten gar nicht, wen sie lauter verfluchen sollten. Mit viel Mühe verhinderten sie ein Kentern.

Pasquale Innocenti war Phantom und Volksheld zugleich. Die Venezianer rechneten es ihm hoch an, dass er nur die Allerreichsten bestahl – und dabei so geschickt vorging, dass der Diebstahl erst Tage, Wochen oder Monate später entdeckt wurde. Und in mehr als einem Fall machte erst die Testamentseröffnung den Hinterbliebenen klar, dass das wertvollste Stück aus der Schatulle offensichtlich fehlte.

Davide sah Pasquale nicht mehr, aber hörte die schnellen Schritte in den engen, wasserfernen *calli* der Stadt, und er folgte ihnen ebenso schnell. Er kannte die Stadt und all ihre Gassen gut, aber der verschlagene Pasquale war ein ebenbürtiger Gegner. Menschen stieben zur Seite, Wäsche wurde von den niedrigen Leinen gerissen, Tauben flatterten aufgeregt empor.

Mit seinem letzten Coup hatte Pasquale es zu weit getrieben. Er hatte der Frau des flämischen Gesandten einen Diamantring gestohlen, einen Ring von solcher Größe, dass er nicht nur auf die Frau, sondern vor allem auf den Ehemann abstrahlte, was dieser sehr genoss. Was die Sache allerdings pikant machte: Zuvor hatte es ein amouröses Abenteuer zwischen der Dame und dem Meisterdieb gegeben, welches dem flämischen Gesandten mindestens genauso sauer aufstieß wie der Verlust des Schmuckstücks. Auch amouröse Strategien gehörten zum Repertoire des Neapolitaners, der mit seinen dunklen Augen über einer recht breiten Nase und den kurzen schwarzen Haaren eher interessant als gut aussah, die Frauen aber mit seiner charmanten, tiefen Stimme verzauberte.

Der flämische Gesandte jedenfalls verlangte erregt die Ergreifung des Täters und mindestens dessen mehrfache Hinrichtung, und weil seine Kontakte zum Großen Rat gut waren und die betuchten Venezianer allgemein der Ansicht waren, dass es nun aber Zeit wäre, diesem Burschen das Handwerk zu legen, hatte Calaspin Davide Venier beauftragt, seinen besten Mann. Der nun hinter dem Flüchtenden herjagte.

In Venedig war es schwierig, sich zu verstecken, doch es war leicht, zu entkommen. Pasquale bog über eine schmale schmiedeeiserne Brücke in Richtung des Canal Grande ab, doch Davide kannte eine Abkürzung durch den *cortile* eines Palazzos, in welchem er einige Male um viele Dukaten gewürfelt hatte. Als er auf der anderen Seite herausstürzte, prallten die beiden aufeinander.

Plötzlich hatte Pasquale ein Stilett in der Hand. Davide lächelte und griff ebenfalls nach seinem Stilett, denn an dieser Waffe machte ihm niemand etwas vor. Doch der Griff unter den Tabarro führte ins Leere. Entgeistert blickte Davide den Meisterdieb an, der wie zur Entschuldigung mit den Schultern zuckte. Die Klinge vor Davides Nase war seine eigene.

Der Bursche, musste der Spion des Dogen anerkennen, war gut.

Aber Davide war ebenso flink. Pasquale hatte noch nie jemanden angegriffen oder verletzt. Also riskierte es Davide, sprang nach vorn und packte mit beiden Händen die Faust, die das Stilett umfasste. Mit einem Griff, den ihm Hasan seinerzeit im Gefängnis beigebracht hatte, verdrehte er Pasquales Hand nach außen. Der schrie vor Schmerz auf und ließ das Stilett fallen. Dann stellte ihm Davide ein Bein und stieß ihn zu Boden, doch Pasquale bekam im Sturz Davide zu fassen.

Sie stürzten gemeinsam ins trübe, bitterkalte Wasser eines kleinen Zubringerkanals zum großen Canal Grande. Die neue Situation bevorteilte Davide. Wie so viele Italiener aus dem Süden konnte Pasquale nicht schwimmen, geriet in Panik und klammerte sich an Davide fest.

Beide fanden Halt an einer niedrigen Uferstufe, von der aus die Gondeln beladen werden konnten. Davide stemmte sich schnell hoch und zog den hustenden Innocenti empor. Dann zog er eine neue Erfindung deutscher Schmiedemeister hervor, die ihm Eppstein, der jüdische Arzt, überlassen hatte: Es waren zwei Eisenringe, die die Ziffer Acht formten. Diese sogenannten »Handschellen« arretierten die Arme des Diebes endgültig hinter dessen Rücken und konnten nur mit einem Schlüssel gelöst werden.

»*Alea iacta est*«, seufzte Pasquale. Sein Latein war besser als seine Fertigkeiten als Schwimmer.

»Stell deine Kunst endlich in den Dienst Venedigs!«

Das Wasser tropfte von seinen schwarzen Locken herab, und der Dieb kam wieder ganz zu Sinnen. »Aber ich bitte Euch, mein lieber Venier, wo bliebe denn dann der Spaß?«

»Ich weiß nicht, ob die Bleikammern ein angemessener Wohnsitz für Euch sind und ob Euch Eure zweifellos bemerkenswerten Fertigkeiten dort von Nutzen wären.«

Innocenti schüttelte sich, so gut es ihm mit den gefesselten Händen möglich war. »Ihr seid doch von dort herausgekommen. Dann werde ich es auch irgendwie schaffen.«

»Große Worte. Du wirst es unter Beweis stellen müssen. Allerdings nur, wenn du dem Halsgericht entgehst.«

KAPITEL 2

Die letzte Fahrt

Nebel. Was denn sonst. Es war praktisch unmöglich, in Venedig ohne Nebel zu sterben, ganz so, als wäre es eine Anordnung des Großen Rats, an welche sich das Wetter unerbittlich hielt. Ein tristes, nach Schlick riechendes und auf den Lippen nach Salz schmeckendes Grau waberte durch die Lagune. Die Sichtweite betrug keine zwanzig Fuß, und die Gondolieri, die gerade am nordöstlichen Ufer Cannaregios ablegten, hatten Mühe, ihren Vordermann im Blick zu behalten und eine Kollision zu vermeiden. Die Schlieren malten die Stadt und das Wasser nicht nur in einer bleiernen, undurchdringlichen Farbe an, sie verhinderten auch, dass die Geräusche der Umgebung zu den Reisenden an Bord drangen. Die Ruderblätter im Wasser waren zu hören und ab und zu ein leises Schluchzen, mehr nicht. Selbst die Möwen hatten ihr beständiges Kreischen eingestellt und blieben lieber auf irgendwelchen Dächern, außerhalb der Hör- und Sichtweite menschlicher Wesen.

Veronica Bellini betrachtete die feinen Nebeltröpfchen auf ihren schwarzen Handschuhen, dabei saß sie in der geschützten Felze in der Mitte der Gondel. Doch vor den kalten Nebeltentakeln gab es kein Entkommen. Es war April und eigentlich keine Zeit für solch Trübsinn. Doch die Natur stimmte sich mit den Trauernden ab, die den

Sarg begleiteten, dessen Gondel als Erste abgelegt hatte, so wie es das Ritual vorsah – der Tote sollte den Lebenden jenen Weg aufzeigen, den sie alle einmal zu gehen hatten.

Neben Veronica saß die Mutter des Toten, eine sehr alte Frau, die schon ein wenig wirr im Kopf war, nun aber schmerzlich genau wusste, was sich hier zutrug. »Riccardo, Riccardo«, flüsterte sie weinend vor sich hin. Tränen flossen ihre faltigen Wangen herab wie Wasser, das von Schiffstauen perlt, und sie sammelten sich auf ihrem Schoß, auf dem teuren schwarzen Seidenstoff.

Der Tod war so unerwartet gekommen wie ein Dieb in der Nacht. Veronicas Mann Riccardo Bellini, der stadtbekannte Rotschopf, hatte sich unwohl gefühlt, war früh zu Bett gegangen. Veronica legte sich neben ihn, keusch wie seit ihrer Heirat, und sie hörte noch sein leises, gleichmäßiges Schnarchen. Morgen ist wieder alles gut, dachte sie.

Doch am nächsten Morgen war ihr Mann kalt und stumm. Die alarmierte Dienerschaft ließ sofort einen Arzt rufen und schickte auch nach Eppstein, dem berühmten Gelehrten aus dem jüdischen Ghetto. Aber Riccardo war tot. Schlagfluss, beschied der Arzt, von der besonders heftigen Art. Eppstein war sich da weniger sicher, doch am Tod von Veronicas Gatten bestand leider kein Zweifel.

Veronica weinte, denn sie hatte ihren Mann gemocht. Niemals geliebt, aber doch immer gemocht. Wer konnte das über seinen Ehepartner schon sagen?

Nun ergriff sie die Hand von Riccardos Mutter. Es war immer herzzerreißend, wenn eine Generation außerhalb der Reihenfolge verschied. Bei Riccardos Mutter war es umso bitterer, da sie acht Kinder zur Welt gebracht hatte, von denen nur zwei älter als sechs wurden und nur eines die Volljährigkeit erreichte.

Urplötzlich tauchte ein schwarzer Schatten aus dem Nebel auf. Eine Transportgondel, die Stoffballen, mehrere mannshohe Kisten und auch Hühner in Käfigen geladen hatte, schrammte zwischen der Gondel mit dem Sarg und Veronicas Gondel entlang. Die Gondolieri aller Boote hatten nicht einmal Zeit zum Fluchen und lehnten sich schnaufend in die Ruder, um eine Kollision zu vermeiden. Für wütende Blicke war der Nebel zu dicht, und das eine oder andere Schimpfwort wurde von den braunen Backenzähnen der Beteiligten zermahlen.

Der Trauerzug nahm Kurs auf Murano, woher die Familie Bellini stammte. Riccardos Vater war einer der Magistrate der Stadt gewesen, die zwar einem Podestà Venedigs unterstellt waren, aber eigenständig genug handeln konnten, um große Vermögen anzuhäufen. Während die meisten Kollegen mit der Glasherstellung reich wurden, verwaltete der alte Bellini zwei *fondamenti* zur Salzgewinnung.

Der Sohn aber sah voraus, dass der Salzhandel, der Venedig so unermesslich viel Wohlstand eingebracht hatte, allmählich zum Erliegen kommen würde; die Konkurrenz war weltweit viel zu groß geworden, die Preise verfielen von Jahr zu Jahr. Also handelte Riccardo mit edlem Tuch, und für die Kleidung der *nobili* durfte es nur die beste Ware sein. Denn schließlich schmückte man sich in Venedig nicht mit Prunk, Schmuck und Buntheit. Die Unterschiede zwischen Kaufleuten und Edelleuten waren nicht riesig, sondern subtil. Der Tabarro eines Wollhändlers und der eines Aristokraten unterschieden sich auf den ersten Blick kaum und waren aus einer gewissen Entfernung sogar völlig gleich, und doch wusste jeder um die feinen Unterschiede: die Qualität der Wolle, die Verarbeitung der Nähte, den eleganten, schmeichelnden Fall des Stoffs über den Schultern statt des plumpen, groben Herabfallens in tiefen Furchen. Venezianer hatten für so etwas einen Blick.

Und Riccardo hatte diesen Blick erst recht gehabt. Schon als Achtjähriger schneiderte er seine Kleidung selbst, statt das beliebte venezianische Spiel des *clanco* mit der Holzplanke und dem Stoffball zu spielen, das die Jungs seiner Gasse bevorzugten. Er hüllte sich in die Stoffe seiner Mutter, erfreute sich an den Farben, stolzierte vor den kostbaren, aber nahezu blinden Spiegeln auf und ab. Er musste nicht erst zu einem Mann der Mode werden, er war als ein solcher auf die Welt gekommen. Und er hatte Glück: Seine Extravaganz drückte sich schon in seiner Haarpracht aus, diesem roten, vollen Feuer, das auch außerhalb des Karnevals jedes Mal für Aufsehen sorgte. Und das zu seinem Markenzeichen wurde.

Doch nun war er nicht mehr. Eine bleiche Hülle. Er verstarb viel zu früh und ohne ein Testament gemacht zu haben. Daher bestand die Mutter darauf, ihn zurück nach Murano zu bringen und dort zu beerdigen, nicht in einer dieser neureichen Kirchen in Venedig, wo man ein Vermögen für die Unterbringung und Pflege des Grabes aufbringen und das Relief auch noch bei einem bedeutenden Künstler in Auftrag geben musste.

Denn der Mutter war nur eines wichtig: ihr letztes Kind, das aus ihrem Schoß gekommen war, bei sich zu behalten. In Murano, nicht in Venedig. Es jeden Tag besuchen zu dürfen, solange es die müden Knochen noch mitmachten.

Und daher ruderten die zehn Boote – deren Anmietung allein schon das kleine Vermögen von hundertsiebzig Dukaten gekostet hatte – mit ihren Gondolieri nach Murano, wo sie nach einer halben Stunde ankamen und wo sich der Nebel noch einmal ein klein wenig undurchdringlicher zeigte. Von dort führte der Trauerzug durch den Canale San Giovanni und den Canale di San Donato. Dann fand ein kurzer Gottesdienst in der Basilica di Santa Maria e Donato statt, und schließlich wurde der Sarg des Riccardo Bellini, des Rotschopfs, des Kaufmanns, des Ehemanns von Veronica, des bekennenden Männerfreundes, zum Friedhof gebracht, um dort im Familiengrab bestattet zu werden.

KAPITEL 3

Der Abschied

Die dicke Bertha grinste und wedelte mit den Armen, ihre speckigen Muskeln am Trizeps wackelten fröhlich. Die graublauen Schlieren in der Luft teilten sich ziemlich unwillig und schwerfällig, wie draußen der zähe Lagunennebel. Aus dem Dunst kam Quattrodenti mit einem Krug Wein.

»Mehr, mehr!«, rief die dicke Bertha.

»Mehr, mehr!«, jubelte die Menge.

Die dicke Bertha hatte ihren fünften Grappa vor sich, dieses grässliche Getränk aus Stielen, Strünken und Schimmel, aus Geflügelschnäbeln, Eselshufen und Entengrütze. Schon nach *einem* Grappa, hieß es, konnte man blind werden. Die dicke Bertha blinzelte nicht mal. Und stürzte das Getränk in einem Zug hinunter.

Die Anwesenden gerieten aus dem Häuschen.

Die Frage war allerdings, ob ihr zuerst der Grappa ausging oder die Gegnerinnen. Denn wer konnte die dicke Bertha schon schlagen?

Es war in den letzten Wochen zu einer Berühmtheit in der Stadt geworden, das Mädchen aus Tirol, angeblich noch keine sechzehn Jahre alt und als Magd über Innsbruck und Padua nach Venedig gekommen. Und solche Dinge sprachen sich in den übervollen Kanälen der Serenissima ganz schnell herum, rasten durch die Gassen wie ein Feuer, loderten auf wie Pechfackeln und erleuchteten die Zimmer der Dienstmädchen, der Kurtisanen und der *nobili*. Jeder wollte sie sehen, jeder ihr einmal die Hand schütteln oder übers Haar streicheln. Und dafür eine Backpfeife kassieren, die die Wange anschwellen ließ.

Quattrodenti brachte den guten Wein, und die nächste Frau versuchte sich beim Armdrücken gegen die dicke Bertha. Sie war eine ältliche Hure mit schon reichlich verschmiertem Lippenstift, die sich allerdings eine gewisse Kraft durch fortgesetztes Auspeitschen ihrer noblen Klientel angeeignet hatte. Denn mochte auch die Chance auf einen Sieg gering sein, lohnend war der Wettkampf allemal, inzwischen stand die Quote bei zehn zu eins, und die Wetten wurden immer toller. Doch auch für die Auspeitscherin war es schnell vorbei, und der dicken Bertha wurde von irgendwoher ein sechster Grappa kredenzt.

Die Einzigen, die in Quattrodentis schmutziger Spelunke in der düstersten Gasse der dunkelsten Ecke Cannaregios keinen Blick für die dicke Bertha und ihre ebenso speckigen wie kräftigen Arme hatten, waren die Gäste an jenem Tisch, auf dem Quattrodenti, der Wirt ohne vier Vorderzähne, gerade den Weinkrug abgestellt hatte.

Davide Venier, Miguel de Cervantes und Tintoretto hatten etwas zu feiern – jedenfalls fand Miguel das, denn sehr bald würde die Flotte endlich in See stechen. Es war schon der dritte Weinkrug, was zum großen Teil Tintorettos Verdienst war. Der Maler war wie immer so betrunken, dass er schon fast wieder nüchtern war.

»Wir trinken doch sicher auch auf den Tod Riccardos, der viele Unannehmlichkeiten lösen wird?«, brachte Tintoretto halbwegs textsicher hervor.

»Nein, das tun wir nicht«, erwiderte Davide. »Riccardo

war ein ehrenvoller Mann, mit dem ich nie Händel hatte. Was man von vielen anderen noblen Familien nicht sagen kann.«

Tatsächlich hatte sich Riccardo Bellini hartnäckig geweigert, bei der Verschwörung gegen Davide mitzuwirken, die diesem alles genommen hatte und den Sohn eines reichen Kaufmanns zu einem mittellosen Paria machte, der sich als Preis für seine Freiheit als Agent des Dogen verdingen musste.

»In der Tat, euer ›Arrangement‹, wie der Franzose sagen würde, war *signorile*. Und zum Wohle aller«, nickte Miguel.

»So lasst uns auf das Arrangement anstoßen«, beschied Tintoretto. Das war ein Satz, den er in jedem Zustand flüssig über die Lippen brachte.

Alle tranken auf das Arrangement. Und auf den tapferen, bedauernswerten Riccardo Bellini, der nun einige Fuß tief im feuchten Lagunenboden auf das Jüngste Gericht wartete.

Dann erschien unvermittelt der merkwürdige Francesco Collauto am Tisch. Ein dünnes Lächeln zeigte sich auf dem Gesicht, das stromlinienförmig wirkte und wie ein Schiffsbug spitz zulief. Dahinter verborgen lauerte die Bitte, sich setzen zu dürfen. Die dünnen Haare trug Collauto kurz und kämmte sie mit der Hilfe von Olivenöl streng zurück, was für noch weniger Luftwiderstand sorgte.

»Mein lieber Furetto, was macht Ihr denn in dieser Trattoria?«, begrüßte Miguel ihn leutselig.

»Oh, ich bin gewissermaßen zufällig hier.« Collauto wartete mit zwei überaus großen oberen Schneidezähnen auf, die seiner ganzen Erscheinung etwas Nagerhaftes verliehen. Alle Welt nannte ihn, auch in seinem Beisein, »Furetto«, Frettchen. Ein Spitzname, der trefflicher die äußere Erscheinung mit den charakterlichen Eigenschaften vereinte, war in ganz Venedig kaum denkbar.

»Trinkt doch etwas mit uns«, forderte Davide ihn auf, obwohl er wusste, dass das Frettchen weder wegen des Alkohols noch wegen des Glücksspiels oder der vagen Aussicht auf Sex hierhergekommen war, denn es hatte keine der üblichen Schwächen. Das Einzige, was es wollte, war Wissen. Und so schnüffelte es Tag und Nacht durch Venedig, schlich sich in Paläste und auf Feste ein, aber auch in die verruchten Ecken der Stadt, in die *casini* und Bordelle. Die Leute duldeten das. Es war unmöglich, das Frettchen auszusperren, es war so hartnäckig und ungreifbar wie eine Ratte auf dem Dachboden.

Das Frettchen setzte sich also auf einen von Davide herangezogenen Stuhl. »So ist es denn wahr, dass der Krieg bevorsteht und die Spanier dabei sind?«, fragte es mit seiner hohen, heiseren Stimme.

Davide und Miguel lachten beide auf. Ein bevorstehender Krieg war so sicher wie der Sonnenaufgang am Morgen. Das konnte kaum der Hauptgrund für das Erscheinen des Frettchens sein.

Das Frettchen lächelte entschuldigend. »Nein, Ihr habt recht, ich bin einfach nur hier, weil es mir, nun ja, interessant erscheint. Und weil dies, wie ich glaube, ein neuer Treffpunkt vieler interessanter Leute zu werden pflegt?«

»So? Wer treibt sich denn hier so herum?«

»Nicht zuletzt Ihr, mein lieber Venier. Ihr seid immer noch derjenige, über den überall in Venedig am meisten gesprochen wird.«

»Ist dem so?«

»Wie könnte es anders sein? Vom erfolgreichen Geschäftsmann zum Verräter in den Bleikammern zum engen

Freund des Dogen, all das innerhalb weniger Monate. Ihr seid wie ein Theaterstück zum Anfassen.«

»So hoffen wir, dass es eine Komödie und keine Tragödie ist«, lachte Miguel, der, wie man merkte, seinen Aristoteles sorgsam studiert hatte.

»Aus irgendeinem Grund bin ich mir sicher, dass alles ein gutes Ende nehmen wird, doch es wird noch viele Widerstände zu überwinden geben«, orakelte das Frettchen.

»Nun erzählt schon, was Ihr hier macht. Der Krieg kann es nicht sein. Was ist es wirklich?«

»Oh, so einiges. Zum einen hört man von Edelleuten, die in wachsender Zahl hierherkommen, da gehört es ja zu meiner Pflicht, mich auf dem Laufenden zu halten.« Das Frettchen blickte sich um. Davide folgte seinen Augenbewegungen und erkannte, dass sich einige *nobili* regelrecht vor den Blicken des Chronisten wegduckten. Man konnte es nicht anders sagen: Francesco hatte eine gewisse Macht. Und: Er genoss es sichtlich, mehr zu wissen als alle anderen.

Seit vielen Jahren kümmerte er sich um die *quaderni manoscritti*, die der Große Rat damals eingeführt hatte. In diesen Schriften wurden einmal pro Vierteljahr alle Neuigkeiten zusammengefasst, die für Venedig wichtig waren; sie wurden an alle politisch Interessierten kostenlos verteilt sowie in Aushängen bekannt gemacht.

»Für einen Mann Eurer Klugheit bleibt Ihr erstaunlich vage«, meinte Davide.

»Nein, natürlich geht es um die Auswirkungen all jener Geschehnisse auf den Handel, der nun einmal das Rückgrat unserer fragilen Republik bildet.«

»Ja, man hört, dass die Gewürzpreise anziehen, dass das aber kein gutes Omen sei«, nickte Davide. Denn er war überzeugt: Bei jemandem, der alles wusste, war es die beste Taktik, ebenfalls ganz offen zu sein – oder wenigstens so zu tun –, um gar nicht erst Misstrauen zu erregen.

»Ja, davon erfuhr auch ich. Es sind die Genuesen, nicht wahr?«, fragte Miguel, während der schweigsame Tintoretto eine weitere Karaffe Wein orderte, denn der zuvor gebrachte Krug schien ein Loch im Boden gehabt zu haben.

»Wenn wir das wüssten …«, flüsterte das Frettchen.

Derweil zerquetschte die dicke Bertha ihre nächste Konkurrentin. Die Gäste der Taverne jubelten auf, und auch das Frettchen blickte nun auf, sichtlich interessiert an dem, was hier passierte.

»Also sagt: Was genau wollt Ihr hier?«, insistierte Davide.

»Es ist immer wieder dienlich, in diesen Etablissements nach Neuigkeiten zu hören, denn vieles, was noch geheim bleiben soll, wird hier geflüstert und nicht auf dem Markusplatz herausposaunt«, stellte das Frettchen beinahe feierlich fest.

»Und der Alkohol lockert die Zunge«, lächelte Davide.

»Und du, der nüchtern bleibt, hörst so manches, nicht wahr?«, dröhnte Miguel.

Das Frettchen nickte ernst und rieb sich das Kinn, welches praktisch nicht vorhanden war, denn die Unterlippe ging nahtlos in den Halsbereich über.

»Aber nun, wollt Ihr zu meinem Abschied nicht doch einmal ein Glas nehmen?«, fragte der Spanier.

Das Frettchen schüttelte den Kopf.

»Nun erweist mir doch die Ehre, denn schließlich verteidige ich zuallererst die Serenissima und damit nicht zuletzt unseren Wohlstand.«

Das Frettchen schüttelte noch einmal abschlägig den Kopf, aber dieses Mal etwas zögerlicher. Denn Miguel konnte man nur schwerlich eine Bitte abschlagen. Und was sollte ein Glas Wein schon schaden, schien seine Miene zu besagen.

Also brachte man dem Frettchen ein Glas, und Tintoretto sorgte für das Einschenken nach seinem Maßstab, der nur randvoll kannte.

Denn Miguel, in dieser überschwänglichen Laune, wie sie ablegenden Seeleuten und Soldaten zu eigen ist, hatte noch Großes mit dem Frettchen vor. Heute, so hatte der Spanier beschlossen, war es fällig.

»Frauen, die gegeneinander antreten, das ist doch furchtbar!«, befand das Frettchen. Der Satz war ein großer Fehler. Denn er brachte Miguel auf eine Idee.

»Nun, dann tretet Ihr doch gegen sie an und macht dem Spuk ein Ende!«, forderte er den venezianischen Chronisten auf.

»Selbstverständlich werde ich das nicht tun. Und selbstverständlich würde ich niemals gegen eine Frau verlieren«, röchelte er, und seine Stimme klang ein wenig heiserer als sonst.

Den letzten Satz hörten einige der Umstehenden, und so entstand eine eigenartige Dynamik, von der am Ende des Abends keiner mehr wusste, wie sie sich eigentlich entwickelt hatte, außer vielleicht Miguel. Denn irgendjemand hatte den neugierigen Blick des Frettchens aufgefangen, irgendjemand hatte auf Francesco gezeigt, und irgendwann war es schlicht zu spät gewesen, sich dagegen zu wehren.

Jedenfalls wurde das Frettchen gegen die dicke Bertha aufgehetzt und unter allgemeinem Gejohle nach vorn gezerrt. Einen gröberen Streich konnte man ihm kaum spielen, denn Francesco Collauto nahm nur als Beobachter am gesellschaftlichen Leben teil, niemals als Akteur. Er legte allerhöchsten Wert auf Diskretion; nie war jemand bei ihm daheim gewesen, er gab keine Feste, nicht einmal ein Abendessen. Ihn auf eine solche Art ins Rampenlicht zu ziehen, war ein unerhörter Affront und daher umso komischer.

Das Frettchen schlich dahin wie zu seiner Kreuzigung. Es machte rein körperlich wenig her, was auf der Empore umso deutlicher wurde: Es war von durchschnittlichem Wuchs und trug einen ungeschickt fallenden, schief geschnittenen Tabarro, der ihm trotz seines Alters – es war gerade vierzig geworden – etwas Buckliges, Zerbrechliches verlieh. Neben der dicken Bertha sah Francesco Collauto aus wie ein wurmstichiger Sack Mehl.

Die dicke Bertha dagegen freute sich über ihren neuen mutmaßlichen Herausforderer und feuerte die Menge mit rudernden Armen an. Ein Vergleich Mann gegen Frau, das war etwas Unglaubliches, ja geradezu Gotteslästerliches, und gerade deswegen so erregend.

Davide, Miguel und Tintoretto waren das Frettchen zwar losgeworden, beobachteten nun aber gebannt, was geschehen würde.

Der Chronist streifte seinen Tabarro ab, und von irgendwoher tauchte ein Schiedsrichter auf, den bei den Kämpfen zuvor niemand wahrgenommen hatte. Er instruierte die Kombattanten, rückte ihre Arme zurecht, und schon bei dem bloßen Anblick dieser beiden Extremitäten war allen klar, dass dieses Ende kein gutes werden würde. Der zahnstocherhafte Oberarm des Frettchens gegen das üppige Fleisch- und Fettkonzentrat der Tirolerin: Sollte hier das Unvorstellbare passieren, nämlich der Sieg einer Frau – eines Mädchens! – gegen einen Mann?

Die ersten Momente hielt sich der Chronist tapfer. Der Schweiß auf der Stirn vermischte sich mit dem Olivenöl in seinem Haar. Aber er hatte keine Chance. Der erbärmlich dünne Arm leistete bald nur wenig Widerstand und wurde dann mit einem bitteren Klatschen auf den Eichentisch niedergedrückt.

Was für eine Schmach! Welch Demütigung! Das Frettchen war nicht nur körperlich, sondern auch moralisch demoliert; im Jubeln der Menge dachte es an Suizid. Alles, was es hatte vermeiden wollen, war eingetreten – nicht nur eine Bloßstellung in der Öffentlichkeit, sondern auch noch die Niederlage gegen eine Frau, was einer Kastration gleichkam. Wie konnte es sich nun am schnellsten umbringen? In einen Kanal stürzen? Aus einem Fenster hinaus? Sich ein Stilett durch die Rippen bohren? Ach, ach.

In Wirklichkeit aber nahm niemand etwas wahr. Die Unscheinbarkeit, hinter der sich das Frettchen verbarg, kam ihm nun zugute. Seine Niederlage war eine so flüchtige Sache wie die Alkoholschwaden in der Luft; am morgigen Tag würde sich keiner mehr daran erinnern. Doch das war dem Frettchen noch nicht klar. Wie ein schwer verwundeter Söldner sank es an Davides Tisch zurück in seinen Schemel und sah hundeelend aus. Es war der einzige Tisch, an dem es einigermaßen willkommen war.

Miguel grinste Francesco an, doch selbst in diesem Mikrokosmos war das Thema längst ein anderes.

»Wo mag das entscheidende Zusammentreffen mit den Osmanen stattfinden?«, fragte Tintoretto.

»Man hört, türkische Galeerenverbände stünden vor Ancona, und wir können sie in wenigen Tagen erreichen und zerschmettern«, gab Miguel zurück.

»Unwahrscheinlich, dass sie sich so weit vorgewagt haben«, meinte Davide. »In fremden Gewässern wären sie zu sehr benachteiligt, dazu noch in der tückischen Adria mit ihren unberechenbaren Winden, die doch eindeutig den venezianischen Seeleuten zupasskommen.«

Das Frettchen, das in seinem Selbstmitleid Zuspruch gesucht hatte, blickte verwirrt von einem zum anderen. Warum kümmerte sich keiner um ihn? Nur Miguel blickte ihn mit einem irritierend befriedigenden Gesichtsausdruck an.

»*Sic transit gloria mundi*«, seufzte der Chronist zu sich selbst. Tintoretto schenkte ihm ein Glas nach, und alle stießen an. Heute sollte das Frettchen wohl nicht mehr auf zwei Beinen nach Hause kommen.

KAPITEL 4

Inbesitznahme

Hasan stürzte atemlos in die Kneipe. Er vermied normalerweise diese zechenden Zusammenkünfte, obwohl Davide es ihm ausdrücklich gestattet hatte. Doch er hatte sich stets geweigert, an den Bacchanalien von Davides Freunden teilzunehmen. Dieses Mal aber drängte er sich in ganz untypischer, hektischer Art an Davides Tisch vor. Seine ungewöhnlich nüchternen Bewegungen zerteilten die Schwaden aus Schweiß und Alkohol, und nachdem er endlich bei Davide und seinen Freunden angelangt war, rang er nach Luft.

»Ich glaube, das solltet Ihr lesen!«

Davide nahm den Brief entgegen und entfaltete ihn.

Seine Tischgenossen sahen ihn neugierig an.

Davide ließ die Nachricht zu Boden gleiten und seufzte mit einer großen Erleichterung. »Ist der Tag schon angebrochen?«, fragte er Hasan.

»Ja, das erste Licht zeigt sich bereits.«

»Wem von euch steht der Sinn nach einem kleinen Einbruch?«, fragte Davide.

»Was meinst du?«, fragte Miguel.

Auch das niedergeschlagene und ziemlich betrunkene Frettchen wurde hellhörig.

Doch Tintoretto verstand. Und bestellte noch einen Krug Wein, denn er wusste: Jetzt gab es wirklich etwas zu feiern.

Davide setzte das Stemmeisen an, Hasan und Miguel benutzten einen groben Hammer mit langer Finne, während Tintoretto und das Frettchen vorsichtshalber etwas abseits blieben und der Szene nur ornamentale Bedeutung verliehen. Es krachte und splitterte, als die drei gemeinsam die vernagelten Bretter aus dem Portal rissen. Eine Gondel fuhr vorbei, und die beiden Gondolieri verlangsamten voller Neugier ihre Fahrt. Als sie Miguels finsteren Blick sahen, ruderten sie schnell davon.

Tapp, tapp, tapp. Die ersten Schritte über die Schwelle fühlten sich eigenartig an, wie das Betreten eines fremden Kontinents. Vor allem aber stürzten die Erinnerungen auf Davide ein wie eine plötzliche Flutwelle, als er mit seinem Diener im Empfangsraum des völlig verstaubten Palazzos stand.

»Respekt, mein Herr«, keuchte Hasan, der nach oben blickte.

»Schön hattet ihr's. Und jetzt ja wieder«, befand Miguel.

Davide beleuchtete den Raum mit einer Öllampe. Es blieb dunkel, denn auch alle Fenster hatte man vernagelt.

Hasan blickte Davide fragend an, der nickte. »Es gibt viel zu tun!« Der Orientale klatschte in die Hände. Er machte sich sofort an die Arbeit und befreite die Fenster nach und nach von ihrem hölzernen Gefängnis.

Davide stand immer noch an der Schwelle, staunend und verwirrt, und ließ die Gedanken und Erinnerungen, die Freude und den Schmerz auf sich einströmen.

Davide war noch längst kein freier Mann, denn die Vereinbarung mit Kanzler Calaspin – oder sollte man es lieber Erpressung nennen? – sah seine Spionagedienste für zehn Jahre vor, die gesamte Dauer seiner Verurteilung. Aber den Palazzo seiner Familie durfte er nun wieder bewohnen. Dieser blieb zwar im Besitz der Serenissima, so wie Davide selbst, dennoch war es ein weiterer Schritt, nach seiner Entlassung aus den Bleikammern wieder ein halbwegs geregeltes, fast normales Leben zu führen.

Der Palazzo – da waren die Buchhalter der Serenissima genau gewesen – lag noch beinahe so da, wie Davide ihn in jener Nacht, als seine Inhaftierung über ihn kam wie ein Albtraum, verlassen hatte. Die Vasen aus teurem Muranoglas, die seine Mutter so geliebt hatte, standen ebenso an ihrem Platz wie die zwei Reisetruhen seines Vaters, in dem er Mitbringsel aufbewahrt hatte. Die Stühle und Kommoden waren mit einer dicken Staubschicht überzogen, so wie die Vergangenheit des Besitzers.

Davides Vaters hatte den Palazzo zunächst zur Miete bewohnt, doch später erworben, mit dem Profit jener einen gewagten Reise, die Davide mitgemacht hatte und an die er sich jetzt wieder in beinahe allen Einzelheiten erinnerte. Mit jedem Brett, das Hasan entfernte, sickerte mehr Tageslicht in die Räume und mehr Vergangenheit in Davides Gedächtnis.

An seine Mutter, die Carlotta hieß, hatte er nur ganz vage Erinnerungen. Er sah einen breiten, lachenden Mund, er spürte ihre Hände auf seinen Wangen. Ihr milchig-warmer Duft war ihm noch heute vertraut, auch der Duft ihres dunklen Haars. Sie war am Kindbettfieber gestorben, als sie Davides jüngere Schwester zur Welt gebracht hatte. Davide war sechs Jahre alt gewesen. Auch die Schwester, die hastig in einer Nottaufe den Namen Amalia bekam, sollte nur zehn Tage überleben.

Davide konnte sich mit dumpfem Schrecken an die letzten Tage von Mutter und Schwester erinnern, an die Aufregung im Haus, die hastigen Schritte der Ärzte, die treppauf und treppab liefen, das leise Weinen der Verwandten, die wächserne Miene des sonst so fröhlichen Vaters.

»Die Küche ist ja eine wahre Pracht!«, hallte Hasans Stimme aus einem Raum rechts vom Haupteingang. »Sogar Feuerholz ist noch da! Dann werde ich uns gleich am heutigen Abend etwas Feines kochen!«

Doch Davide hatte die Augen geschlossen und hörte nichts. Er hörte nicht, wie Hasan und Miguel Brett um Brett wegrissen, wie Tintoretto den Staub von einigen Wandfresken wischte, über die nachlässige Arbeit der Kunsthandwerker lästerte und Davide neue, bessere Werke aus seiner Hand versprach. Er hörte nicht das Knarzen der Schubladen, die das Frettchen heimlich zu öffnen versuchte, bis Miguel ihm die Hand auf die Schultern legte und den Kopf schüttelte.

KAPITEL 5

Drei Morde

Wie sanft die Wellen gegen die bröckelnden Fundamente des Brückchens schlugen und, wie um Vergebung bittend, sich zurückzogen, einen Hauch von weißem Schaum zurücklassend, eine ferne Erinnerung! Und dann, drei, vier Augenblicke später, kam die nächste Welle, kassierte die Überreste des Vorläufers und hinterließ ihrerseits ein kleines, feuchtes Andenken. Was für ein bezaubernder Rhythmus der Natur! Eine übers Wasser schießende Möwe kreuzte Antonios Blick, flog dann – wie grotesk! – senkrecht nach oben, und auch das Wasser schien gen Himmel zu stürzen. Schade, dass er es erst jetzt bemerkte und genoss, diese Schönheit des Alltäglichen, jetzt, da ihm ein Stilett durch die Lungen getrieben war, jeder Atemzug einen Schwall Blut nach oben in die Kehle trug und er schon längst auf dem feuchten Boden lag, sterbend, aber nicht leidend.

Was ihm vorher nie aufgefallen war, wurde jetzt, als er, von einem Stich durchbohrt, der ihn von hinten getroffen hatte, zu Boden sank, zu seinem letzten Gedanken. Pure Schönheit. Rhythmik. Harmonie. Das Sonnenlicht blitzte noch einmal in seinen Augen, bis der Blick rot wurde und erlosch, so wie sein Atem.

Das Fest war berauschend gewesen, unvergesslich, verrückt. Die Bottegons zweifellos gute Gastgeber: sie ein kleines Miststück mit ihren wollüstigen roten Lippen und den weiß gefärbten Haaren, er vom vielen Geld so dumm geworden, dass er nicht merkte, wie sehr sie es darauf anlegte, die Gäste zu verführen.

Im Foyer hatte Carlo getanzt und den silbernen Kandelaber umgestoßen, halb unabsichtlich. So verwegen hatte er sich lange nicht mehr gefühlt. Er hatte rumgeknutscht mit einer Kurtisane vom Festland, die berühmt für ihre unglaublich lange Zunge war. Und *er* hatte sie gehabt. Sie und ihre Zunge. Fast eine halbe Stunde lang.

Er schwankte nur noch. »Wer wankt, hat mehr vom Weg«, hatte ihm der Gastgeber hinterhergerufen, dieser dumme Wallach. Stufen hoch, Stufen runter. Festhalten am Geländer, das im Nebel glitschig war, kaum einen Halt bot.

Und da ging es auch schon dahin. Seine Füße verloren das Gleichgewicht, die zweite Hand, die das Mauerwerk zu halten versuchte, glitt ins Leere. Unten angekommen, lag er in etwas Zähem, Warmem. Und er atmete schwer.

Es war sein eigenes Blut, das vor seinen Augen über die Brüstung in den Kanal von Cannaregio sickerte, dort auf das schwarze Wasser tropfte und fortgetragen wurde. Er blickte seinem Ausfluss hinterher, der ihm auch seine Seele entzog, Tropfen für Tropfen, und merkte, wie der Blick schwächer wurde. Ein bizarrer letzter Gedanke beschäftigte ihn: Mit wie viel Alkohol wohl dieses sein Blut angereichert war, und würden die Möwen und die Ratten, die sich zweifellos bald über die Lache hermachen würden, genauso viel Vergnügen daran haben wie er?

Es war ein gewaltiger Strauß. Rote, weiße und gelbe Tulpen, frisch aus den Niederlanden eingetroffen, rheinabwärts geschifft und in einer Kutsche über die Alpenpässe gezerrt, in mit Flusswasser feucht gehaltener Erde den gesamten Transportweg hinweg, ein äußerst aufwändiges Verfahren. Sie hatten ein Vermögen gekostet, wie all dieses neumodische Blumenzeug, das den edlen Damen so außerordentlich gut gefiel und das auf jede Tafel gehörte. Manche der Damen stellten sich die Sträuße sogar ins Schlafzimmer, auf ihren Nachttisch, schnupperten daran, berauschten sich am Duft.

Er konnte Blumen nicht leiden. Es war ja doch nur aufgehübschtes Gemüse, nicht einmal essbar, und auch der Geruch behagte ihm nicht, dieser süßlich-verwesende Dunst. Manche der Blumenhändler sollten ja, wie er gehört hatte, sogar mit Parfüm nachhelfen.

Die Passanten, die ihm auf dem Weg zu seiner Gondel entgegenkamen, schauten ihn merkwürdig an, manche lächelten anzüglich. Doch einen Spruch verkniff man sich lieber, man wusste ja nie, wen man vor sich hatte, und wer sich Blumen leisten konnte, musste ein reicher Mann sein.

Marino war seiner Frau das Geschenk schuldig. Hatte er sie doch gestern etwas zu hart angefasst, als das Essen kalt und das Besteck verschmutzt gewesen waren. Aber gegen das blaue Auge half ja eine frische halbe Zwiebel, wie er noch aus seiner Jugend wusste, als er selbst öfter mal in Raufereien geriet. Ja, diese verflixten Wetten und die vielen Schulden. Gut, dass er vermögend geheiratet hatte und der Schwiegervater bislang brav zahlte. Dieser willenlose Kretin, der alles für seine Tochter tat.

Und bei all seiner Abneigung gegen das bunte Gemüse

hatte es doch eine gewisse finale Komik, dass er auf ebendiesen Blumen zu Boden sank, das Gesicht unaufhaltsam voraus. Doch den Schmerz, den der Bruch seiner Nase verursachte, und den Hauch von Jasmin, der durch seine lädierten Nebenhöhlen zu ihm drang, nahm er schon nicht mehr wahr.

KAPITEL 6

Girolamo und Davide, 1545

Während seine Kameraden um ihn herum voller Enthusiasmus den Palazzo wieder herrichteten, wurde Davide in dieser vertrauten Umgebung, die er so lange hatte missen müssen, von einer Welle der Erinnerungen erfasst, die ihn mit der Macht eines Strudels fortriss.

Davide stand wieder als kleiner Junge auf dem Achterkastell der Transportgaleere, die sein Vater befehligte, und sah den Seeleuten zu, wie sie die Leinen lösten, wie sie einander unverständliche Befehle zuriefen und allerlei unbegreifliche Dinge an Bord taten, die er selbst in der nächsten Zeit lernen sollte.

Girolamo war nach dem Verlust seiner Frau und seiner Tochter einige Jahre lang vollkommen betäubt gewesen und hatte alle Geschäfte ruhen lassen. Doch eines Tages raffte er sich auf und organisierte eine Reise, die in Größe, Länge und Gewinnspanne in die Annalen Venedigs eingehen sollte. Allein die Investorensuche hatte ein Jahr in Anspruch genommen, denn ohne jegliches Eigenkapital wagte sich Girolamo in einem Arrangement namens *commenda* auf die Reise: Er warf sein Können, seine Zeit und möglicherweise auch sein Leben in die Waagschale, doch die ausgehandelten Profite, sollte denn alles klappen, würden ein Leben lang reichen. Nur mit der *commenda* konnten auch tapfere, wagemutige Reisende, die nicht zur Patrizierelite gehörten, Vermögen anhäufen.

Girolamo hatte zwanzig Investoren gefunden, darunter die reichsten Familien Venedigs. Er hatte viele von ihnen mit viel Geduld und Rotwein überreden müssen, denn was er vorhatte, war zuvor noch nie versucht worden: eine dreijährige Mittelmeerdurchquerung und Stopps an so gut wie jedem Hafen, um in einem ewigen Tauschgeschäft stets jene Güter zu liefern, die am meisten gefragt waren, und jene Güter wieder an Bord zu nehmen, die es während der Zeit auf der Reede besonders günstig gab.

Girolamo hatte die Aufzeichnungen der Serenissima studiert und mit Kapitänen und Kaufleuten gesprochen und dabei herausgefunden, welche Waren zu welcher Zeit in welchem Hafen am beliebtesten waren und welche man dagegen wann und wo im Überfluss erwerben konnte. Und so wollte er als eine Art schwimmendes Kontor mit sehr vielen Golddukaten oder wahlweise drei Schiffsbäuchen voller Preziosen nach Venedig zurückkehren.

Beim Zusammenstellen der Mannschaft wählte Girolamo charakterfeste Offiziere, die nicht aus den besten Familien stammten, sondern aus den fähigsten. Dass Girolamo einen aus Deutschland geflohenen Juden namens Eppstein als Schiffsarzt und Navigator bestimmte, war unter den Anteilseignern höchst umstritten. »Ein einäugiger Navigator ist wie ein einarmiger Ruderer!« So machten sich die Leute über die Wahl lustig. Aber Girolamo setzte sich durch. Denn Eppstein, gerade mal zwanzig Jahre alt, verfügte nicht nur über die besten Seekarten, mit denen selbst jene aus den Prokuratien nicht konkurrieren konnten, sondern auch über modernste Navigationsinstrumente, welche die Fahrt bei jedem Wetter ermöglichten.

Drei gewaltige Transportgaleeren, einhunderfünfzig Fuß lang und mit je zwanzig Mann Besatzung und dreißig Ruderern, sowie sechs kleinere Rudergaleeren als Begleitschutz legten im März 1545 ab.

Davide sah, wie seine Heimatstadt hinter ihm kleiner und kleiner wurde, ein ebenso erschreckender wie faszinierender Anblick.

Als Erstes hielten sie auf Spalaton zu. An Bord hatten sie Florentiner Tuch, Trinkgefäße aus Muranoglas und Safran aus San Gimignano.

Doch schon am nächsten Tag kam ein heftiger Scirocco auf, und der Südwind machte eine Fahrt nach Südosten unmöglich, auch wenn Girolamo versuchte, gegen den Wind zu kreuzen. Im Golf von Triest ankerte die Flottille schließlich vor Grado, einem wie mit Wasserfarben gemalten Inselchen mit Kastell, Kirche und kleinem Hafen, der schon von den Römern betrieben wurde.

»Im Mittelmeer brauchst du kleine Segel und kräftige Ruder.«

»Was bedeutet das?«, fragte Davide Eppstein, den Arzt mit seiner beängstigenden Augenklappe.

»Entweder herrscht viel Wind oder Flaute.«

Die Offiziere gingen am Abend von Bord, um in einer Taverne das *boreto* zu kosten, eine viel gepriesene Spezialität der örtlichen Fischer, die unverkäufliche Reste ihres Fangs schon an Bord mit Essig und Weißwein einköchelten und mit Weizenpolenta genossen. Girolamo holte einen Pfefferstreuer hervor, den ein Mann von Welt wie er selbst stets bei sich trug. Der Wirt, ein herzlicher Bursche namens Cristian, kam neugierig näher, auch dessen aparte Frau, die sich als Laura vorstellte, stand im Nu am Tisch.

»Probiert Euer *boreto* einmal mit Pfeffer«, forderte Girolamo die beiden auf.

Cristian zögerte, doch dann ergriff er Girolamos Gabel. »Köstlich, köstlich!«, gab er zu.

Auch Laura probierte davon und verdrehte verzückt die Augen. »Ach, wunderbar! Wenn dieser Pfeffer doch nur nicht so teuer wäre!«

Die Venezianer standen in dem Ruf, gewiefte Kaufleute zu sein, doch im Gegensatz zu den Genuesen galten sie als großherzig und spendabel. Davides Vater schraubte den Pfefferstreuer auf und häufte Lauras und Cristians Teller voll.

Am Nachmittag des nächsten Tages erstarb der Scirocco fast gänzlich. Girolamo ließ gegen Südosten erst rudern, dann kreuzen.

Die Reise vom Golf von Triest nach Spalaton war gefährlich, denn vor den Gewässern Dalmatiens herrschten die Uskoken, gefürchtete, streng organisierte Piraten, die nicht nur den Venezianern, sondern auch den Osmanen heftig zusetzten – und zugleich mit beiden Parteien gute Geschäfte machten.

Girolamo hielt seine kleine Handelsflottille fern der Küste und schärfte allen Kapitänen Wachsamkeit ein, auch bei Nacht. Denn von den unerschrockenen Uskoken wusste man, dass sie auch größere Verbände angriffen. Der kleine Davide machte kein Auge zu und blieb mit den Wachsoldaten an Deck, die sich über einen Gesprächspartner freuten, auch wenn es nur ein Zehnjähriger war. Mehr als einmal näherten sich von Osten aus Spähboote, die aber bald wieder abdrehten. Davides Herz klopfte jedes Mal heftig.

Bald halfen die Winde wieder und ließen sie vier Tage später in Spalaton ankommen. Die Stadt, von den Einheimischen Split genannt, war seit einigen Jahren ein florierender venezianischer Außenposten und konkurrierte, wie Davide erfuhr, mit Dubrovnik, das zwar ebenfalls christlich war, aber den Osmanen als Vasall unterstand. Dort verkaufte Girolamo einige Ballen des Florentiner Tuchs sowie das Muranoglas und nahm dafür Getreide aus den russischen und polnischen Weiten an Bord, was die Kapitäne mit großem Erstaunen bemerkten. Er kaufte auch Seide und kostbare Felle von der bulgarischen Schwarzmeerküste.

Dann setzte man übers Meer nach Ancona, wo Girolamo die Felle drei Tage später mit großem Gewinn verkaufte. Auch einige Tonnen Weizen konnte er mit Gewinn veräußern, denn im Umland von Ancona baute man lieber Öl und Wein an und hatte sich völlig von Weizenlieferungen abhängig gemacht.

Davide war unterdessen speiübel, aber er hielt sich tapfer an Deck. Die Neugier war stärker als der flaue Magen.

»Das ist die Seekrankheit. Die vergeht«, versicherte ihm sein Vater. Es war eines der wenigen Male, dass Girolamo Venier sich irrte.

Davides Seekrankheit milderte sich ein wenig, weil Eppstein ihm einige Mixturen einflößte, die zwar scheußlich schmeckten, aber seine Übelkeit in eine bleischwere Müdigkeit verwandelten. Das führte dazu, dass Davide, dem Eppstein mit seiner Augenklappe und seinem starken teutonischen Akzent etwas unheimlich war, Vertrauen zu dem Arzt fasste, und bald wurde daraus eine enge Freundschaft. Eppstein brachte Davide das Schachspiel bei sowie einige Brocken seiner Muttersprache Deutsch sowie Französisch, Latein und Spanisch, zudem Mathematik und Chemie, wobei er für jedes Lehrfach einen Wochentag reservierte. Dieser Rhythmus half Davide beim Lernen, und schon bald beeindruckte er den Vater und die Besatzungsmitglieder mit seinen Sprachkenntnissen.

Und so ging es munter weiter übers Mittelmeer, von Ancona zunächst in einer gewaltigen, mehr als einen Monat dauernden Fahrt nach Candia, wo an der mehr als tausend Fuß langen Mole, die den Hafen vor der Strömung und den scharfen Nordwestwinden schützen sollte, Zuckerrohr an Bord genommen wurde, und schließlich wieder nach Norden in Richtung Konstantinopel, das inzwischen Istanbul hieß.

Istanbul war wie eine gewaltige steinerne Gischt, die sich wuchtig über die gesamte Meerenge geworfen hatte und über viele Meilen keinen Platz mehr für unberührte Natur ließ, eine Stadt von einer so ungeheuren Dimension, dass Davide ganz schwindlig wurde. Stunde um Stunde, ja schließlich einen vollen Tag fuhr man an Mauern, Häusern und Menschen vorbei, bis man endlich am Abend in dem Hafen anlangte, der so groß war wie Venedig selbst. Girolamo ließ viel Silber entladen und erzielte einen ausgezeichneten Preis, dafür wurden allerlei Gewürze in die Laderäume gepackt, darunter Zimt, sodass die Schiffe bald selbst wie ein schwimmender Basar rochen.

Tagsüber gingen die Offiziere von Bord, und Davide durfte mitkommen. Wie die Stadt selbst waren auch die nie versiegenden Menschenströme, der infernalische Lärm und die offenbar unendliche Ausdehnung aller Gassen und Straßen in eine ferne, aber immer noch bevölkerte Welt fast zu viel, selbst für jemanden, der die urbane Lebhaftigkeit Venedigs kannte. Der *Bezesten*, der riesige Markt mit seinem großen Areal für den Sklavenhandel, stellte den größten Schock für den kleinen Davide dar. Nackt wie aus dem Mutterleib gekommen, standen die Menschen aufgereiht, nach Geschlecht getrennt und nach Alter geordnet. Es mussten mehrere Hundert Unglückliche sein.

»Sie sind Sklaven, aber es geht ihnen besser als so manchem Leibeigenen auf seiner Scholle im Norden«, erklärte Eppstein, um ihn zu trösten. Das islamische Recht verpflichtete die Besitzer, die Sklaven gut zu behandeln und mit Unterkunft, Kleidung, Nahrung, und Medizin zu versorgen. Sklaven konnten ihren Besitzer sogar vor Gericht bringen. Sie durften ihre eigenen Häuser kaufen und heiraten, solange sie die Erlaubnis ihrer Eigentümer hatten. Wenn eine Sklavin ihrem Besitzer einen Sohn gebar, so wurde der Sohn als frei betrachtet. Die Kinder eines Sklavenvaters wurden aber als Sklaven angesehen, selbst wenn der Besitzer seine Einwilligung in die Ehe gegeben hatte.

Dennoch war Istanbul ein Sammelplatz irdischen Jammers. Osmanische Piraten verschleppten gleich ganze Familien, die spätestens auf den Märkten auseinandergerissen wurden. Willige Käufer konnten sie behandeln wie Pferde, untersuchten die Schärfe ihrer Augen, begutachteten ihre Zähne und auch ganz ungeniert die Geschlechtsteile. Sie wurden nicht nur betastet, sondern auch zum Hüpfen und Laufen gezwungen, um zu sehen, dass ihnen nichts fehlte. Die meisten waren Istrier und Dalmatier, aber auch Afrikaner wurden angeboten, und sogar manch unglücklicher Teutone, Franzose, Spanier und Italiener befand sich unter der Marktware. Die ganz hellhäutigen jungen Männer kosteten das meiste, gefolgt von den älteren Frauen.

»Warum sind die Frauen teurer als die Mädchen?«, fragte Girolamo.

»Von den Frauen in einem gewissen Alter vermutet man, dass sie schon kochen, nähen, die Kranken pflegen und einen Haushalt führen können und daher nützlicher sind«, erklärte ein Offizier.

Vor dem umzäunten Bereich, in dem sich die Sklaven aufhielten, priesen Makler in vielerlei Sprachen ihre Vorzüge an. Sie waren nicht die Besitzer, sondern die Verkäufer, und sie bekamen bei jedem Geschäftsabschluss fünf Prozent Provision. Vor allem Seeleute erzielten hohe Preise. Steuermänner, Schiffszimmerer oder Kanoniere waren besonders begehrt und brachten mehr als hundert Dukaten ein. Viele osmanische Kapitäne bedienten sich munter auf den Sklavenmärkten für ihre nächsten Kaperfahrten oder erwarben fähige Matrosen gegen erbeutete Sklaven ihrer letzten Beutezüge.

»Sie könnten ihre Seeräuberei gar nicht betreiben, wenn sie nicht Christensklaven hätten, die ihre Schiffe bauen und steuern«, wusste Girolamo.

»Im Orient heißen Sklaven ›das Weiße Gold‹«, knurrte einer der Galeerenkapitäne.

Das Elend der Menschen hinter dem Zaun, der von Soldaten scharf bewacht wurde, war kaum zu ertragen. Eng an eng standen sie, froren, weinten, beteten, blickten hilflos umher, versuchten, ihre Scham zu bedecken.

»Ihr seid Italiener?«, fragte plötzlich ein kleiner Junge, der sich nach vorn an den Zaun gedrängt hatte. Er mochte in Davides Alter sein.

»Wer bist du?«, fragte Davide.

»Ich heiße Marco.«

»Woher kommst du?«, fragte Girolamo.

»Aus Monteargentario am Tyrrhenischen Meer. Von dort hat man uns alle entführt, das ganze Dorf.«

»Wo ist deine Familie?«

»Meine Mutter und mein Vater sind schon letzte Woche verkauft worden, meine Schwester ebenfalls.«

»Getrennt voneinander?«

Marco nickte betrübt.

Davide wandte sich an seinen Vater. »Was ist mein Lohn für die Überfahrt?«

Girolamo ahnte, worauf sein Sohn hinauswollte. »Wir können nicht allen helfen«, seufzte er.

»Aber einem schon«, erwiderte Davide.

Marcos Freiheit kostete sechsunddreißig Dukaten.

Er erwies sich als nützlicher, aufgeweckter Junge, der an Bord ordentlich anpackte und auch als Seemann schnell lernte. Ein besonderes Faible entwickelte er für die zahlreichen nautischen, aber auch buchhalterischen Berechnungen, die auf einer solchen Fahrt unabdingbar waren.

Von Istanbul ging es nach Alexandria, wo sich Eppstein mit dem wissbegierigen Davide sofort auf den Weg zu der sagenumwobenen Bibliothek machte, die allerdings, wie er sagte, unter der osmanischen Herrschaft arg gelitten habe. Angeblich wurden alle antiken Schriftrollen, deren Inhalt dem Koran widersprach, zur Beheizung der Badehäuser verwendet. Eppstein stand nur vor armseligen Relikten. Sephardische Juden, die aus Spanien geflohen waren, zeigten ihm einige Schriftrollen aus der Zeit der Hellenen und der Römer.

Girolamo unterdessen kaufte auf Eppsteins Rat einige

libbre Rohopium aus Indien, getrockneten Mohnsaft, der auf europäischen Märkten äußerst schwierig zu bekommen, aber als Heilpflanze äußerst begehrt war.

Und so ging die Reise weiter, von Alexandria nach Tripolis, dann nach Malta. Einen besonderen Gewinn machte Girolamo mit dem Verkauf von Zedernholz, das er in Alexandria an Bord genommen hatte. Die Malteser unterhielten eine große Flotte, hatten aber wenig Holzvorkommen, und besonders edle, kräftige Hölzer erzielten Höchstpreise.

Von Malta fuhren sie zurück nach Tunis und schließlich nach Algier. Girolamo hatte die Fahrt so berechnet, dass sie den ersten Winter in Afrika abwettern konnten, der entsprechend mild ausfiel; auch die gefürchteten Stürme blieben aus.

In Algier sahen sie erneut Sklavenhändler. Doch hier war es kein Markt, sondern der Händler zog mit den Menschen, die er an den Meistbietenden zu verkaufen gedachte, mitten durch die Stadt, machte hier und da Halt, zeigte Interessierten die Zähne seiner Ware. Einer dieser Händler hatte vierzehn junge Männer ausschließlich dunkelster Hautfarbe aus den Tiefen Afrikas dabei, von zwölf bis etwa zwanzig Jahren. Sie waren zu je siebt an einer langen Fußkette gefesselt und schlurften dem Händler mit gesenktem Blick hinterher. Zwei kräftige Bewacher mit Peitschen, ebenfalls von einer so tiefen Schwärze, wie Davide sie noch nie gesehen hatte, hielten die Unglücklichen auf Trab.

In Oran war der Aufenthalt besonders lang, weil starke Nordwinde die Fahrt zurück nach Europa verzögerten. Während die Flottille im Hafen dümpelte, nahm ein Matrose bei einem Landgang Davide zur Seite. Er habe bei einer Frau, die er vor einigen Tagen kennengelernt habe, einen goldenen Armreif vergessen, in jenem Haus dort. Ob Davide, der doch klein genug sei, durch das Fensterchen neben der verriegelten Tür zu schlüpfen, ihn holen könne?

Der arglose Junge tat, wie ihm geheißen, und fand den Reif, wie beschrieben, neben der Bettstatt, kletterte durch das Fenster wieder hinaus und gab ihn stolz dem Matrosen.

Girolamo erfuhr erst nach dem Ablegen davon, weil der Matrose vor den Offizieren mit seiner Tat geprahlt hatte. Er stellte den Matrosen vor die Wahl, entweder den Ring der »Prostituierten« – ein Wort, das Davide an jenem Tag lernte – ins Meer zu werfen oder selbst über die Planke zu gehen. Zähneknirschend warf der Matrose den Ring über Bord und verbrachte den Rest der Reise im Ruderdeck an den Riemen.

Anschließend setzten sie die Reise fort nach Spanien. Das erste Weihnachten verbrachten sie etwa auf der Höhe von Cartagena in kühlem, aber ruhigem Winterwetter. In Valencia gab es beim Entladen auf einer der Galeeren einen heftigen Streit, der zwischen den Nicolotti und den Castellani entflammte. Gefrotzelt wurde schon länger, doch dieses Mal gab ein falsches Wort das nächste, und nun gingen die Matrosen mit Messern und Knüppeln aufeinander los.

Die Castellani waren die Bewohner von Castello, San Marco und Dorsoduro, zu den Nicolotti gehörten Bewohner von Cannaregio, San Polo und Santa Croce. Die Rivalität zwischen ihnen war heftig, und einmal im Jahr traf man sich mitten in Venedig an der *ponte dei pugni*, der »Brücke der Fäuste«, zur rituellen Schlacht. Die Regierung hatte immer wieder versucht, die Kämpfe zu unterbinden – vergeblich. Aus den umliegenden Fenstern flogen Steine, Schmutz und kochend heißes Wasser, es gab Verletzte und sogar Tote.

Auf hoher See, in den engen Decks der Galeeren, hatten sich die Animositäten so sehr aufgestaut, dass sie nun umso heftiger ausbrachen. Die spanischen Hafenarbeiter trugen nicht gerade zur Abkühlung der Gemüter bei, freuten sich über die Abwechslung und feuerten die Raufbolde sogar noch mit fantasievollen Flüchen an. Mit allergrößter Mühe konnten Girolamo und die Offiziere das Schlimmste verhindern, aber erst nach einer guten Stunde hatten sich die Streithähne beruhigt.

Eppstein verarztete die Verwundeten, die glücklicherweise keine schweren Verletzungen davongetragen hatten. Der jüdische Arzt kümmerte sich um blaue Augen, Fleischwunden durch Messerstiche und zwei gebrochene Nasen.

Woher die heftigen Rivalitäten rührten, die schon seit vielen Generationen andauerten, wusste in Venedig inzwischen keiner mehr so genau: Angeblich sollten sie noch von der Konkurrenz zwischen den Städten Eraclea und Jesolo auf dem Festland stammen. Deren Bewohner hatten beim Umzug in die Lagune ihre Animositäten einfach mitgebracht.

Girolamo jedenfalls hatte die Gefahr eines Streits unterschätzt, doch nun musste er handeln. Die Reise würde noch weit über ein Jahr dauern, und ein schwelender Streit, der jederzeit wieder ausbrechen konnte, würde das ganze Unternehmen gefährden.

Dann hatte er eine Idee: Er bestückte eine der Transportgaleeren ausschließlich mit Nicolotti, eine zweite mit Castellani, während auf der dritten all jene Seeleute arbeiteten, die keiner der beiden Stadtteile zuzuordnen waren. Zudem versprach Girolamo eine Extrabelohnung für jene Galeere, deren Güter mit den wenigsten Verlusten durch Feuchtigkeit, Ratten oder Diebstahl in Venedig ankam. Das kanalisierte die Rivalität in eine sinnvolle Richtung.

Beim nächsten Halt zwei Wochen später in Barcelona erwarb Girolamo mit großer Heimlichkeit drei Säcke voller schwarzer, verdorrt wirkender, merkwürdiger Äste. Einen der Äste schnitt er auf, kratzte das Mark heraus und gab es Davide zu kosten. Es schmeckte einmalig.

»Vanille«, flüsterte Girolamo. »Unbezahlbar, und der Export ist streng verboten.«

Davide hatte längst die Übersicht verloren, was sich gerade an Bord befand. In jedem Hafen wurden die Passerellen ausgelegt, und einige der Güter flossen von Bord, andere wurden zurückgespült, ein nahezu unaufhörlicher Kreislauf, der bis in die Nacht andauerte und im Morgengrauen erneut begann. Im Nachhinein kam es Davide vor, als wäre die Reise ein einziges Be- und Entladen gewesen, eine merkantile Erstürmung von Hafen um Hafen, ein einziges Auf und Ab der Fässer, Kisten und Amphoren, ein ewiges Gefeilsche und Lamentieren mit Zöllnern, Beamten und Bürokraten.

Denn ein Junge, der das erste Mal die Welt bereiste, hielt lieber nach anderen Dingen Ausschau, etwa nach Seeungeheuern wie Walen, Haien und Kalmaren, nach denen er Eppstein bei beinahe jeder ihrer Stunden ausfragte. Girolamo jedoch behielt die Übersicht und rechnete, über seine Bücher gebeugt, jede Nacht. Manchmal half ihm Marco, der die Rechnerei so geschwind lernte wie Davide die Sprachen.

In Marseille drohte einer der Galeeren ein Mastbruch.

Girolamo musste Zimmerleute bezahlen, die den Mast so gut wie möglich stabilisierten. Ob er einen erneuten Sturm überstehen würde, war nicht sicher. Eines der Begleitboote dagegen war nicht mehr zu retten; seine Kalfaterung war so mangelhaft, dass die Soldaten beständig im Wasser standen. Schweren Herzens wrackte Girolamo das Schiff ab, verteilte die Soldaten auf die übrigen Galeeren und verkaufte den Rumpf für einen Spottpreis den Franzosen.

Nach mehr als anderthalb Jahren waren sie wieder in Italien, wenn auch bei den genuesischen Erzfeinden. Der Handel funktionierte allerdings auch in Zeiten des Händels reibungslos, wenngleich mit stärkeren Kontrollen. Doch dieses Mal, erinnerte sich Davide nun, gab es gewaltigen Ärger, als die Passerella von Girolamos Galeere drei Tage nach dem Anlegen von acht Soldaten gestürmt wurde. Ein Offizier hatte angeblich in einer Bar am Hafen die Zeche geprellt. Die Flottille galt als festgesetzt, bis die Vorwürfe geklärt waren. Und der Offizier, ein enger Freund Girolamos, war in einer Zelle im Häuschen des Hafenmeisters eingesperrt.

Das waren katastrophale Nachrichten und konnten zum Verlust der gesamten Flottille und damit einem Scheitern der Unternehmung führen.

Am Tag zuvor aber hatten die Venezianer einen Todesfall zu beklagen gehabt. Ein mürrischer Smutje, der sich weder durch besonderen Fleiß noch herausragende Geselligkeit – und erst recht nicht durch seine kulinarischen Fertigkeiten – hervorgetan hatte, fiel nach einem Tag heftiger Magenkrämpfe in eine Ohnmacht, aus der er nicht mehr erwachte. Eppstein, der auf Girolamos Galeere mitsegelte, konnte nicht mehr rechtzeitig übergesetzt werden. Auf eine Seebestattung hatte man verzichtet, weil der Arzt die Leiche noch untersuchen wollte. Nun lag der Smutje unter Deck, und weil Seeleute raue Gesellen waren, die sich auch von salziger Gischt nicht glatt schleifen ließen, machten sie schon Witze über den Toten, dessen Leichnam noch warm war. »Hat wohl seinen eigenen Fraß gekostet«, war einer der harmloseren Sprüche, die der Smutje glücklicherweise nicht mehr hören konnte.

Eppstein hatte eine Idee, die moralisch zwar nicht den allerhöchsten Standards entsprach, aber dem Kapitän und der gesamten Flottille aus ihrer ernsten Bredouille helfen würde. Er besprach die Angelegenheit mit Girolamo, der zunächst entrüstet ablehnte, dann aber, wie Davide interessiert aus der Ferne beobachtete, mit einem resignierten Achselzucken zustimmte.

»Herr, nun esst und trinkt doch endlich etwas«, drängte Hasan. »Ihr sitzt schon seit dem Morgengrauen hier.« Miguel, Tintoretto und sogar das nimmermüde Frettchen waren längst schlafen gegangen.

Davide schüttelte abwesend den Kopf. Nicht jetzt, sollte das bedeuten, nicht jetzt. Er ignorierte die Sardellen, den Schinken, den verdünnten Wein. Und ging mit halb geschlossenen Augen wieder zurück an Bord, begab sich auf die Reise, die seine Kindheit geprägt hatte, stand wieder unter dem Achterkastell und sah den jungen Eppstein und seinen in den vergangenen Monaten sichtlich gealterten Vater.

Girolamo kommandierte die vier kräftigsten Männer ab, und Eppstein ließ die Leiche zu Davides größtem Erstaunen mit Offiziersinsignien ausstatten, darunter eine graue Fellmütze, wie sie bei den Venezianern üblich war.

Eppstein hatte längst bemerkt, wie geschickt und geschmeidig Davide sich bewegen konnte, und nun brauchte er seine Hilfe. Er nahm ihn beiseite und flüsterte ihm seine Instruktionen zu.

Davide schlich einmal um das Wachhäuschen, näherte sich dem Wachmann von schräg hinten, öffnete die Ampulle, die Eppstein ihm anvertraut hatte, und gab das Pulver in den Becher des Wachmanns, ohne bei all dem das geringste Geräusch zu verursachen.

Nun mussten sie nur noch abwarten.

Nach einer halben Ewigkeit hob der Wachsoldat endlich den Becher an die Lippen, und dann ging alles ganz schnell. Fluchend verzog sich der Genuese hinten in einen Verschlag, wo er ein paar Minuten blieb. Dann nahm er wieder seinen Posten ein.

»War es das schon?«, flüsterte Girolamo.

»Wartet es ab«, gab Eppstein fröhlich zurück.

Und tatsächlich griff sich der arme Soldat erneut an den Bauch. Dieses Mal verschwand er für lange Zeit, und plötzlich geriet Bewegung in die Nacht.

Vier Männer schleppten eine verschnürte Leiche von Bord einer venezianischen Galeere, ein jüdischer Arzt schlüpfte in das Gebäude des Hafenmeisters und brach ohne große Probleme die Gefängniszelle auf, der verschnürte Leichnam wurde entschnürt und an die Stelle des verblüfften Offiziers gesetzt, der von den vier Matrosen zügig zurück an Bord begleitet wurde. Eppstein indes verteilte hochprozentigen Grappa in der Zelle und spurtete zurück an Bord.

Bald war es am Hafen taghell, denn das hölzerne Hafenmeisterhäuschen stand in seiner Gänze in hohen, knisternden Flammen.

Nach nur wenigen Minuten kamen Feuerwehren und Helfer heran, doch der einzige Zugang zum Land war durch Ochsenkarren versperrt, die nur zur Hälfte entladen waren. Bis die Feuerwehrleute sie beiseitegeräumt hatten, verging wertvolle Zeit.

Eppstein stand neben Girolamo und Davide an Deck und lächelte. »Das Haus muss vollständig und gründlich abbrennen. Menschliche Körper sind nur sehr schwer entflammbar.«

Davide fragte sich, wie nützlich es wohl war, solch verblüffendes Wissen über den Menschen zu besitzen.

»Eine Feuerbestattung ist in vielen Ländern dieser Welt üblich«, tröstete Eppstein seinen Kapitän Girolamo, der erkennbare Gewissenbisse hatte.

Am nächsten Morgen kam ein Abgesandter der Herrscher Genuas an Bord, und seine ganze Körperhaltung drückte große Zerknirschtheit aus. Es war ja auch keine gute Sache, dass ein venezianischer Offizier, den man unter zweifelhaften Gründen festgesetzt hatte, in Genua ums Leben gekommen war. Diplomatische Verwicklungen wollte Giovanni Battista De Forneri, der regierende Doge Genuas, auf keinen Fall riskieren. Daher hatte er seinen besten Unterhändler vorgeschickt, der mit triefenden Augen Unterwerfung signalisierte, obwohl er als knallharter Verhandler bekannt war.

Dieses Mal allerdings gab es nichts zu verhandeln, sondern nur Schadensbegrenzung zu betreiben. Und der Genueser Abgesandte war angenehm überrascht. Denn die Venezianer verlangten lediglich die sofortige Freisetzung ihrer Flottille, darüber hinaus die Erstattung aller Zollgebühren, die sie in Genua errichtet hatten, und natürlich die verkohlten Überreste ihres bedauernswerten Offiziers.

All das gestand ihnen der Unterhändler auf der Stelle zu. Er glaubte, außerordentlich glimpflich davongekommen zu sein, ließ spontan noch zwei Amphoren gehaltvollen Weißweins an Bord schaffen und blieb kichernd an der Mole stehen, bis die Flottille dieser dämlichen Krebsfresser aus der Lagunenstadt außer Sicht war.

Die Galeeren lagen tief und schwer im Wasser, bis zum Deck beladen mit wertvollen Gütern. Sie kamen kaum voran und schafften auch bei günstigen Winden nicht mehr als zwei Knoten. Irgendwann war der Hafen von Pisa erreicht, wo Eppstein mit Davide auf einem angemieteten Eselskarren ins einige Meilen entfernte Stadtzentrum reiste.

Neben dem Dom und dem Baptisterium faszinierte Davide wie alle Pisa-Besucher der so arg schiefe Turm. Eppstein erklärte ihm, wie die Baumeister noch während der Konstruktion versucht hatten, den Turm zu begradigen – das Versetzen der höheren Stockwerke sollte der Schräglage entgegenwirken –, doch am Ende nützte es nichts.

Zu ihnen gesellte sich ein kleiner, noch keine zehn Jahre alter Junge, der Eppsteins Ausführungen interessiert zuhörte. Er hatte wache Augen und strubbeliges braunes

Haar, war aber ordentlich gekleidet und sicher keiner der Bettler, die sie auf dem Weg zur Piazza belagert hatten.

»Kommst du von hier, mein Kleiner?«, wandte sich Eppstein schließlich an ihn.

»Ja, ich bin hier geboren. Vor sieben Jahren, fünf Monaten, einer Woche und zwei Tagen.«

Eppstein lachte. »Was für ein aufgeweckter Kerl du bist!«

»Ich könnte Euch auch die Minuten und Sekunden nennen, hätte ich ein präzises Zeitinstrument zur Hand.«

Eppstein blickte den Jungen mit den lustig blitzenden Augen erstaunt hat. »Mir scheint, die Mathematik ist dein Steckenpferd. Wie heißt du?«

Bevor der Junge antworten konnte, rief eine Frauenstimme nach ihm. »Galileo, nun komm endlich her.«

Die Mutter des Jungen, von fülliger Gestalt und freundlichem Wesen, näherte sich. In einer Stofftasche trug sie die Einkäufe, die sie gerade auf dem Markt getätigt hatte. »Der Junge ist ein rechter Träumer«, entschuldigte sie sich, »und dieser Turm hat es ihm besonders angetan.«

Die Mutter nahm ihren Sohn an die Hand, und beide entfernten sich. Der Junge winkte noch einmal.

Eppstein sah den beiden nachdenklich hinterher und schaute dann am Turm empor. »Wer weiß, wozu diese schiefe Konstruktion einmal gut sein wird«, murmelte er wie zu sich selbst.

Ihr nächster Halt war Neapel, zugleich ihr letzter Stopp auf dem Tyrrhenischen Meer, bevor die Umrundung des italienischen Festlandes geplant war und sie Kurs nach Norden Richtung Heimat nahmen.

Neapel faszinierte Davide außerordentlich, was nicht

nur an dem gewaltigen Vulkan lag, der die Hafeneinfahrt und die gesamte Bucht auf eine zugleich malerische wie unheilvolle Weise dominierte. Es hieß, er sei noch aktiv und könne jederzeit ausbrechen.

Der Hafen selbst war wie einer dieser Bienenstöcke, die Davide auf dem Festland Venedigs einmal gesehen hatte, voller emsiger Geschäftigkeit und einem Lärm, der nicht etwa unangenehm war, sondern mit seinem steten Brummen wie eine notwendige und unvermeidliche Geräuschkulisse wirkte. In einem beinahe unverständlichen Dialekt fluchten die Hafenarbeiter, feilschten die Kaufleute, brüllten die Quartiermeister und Zöllner, alles vereint mit dem Quietschen der Räder, dem Knarren der Planken, dem dumpfen Stoß von Kiste an Kiste beim Verladen.

Girolamo begrüßte einen Kaufmann, den er in Venedig kennengelernt und der die Ankunft der Flottille erwartet hatte. Es war ein kräftiger, älterer Herr mit kurzen schwarzen Haaren, einem nie ersterbenden Lächeln und ganz dunkler, fast maurischer Gesichtsfarbe.

Er lud alle Offiziere in sein kleines Kontor zum Essen ein. Sie setzten sich an einen Tisch, auf dem schon so viele kalte Speisen standen, dass man um die Haltbarkeit der Tischplatte fürchten musste. Doch all die Schinken, Würste, Weinkrüge und Käse waren nur der Auftakt zu einem Mahl, das selbst Bacchus hätte erblassen lassen. Ein schier unendlicher Strom von Speisen und Getränken wurde von zwei Bediensteten hereingetragen, es gab Fisch und Fleisch und gebratenes Gemüse, zwischen den Gängen exotisches Obst, um den Gaumen zu erfrischen, zudem Wein und noch mehr Wein. Davide, der zuerst begierig zugeschlagen hatte, musste schon bald kapitulieren, und auch den Erwachsenen ging es nicht anders.

»So sind sie hier im Süden«, stöhnte Girolamo. »Geschickte Kaufleute, aber noch viel tapferere Esser.«

»Den Süden lob ich mir«, rief einer der Offiziere, »auch wenn wir einige von uns wie ein Fass voll Pökelfleisch zurück an Bord rollen müssen!«

In Messina verbrachten sie den zweiten Winter auf dem Meer. Einmal, am 27. Dezember, schneite es sogar und überzuckerte die Flottille mit einer dünnen weißen Schicht, die aber schnell wieder taute. Da sie sich in einem berüchtigten Piratengewässer befanden, appellierte Girolamo noch einmal an die Wachsamkeit seiner Männer, denen die Erschöpfung der Reise nun doch anzumerken war. Die vielen Landgänge halfen zwar, die Moral aufrechtzuhalten und keinen Hunger oder Durst aufkommen zu lassen, aber so langsam hatte jeder genug vom schlechten, beengten Schlafen zwischen Kisten, Amphoren und Säcken.

»Seid vorsichtig, oder wollt ihr als Sklaven mit Fußketten in Algier enden?«, fragte Girolamo.

Das wollte niemand, und auf alle Schiffe, die sich in ungebührlicher Weise näherten, wurde ein scharfes Auge oder auch der Lauf einer Arkebuse gerichtet. Von Messina ging es in einer schwierigen, fast zweimonatigen Fahrt gegen den Nordwind und einem letzten kurzen Verpflegungshalt in Ancona zurück nach Venedig.

Das Abenteuer war zu Ende, als der Markusturm in Sicht kam. Insgesamt hatte die Reise nahezu drei Jahre gedauert. Wie viel hatte der kleine Davide dabei doch erlebt! Zwar lagen Wochen auf hoher See zwischen den einzelnen Zielen, auch verbrachte man in Erwartung günstiger

Winde viel Zeit in Häfen, doch all diese lähmenden Ruhepausen schrumpften in Davides Erinnerung zu unbedeutenden Momenten zusammen, während in seinem Gedächtnis ein fantastisches Erlebnis, ein dramatisches Vorkommnis das nächste jagte.

Das Wetter war der Flottille zuletzt gnädig gewesen, während es andernorts für viel Kummer gesorgt hatte. Auf dem Indischen Meer hatte es heftige Stürme gegeben, und sie hatten viele Schiffe der Engländer und Niederländer auf Grund geschickt, samt all den teuren Gewürzen, sodass die Preise dafür scharf angezogen waren.

Davide war zehn Jahre jung gewesen, als die Reise begann. Als Dreizehnjähriger, fast ausgewachsen, mit tieferer Stimme und leichtem Bartflaum kam er zurück nach Venedig. Und er war nun nicht mehr der Sohn eines wagemutigen Emporkömmlings, sondern der Sohn eines sehr reichen Kaufmanns.

Der Palazzo gehörte fortan Girolamo, der mit seinem Sohn viele glückliche Jahre dort verbrachte.

Marco, der freigekaufte Junge, fand eine Anstellung bei einem Freund Girolamos, der ihn bald als tüchtigen Kontoristen und Buchhalter zu schätzen wusste.

KAPITEL 7

Die Finanzen

Es ist eine Katastrophe«, schluchzte Veronica. Davide hatte nach ihr geschickt, um mit ihr den Wiedereinzug in seinen Palazzo zu feiern, doch sie konnte sich kaum für Davide freuen. Während der Palazzo von Stunde zu Stunde wieder zu einem Teil Davides wurde, wobei der Duft von Hasans Gerichten, der den Staub und Mief vertrieb, zweifellos half, war Veronicas Palazzo – ja, ihre gesamte Existenz – durch den Tod ihres Mannes aufs Höchste gefährdet.

»So schlimm wird es nicht sein«, tröstete Davide sie immer wieder, doch Veronicas Stimmung blieb düster. Ein Aufschub hatte keinen Zweck, und Davide hatte inzwischen gelernt, dass Probleme nicht ignoriert, sondern schnell angepackt und mit einem entschlossenen Streich zerschmettert werden wollten, bevor sie zu groß wurden. Also blieb Hasans Essen unberührt, und sie ließen sich direkt zu Riccardos Palazzo rudern, um die Hinterlassenschaften zu sichten.

Auf dem Weg dorthin schoss eine von vier Ruderern bewegte Gondel an ihnen vorbei. Die Geschwindigkeit war atemberaubend, und die Ruderer konzentrierten sich darauf, die enge Spur zu halten. Die Gondeln glitten keine zwei Finger breit aneinander vorbei. Davide sah den Ruderern eher verwundert als verärgert nach.

Veronica hatte nicht übertrieben: Eine Katastrophe war es tatsächlich, wie Davide, der sich mit doppelter Buchführung gut auskannte, nach einer Stunde über den Büchern feststellte. Sein Vater hatte ihn einige wichtige kaufmännische Grundsätze gelehrt, doch selbst jemand, der die Addition und Subtraktion einigermaßen beherrschte, sah, dass Riccardo Bellini in großen finanziellen Schwierigkeiten gesteckt hatte. Diese hatte er durch sein frühes Dahinscheiden nun an seine Frau vererbt.

Der größte Part waren zwei offene Rechnungen bei Schiffsbeteiligungen.

Kaufleute taten sich zusammen, um ein Transportschiff auszustatten und auf große Fahrt zu schicken. Oft vereinigten sich die Kaufleute zu einer *societas*, wobei der stille Partner drei Viertel der Gesamtsumme, der andere ein Viertel investierte, dafür jedoch die Reise an das vereinbarte Ziel auf sich nahm, um dort Handel zu treiben. Bei seiner Rückkehr wurden die Gewinne dann hälftig aufgeteilt.

Blieb der Profit aus, so erfolgte selbstverständlich keine Auszahlung. Noch schlimmer aber: Die beiden fraglichen Schiffe, die *Santa Lucia* und die *Bacino di San Marco*, waren gar nicht erst zurückgekehrt und galten seit drei Jahren als verschwunden, samt ihrem Begleitkonvoi aus bewaffneten kleinen Galeeren. Zuletzt hatte man von ihnen Nachricht aus Alexandria erhalten. Insgesamt waren einhundertfünfzig venezianische Seeleute und vierhundert Ruderer vermisst. Man musste mit dem Schlimmsten rechnen.

Ebenfalls fatal: Die Schiffsbeteiligungen hatte Riccardo lediglich mit seinem guten Namen unterzeichnet. Seine Partner waren sich hinsichtlich des Profits dieser Reise, die vor allem dem Einkauf von zweihundert Tonnen Pfeffer diente, so sicher, dass sie ihm seinen Anteil vorstreckten, den er dann, mit wenig freundschaftlichen Zinsen von zwanzig Prozent, beim Verkauf der Ware zurückerhalten sollte nebst seinem Anteil an den Gewinnen. Das wäre in allen anderen Ländern nicht möglich gewesen, denn Wucher – also Profit – war nicht gern gesehen, also entwickelte man Verfahren, um das zu verschleiern. Man konnte etwa Kredite in einer Währung auszahlen und die Rückzahlung in einer anderen vereinbaren, sodass sich die Zinsen im Umrechnungskurs verstecken ließen. In Venedig allerdings fürchtete niemand die Exkommunikation durch den Papst, daher wurde ganz schamlos gehandelt, gefeilscht, verliehen, bezinst und gewuchert. Man sollte nur möglichst nie am falschen Ende der Wuchererkette stehen. So wie Riccardo.

Neben dem Pfeffer hatten die beiden Galeeren auch die Aufnahme von Rohbaumwolle, Elfenbein, Zinn, Pfauenfedern, Aloe, Mandeln, Datteln, Nüssen vom Schwarzen Meer, Öl, Feigen, Honig, Käse von der Insel Chios, Schwämmen und Indigo geplant. All das hätte in den bauchigen, lateinisch getakelten Triremen viel Platz gehabt.

Und nun forderten die Partner für die ausstehenden Beteiligungen sechstausend und achttausend Golddukaten, eine schwindelerregend hohe Summe, besonders wenn man bedachte, dass das Geld unwiderruflich fort sein würde, da die Schiffe wohl längst auf dem Meeresboden verrotteten. Die Kaufleute an Bord hatten vor der Fahrt ihren Ehefrauen einen bedingten Scheidungsbrief ausgestellt, für den Fall, dass sie ohne Zeugen starben. So bekamen die Frauen nicht nur das Vermögen, sofern vorhanden, sondern auch das Recht, sich nach einem Jahr wieder zu verheiraten.

»Ich werde den Palazzo verkaufen müssen«, schluchzte Veronica, fasste sich dann aber und brachte beinahe ein Lächeln zustande. »Bei dir und Hasan wäre doch noch Platz, oder?«

»Mehr als reichlich«, lächelte Davide zurück. »Und du bist selbstverständlich jederzeit willkommen. Am liebsten gestern.«

Allein: Beide wussten, dass selbst der Verkauf des Palazzos die Außenstände nicht würde abdecken können. Denn abgesehen von den zurückzuzahlenden Beteiligungen hatte Riccardo Bellini in den letzten Jahren ausschließlich auf Pump gelebt. Zu seinen Schulden gehörten unter anderem vierhundertfünfzig Dukaten ausstehender Lohn an seine Bediensteten, einhundertzwanzig Dukaten für die Gondelwerft, siebenundachtzig Dukaten an diverse Marketender für Fisch, Obst und Gemüse, vierzig Dukaten an Stukkateure, Tischler und Maurer, achtundsiebzig Dukaten an den Schneider, dreiundzwanzig Dukaten an den *parrucchiere*, der sich dreimal wöchentlich um das leuchtend rote, stets schwer zu bändigende Haar gekümmert hatte, dreihundertzweiundzwanzig Dukaten für seinen Weinhändler … So ging die Liste über mehrere Seiten fort.

Erstaunlicherweise war keine der Forderungen älter als zwei Jahre, dann aber folgte Schreiben auf Schreiben. Daher war Riccardo zu dem riskanten, mit hohen Zinsen belegten Handel mit den Kaufleuten gezwungen gewesen. Er hatte sich auf eine Lotterie mit seiner Zukunft eingelassen.

»Wusstest du von seinen finanziellen Schwierigkeiten?«

»Er hat mir nie etwas gesagt.«

»Wie konnte es nur so weit kommen?«

»Ich glaube, er war einfach kein guter Händler. Oft habe ich mich gewundert, dass er immer den zuerst ausgerufenen Preis für jedes Tuch zahlte.«

»Er hatte eben eine große Kaufmannsehre und setzte auf die Ehrlichkeit seiner Kollegen.« Tatsächlich hatte sich Riccardo Bellini stets außergewöhnlicher Beliebtheit erfreut.

»Was die anderen Kaufleute aufs Schönste ausnutzten«, seufzte Veronica.

»Diese Plötzlichkeit aber – irgendwo muss er sich gewaltig verspekuliert haben. Sein Geld war auf einen Schlag fort.«

»Ja, das ist mir auch aufgefallen. Doch was nützt uns jetzt dieses Wissen?«

»Hab keine Sorge, wir bekommen die Schulden klein. Als Erstes gebe ich dir Geld, um alle Bediensteten zu zahlen.«

»Aber …«

»Kein aber. Von Bortolattos Tölpeleien sind uns noch viele Dukaten übrig geblieben.« Der reiche Kaufmann, der zu den Verschwörern gegen Davide gehört hatte, wurde seinerzeit aus Rache von einem falschen Alchemisten aufs Kreuz gelegt und um einige Tausend Dukaten erleichtert, über die nun Davide verfügte.

»Gut. Ich werde auch zusehen, ob ich die Angestellten nicht meinen Freundinnen übermitteln kann. Zudem erstelle ich eine Liste von Vermögensgegenständen, die mir noch geblieben sind.«

»Ja, so machen wir es. Und was die Schiffsbeteiligungen angeht, werde ich mit den Kaufleuten reden.«

KAPITEL 8

Zum Rapport

Die zwei Boten waren aus dem nebligen Nichts gekommen und hatten ihn zu ihrer Gondel gebracht. Davide war noch müde vom Vorabend, an welchem Miguel einen zweiten Abschied gefeiert hatte. Bei Quattrodenti ging es erst heim, wenn sich die erste Ahnung von Helligkeit durch die trübe Nacht gekämpft hatte.

Übel gelaunte Burschen waren diese Boten und dazu noch üppig bewaffnet; von allerlei Riemen hingen Hieb- und Stichwaffen herab. Die Reise sollte zum Markusplatz und zu Kanzler Calaspin gehen, wie im Halbdunkel gemurmelt wurde. Doch die Gondel mit den zwei Ruderern an Bug blieb vertäut am Canale della Misericordia liegen, die Boten stießen ihn auf der Gasse in Richtung Süden.

»Dort geht es aber nicht zu Calaspin«, wunderte sich Davide, der hellwach geworden war und nach dem Stilett unter dem Tabarro tastete. Doch diese Boten waren keine gewöhnlichen Boten, erahnten Davides Absicht und zückten ihrerseits zwei Dolche, die sie ihm an die Kehle hielten; sie waren erfahrene Soldaten. Würden sie ihn entführen? Aber wohin? Wohin konnten die beiden ihn zu Fuß schon bringen? Und aus welchem Grund?

Man bog ins Ghetto ein, und die Kuriere steckten ihre Dolche weg. Nun ahnte auch der Spion des Dogen, wohin es ging, und er atmete erleichtert durch.

In Eppsteins Haus empfing ihn ein eklig-süßer Geruch, der ihm unangenehm bekannt vorkam. Die Boten hatten ihn zur Tür des jüdischen Arztes begleitet und sich dann zurückgezogen. Davide war das Haus im Ghetto wohlvertraut, doch der Geruch an diesem Ort hatte etwas Erschreckendes.

Eppstein trat auf ihn zu. Der Hausbesitzer mit seiner Augenklappe lächelte freundlich, doch neben ihm stand ein anderer Mann, der für Lächeln oder Freundlichkeit nichts übrig hatte. Es war der hagere Calaspin, der einflussreiche Kanzler der Republik. Seine Anwesenheit hier war so ungewöhnlich, dass Davide seine Verblüffung zunächst auf seine Müdigkeit schob.

»Entschuldigt meine Vorsichtsmaßnahmen«, erklärte der Kanzler nun, »aber ein Treffen an diesem Ort erschien mir opportun.«

Angesichts des schockierenden Anblicks, der sich ihm bot, war Davide klar, dass es ein Treffen dieser Art tatsächlich nur an diesem Ort geben konnte. Vor ihnen lagen drei Menschen auf dem Boden. Sie waren mit dem Rücken auf gräuliche Leinentücher gebettet, nackt, blass und tot. Ihre Gesichter waren grotesk verzerrt, die Münder standen offen, weil der Unterkiefer schlaff herabhing. Was, wie Davide wusste, auf einen Tod vor etwa zwei Tagen hindeutete. Und: Der Tod ließ diese drei Menschen auf eine unheimliche Art einander ähnlich sehen.

»Wer ... wer sind sie?«, brachte Davide hervor, den eine leichte Übelkeit befiel, denn der Geruch des Todes, den er noch von der letzten Pestepidemie kannte, waberte durch Eppsteins Bibliothek, abstoßend wie verfaulendes Obst.

Calaspin fuhr mit der Hand über die Szene, als streute er Saatgut aus. »Drei Tote seht Ihr hier.«

»Tatsächlich«, erwiderte Davide etwas sarkastisch und nickte. »Wer sind die drei? Oh, den hier mit dem schütteren Haar kenne ich. Ist das nicht der Kaufmann Antonio?«

»Da habt Ihr recht. Es sind Antonio Carraro, Marino Lorenzon und Carlo Schiavon.«

»Warum sind sie hier?«

»Sie sind ermordet worden.«

»Das sehe ich. Und?«

»Doch schaut genau, wie sie ermordet wurden«, sagte Eppstein.

»Darf ich?«, fragte Davide.

Eppstein nickte. Davide trat näher und drehte mit einer entschlossenen Bewegung eine der Leichen um, die mit einem irritierenden Schmatzen auf den Bauch fiel. Calaspin zuckte zusammen. Die Leiche roch rätselhafterweise nach Jasmin.

»Ein Stich von hinten links durch die Rippen in Herz oder Lunge«, stellte Davide fest. »Der klassische Todesstoß, für den es jedoch einiges an Kraft bedarf. Das Stilett – und diese Mordwaffe war es wohl, wie man hier an der kleinen Einstichwunde sieht – muss mit großem Druck durch die Knochen getrieben werden, nicht zu reden davon, dass in dieser Jahreszeit Männer einen dicken Tabarro und möglicherweise einige Unterhemden tragen. Nur ein erfahrener und sehr muskulöser Mensch kann eine solche Wunde zufügen, die sofort tödlich wirkt.«

»Ihr beeindruckt mich«, sagte Calaspin, was für seine Verhältnisse ein veritabler Gefühlsausbruch war.

»Erklärt Ihr mir vielleicht zunächst einmal, wer die anderen beiden Unglücklichen sind, die neben dem Kaufmann Antonio liegen?«

Eppstein wollte etwas sagen, doch Calaspin unterbrach ihn. »Alle drei sind venezianische Kaufleute, die gute, ehrliche Geschäfte tätigten und respektable Bürger der Serenissima waren.«

»Oh, ich danke herzlich für die Auskunft, verehrter Kanzler, aber das kann man wohl über jeden männlichen Venezianer sagen, der als Kind nicht frontal mit dem Kopf gegen die Markussäule gelaufen ist.«

Calaspin seufzte, Eppstein lächelte. »Nun gut«, sprach Calaspin. »Antonio machte sein Geld mit Salz, Marino mit Glas, Carlo mit Tuch. Keiner von ihnen war besonders reich, aber sicher auch nicht arm. Dukaten wurden ihnen nicht abgenommen, ein Raubmord ist daher ausgeschlossen.«

»Sie sind alle an ein und demselben Tag ermordet worden?«

»Ja. Ihre Leichen wurden beinahe zeitgleich entdeckt.«

»Wo?«

»Das ist ebenfalls etwas rätselhaft. Alle drei starben auf den Gassen im Sestriere Rialto. Am helllichten Tag. Zeugen gab es dennoch keine.«

»Kannten die drei einander?«

»Schwer zu sagen. In Venedig ist das möglich, sogar wahrscheinlich. Aber ob engere Verbindungen bestanden haben, solltet Ihr prüfen.«

»Was von alldem ist bereits stadtbekannt?«

»Wir haben die Leichname schnellstmöglich hierhergebracht, wobei die Angehörigen selbstverständlich von dem Mord unterrichtet wurden und sich in Venedig alles schnell herumspricht.«

»Davide, eines solltet Ihr noch wissen«, sagte Eppstein. »Ihr habt bei der Totenschau ein entscheidendes Detail übersehen.«

Davide runzelte die Stirn und blickte sich die drei Leichen noch einmal genau an.

»Seht Ihr es nicht?«, insistierte der jüdische Arzt.

Davide beugte sich nun so nah wie möglich über die Toten. Dabei hielt er die Luft an, um nicht den Geruch der allmählich sich aufblähenden und zersetzenden Körper in die Nase zu bekommen.

»Was meint Ihr?«

»Betrachtet die linke Hand jeder der drei Leichen«, forderte Eppstein ihn auf.

Davide sah nun das schauerliche Detail: Ringfinger und kleiner Finger der linken Hand waren gebrochen und ineinander verschlungen. Das letzte Glied des kleinen Fingers tauchte unter dem Nagel des Ringfingers wieder auf. Bei allen drei Leichen waren die Finger auf diese groteske Art verformt.

»Das ist erst nach ihrem Tod passiert«, erklärte der Gelehrte.

»Also ein Zeichen. Oder eher eine Warnung«, mutmaßte Davide. »Doch für wen?«

»Oder eine Art Unterschrift des Mörders«, spekulierte Eppstein. »Damit wir wissen, welche Morde er begangen hat und welche nicht.«

»Ich wüsste nicht, was mit diesen gebrochenen Fingern gemeint sein könnte«, sagte Calaspin. »Eine Zunft oder Bruderschaft, die ein solches Zeichen im Wappen führt, ist mir nicht bekannt.«

»Auch mir ist diese Symbolik ganz fremd«, gab Eppstein zu. »Doch nun weist Eure Männer an, die Toten abzuholen und ihren Familien auszuhändigen. Hier gibt es nichts mehr zu tun.«

»Mein lieber Eppstein«, ließ sich Davide vernehmen, »wie habt Ihr es nur geschafft, die Leichen hierherzubekommen?«

»Eine Anweisung des Dogen, zu der ich ihm dringend geraten habe«, erklärte Calaspin nun und musste beinahe grinsen – aber eben nur beinahe. »Aus Genua sind Fälle von Pest gemeldet worden, und nun soll jeder Tote in Venedig, ob gewaltsam umgekommen oder nicht, auf Anzeichen der Krankheit untersucht werden.«

»Ein geschickter Schachzug.«

»Findet heraus, was diese drei verband und wer uns eine Nachricht zukommen lassen wollte«, wies Calaspin seinen Spion an. »Heute sind mir keine weiteren Toten gemeldet worden, aber die Stadt ist nervös genug. Eine Mordserie ist das Letzte, was wir jetzt gebrauchen können.«

KAPITEL 9

Das Treffen

Endlich bescherte der Frühling der Serenissima strahlende, warme Tage in Tiefblau und Hellgelb. Die Luft war klar und duftete nach Blüten; das modrige Winterwetter, das die Kehlen rau gemacht und die Glieder entzündet hatte, verzog sich endlich in die Berge. Obwohl beinahe täglich mehr Soldaten in die Stadt strömten und niemanden vergessen ließen, dass es bald zu einem großen Kampf mit den Osmanen kommen würde, schienen die Venezianer heiter gestimmt und gingen munter ihren Tätigkeiten nach. Der Grimm in den Gesichtern weichte in der Sonne auf, man grüßte einander freundlich und lachend, statt sich vor dem Wind und der Kälte in seinem Tabarro zu verbergen.

Die toten Kaufleute waren nun schon einige Zeit unter der Erde. Davide hatte so manches über die drei Unglücklichen herausgefunden, doch nichts, was ihn auf irgendeine vielversprechende Fährte gebracht hätte.

Über Antonio, den Salzhändler, gab es Gerüchte, er sei eher dem männlichen Geschlecht zugeneigt gewesen, aber niemand konnte dem Alleinlebenden etwas Kompromittierendes nachweisen. Und überhaupt war Homosexualität in Venedig geduldet; niemand würde sich durch diesen Umstand erpressbar machen. Der Glashändler Marino war ein Raubein, der häufig seine Frau schlug und bei den Huren der Stadt viele Bekanntschaften pflegte. Doch dort war er nie auffällig, sondern blieb höflich, zahlte stets die verlangten Dienste, die fast immer oraler Art waren, und legte ein ordentliches Trinkgeld obendrauf. Carlo, der Tuchhändler, hatte erst vor Kurzem einen Vertrag mit dem Großen Rat über die Ausstattung von Venedigs Offizieren mit Uniformen abgeschlossen. Möglich, dass dabei Schmiergelder geflossen waren, aber auch das sorgte in Venedig für wenige hochgezogene Augenbrauen. Hinweise auf gemeinsame Unternehmungen der drei oder sonstige Verbindungen zwischen ihnen oder gar schwer kriminelle Handlungen ließen sich bislang nicht finden.

Die Morde blieben ein Rätsel. Auch, weil sie in solch zeitlicher Nähe vonstatten gegangen waren, am selben Tag, möglicherweise innerhalb von Minuten. Jemand musste es sehr eilig gehabt haben. Oder waren es mehrere Mörder? Dann wäre alles noch viel komplizierter.

»Irgendetwas Krummes müssen sie doch wohl getan haben«, meinte Hasan, Davides Freund und Diener, der seit der gemeinsamen Zeit in den Bleikammern kaum von seiner Seite gewichen war.

Beide bummelten an diesem strahlenden Morgen über den Rialtomarkt, der sich in einer Farbexplosion von seiner schönsten Seite zeigte. Orangen aus Spanien, Zitronen aus Sizilien, Rosenkohl, Spargel, Spinat, Rhabarber, sogar die ersten Wassermelonen – in der Luft lag ein Hauch von Sommerbeginn.

»Da hast du recht. Doch mich erstaunt ein ganz anderes Detail.«

»Welches meint Ihr, Herr?«

»Wenn diese drei, wie wir wohl vermuten dürfen, in sinistre Geschäfte verwickelt gewesen wären – warum ließen sie sich dann so leicht ermorden?«

»Worauf wollt Ihr hinaus?«, fragte Hasan.

»Nun, ich sehe es doch an mir selbst. Als Geschäftsmann in meinem früheren Leben ging ich fröhlich durch die Gassen und pfiff ein Liedchen. Doch nun, in meinem neuen Dasein, das eine ums andere Mal mit heiklen Aufgaben betraut und sicher nicht ohne Feinde, bin ich wachsam. Wenn ich allein durch eine Gasse gehe und Schritte sich nähern, dann drehe ich mich um. Ich achte darauf, wer mir begegnet.«

»Ich verstehe. Und diese drei haben sich beinahe arglos überwältigen lassen.«

»Richtig. Als hätten sie nichts im Leben zu befürchten. Genau das wundert mich.«

»Bei uns heißt es: *Möge der Schatten in deinem Rücken immer dein eigener sein.*«

Davide schmunzelte. »Trefflich formuliert! Doch nun, lieber Hasan, lass uns etwas Schönes für den Abend einkaufen, auf dass ich gestärkt zu dem Treffen gehe.«

Denn Davide hatte eine wichtige Verabredung. Mit jenen Männern, denen Veronica viele Tausend Dukaten schuldete, weil sich ihr Mann verspekuliert hatte.

An diesem Abend kochte Hasan in der neuen Küche, deren schiere Größe für ihn ein Paradies war, für Davide und Veronica eine ausgezeichnete Fischsuppe und reichte dazu hartes Brot, so wie es der Hausherr mochte. Danach gab es Sardinen mit Zwiebeln und Weißweinessig und zum Abschluss etwas Obst sowie einen Tropfen des tiefschwarzen, erquickenden *qahwe* aus dem Orient.

Davide und die junge Witwe trafen letzte Absprachen.

Es war ein prachtvoller Palazzo mit Blick auf den Canal Grande, keine zweihundert Fuß vom Markusplatz entfernt. Innen: Fresken von Generationen von Malern, aktuelle Gemälde von Tintoretto, schwere Teppiche auf venezianischem Terrazzo-Boden. Ein Eichentisch, mit viel Silber eingedeckt. Karaffen mit Wein und Wasser. Staubgraue Dienerschaft in makellosem Weiß. Teure Kerzen, die die nächtliche Szenerie erhellten.

Doch mittendrin: bunte Insekten. Pompös gekleidete Kakerlaken. Eingefallene alte Männer mit bunten Samtmützen, die ihre arthritischen Hände wie Klauen neben den glänzenden Tellern platzierten. Mundwinkel, die jeden Widerstand gegen die Schwerkraft aufgegeben hatten, die sich nur kraftlos und karpfengleich öffneten, um den Wein zu trinken oder ein paar müde Worte herausfallen zu lassen.

»Venier, Venier«, ließ sich eine Kakerlake vernehmen. »Euer Schicksal ist bemerkenswert.«

»Es verlangt beinahe«, assistierte ein anderer Gliederfüßer, »nach einer Niederschrift, genauso wie Marco Polos fantastische Erzählungen.«

»Es freut mich, dass Ihr mein Schicksal ergötzlich findet«, entgegnete Davide scharf.

»Oh, entschuldigt, man weiß, dass Ihr alles verloren habt und Euch unrecht getan wurde. Und doch steht Ihr jetzt hier vor uns, und manche von uns glauben, Ihr seid mächtiger als zuvor.«

Sechs Kaufleute hatten sich versammelt. Alle waren sie hochbetagt, doch wach und zäh. Sie aßen nicht, sondern tranken nur. Möglich, dass sie schon gegessen hatten. Möglich auch, dass sie nichts Festes mehr zu sich nehmen konnten und während ihrer restlichen Tage auf Erden auf die Nährstoffe vertrauten, die im Weißwein schlummerten.

»Ihr müsst wissen, dass es ein großes Entgegenkommen von uns war, Riccardo Bellini an unserer Unternehmung teilhaben zu lassen, obwohl er über keinerlei Barmittel verfügte.«

»Das ist mir bewusst.«

»Wir vertrauten auf seinen guten Namen.«

»Zu Recht«, gab sich Davide verständnisvoll.

»Dann werdet Ihr auch verstehen, dass wir die vereinbarte Summe auf irgendeine Weise zu erhalten wünschen«, sekundierte ein anderer Alter.

»Natürlich haben wir kein Interesse daran, Menschen in die Bleikammern werfen zu lassen, sondern würden uns wünschen, eine gemeinsame Regelung zu finden, die beiden Seiten zum Vorteil gereicht«, warf ein Dritter ein.

»Bellinis Witwe verfügt ja noch über den Palazzo, der unbelastet ist und einige Tausend Dukaten wert sein dürfte. Sicher gibt es auch noch andere Vermögensgegenstände in einer Familie mit so langer kaufmännischer Tradition, die liquide zu machen ein Kinderspiel wäre«, sagte der Erste wieder.

»Selbstverständlich akzeptieren wir auch Überschreibungen von Sachmitteln«, kicherte ein weiterer Mann, und alle kicherten mit.

Davide konnte sich den Witz darin nicht erklären. »Hört mich an«, ging er nun dazwischen, »auch ich bin hier, um eine einvernehmliche Lösung zu finden. Doch was ich brauche, ist Zeit. Ich muss Euch nicht sagen, welche Erschütterungen der frühe Tod des Signor Bellini nicht nur bei seiner Frau ausgelöst hat.«

Die Alten blickten einander ausdruckslos an. »Wie viel Zeit wollt Ihr haben?«, fragte der Wortführer.

»Gebt mir einen Monat, um gemeinsam seiner Witwe einen Lösungsvorschlag zur Rückzahlung der Schulden zu machen, die beide Seiten befriedigt.«

»Ein Vorschlag, der uns unser Geld zurückbringt?«

»Das ist unser Ziel.«

Wieder blickten sich die alten Kaufleute an, doch dann wurde die Nacht in Fetzen gerissen. Glocken erklangen, erschreckend laut, penetrant, geradezu physisch erschütternd, zuerst vom Markusplatz her, dann in allen Kirchen der Stadt. Der Lärm war infernalisch, die Gläser auf dem Tisch vibrierten. Die Kaufleute atmeten heftig.

»Was hat das zu bedeuten?«, fragte einer in den Lärm hinein.

»Der Doge ist tot!«, rief ein anderer.

»Der arme Alvise!«, schluchzte ein Dritter.

»Dummkopf! Dann würde doch nur der Campanile am Markusplatz läuten.«

Es klopfte hektisch an der Tür. Ein Bote bat um Einlass, der sofort gewährt wurde. Im Raum stand nun ein keuchender Junge, auf dem sich alle Blicke bündelten. Viele Kaufleute hatten ihre *galoppini*, die sie über alle Entwicklungen rund um den Dogenpalast auf dem Laufenden hielten. Je spektakulärer die Nachricht, desto großzügiger fiel der Lohn aus.

Davide sah, dass es Luca war, jener junge, hellwache Ruderer, den er bei seinem ersten Abenteuer kennengelernt hatte. Auch an Lucas Blick war deutlich abzulesen, dass er Davide wiedererkannte, doch er sammelte sich schnell und tat den Auftraggebern die Neuigkeiten kund.

»Die Heilige Liga«, keuchte er, »ist gegründet worden! Spanien, Rom, Genua und Venedig führen die Christenheit in einen Kampf gegen die Osmanen!«

Das war zweifellos eine gute Nachricht. Die Verhandlungen hatten sich lange hingezogen, denn Erzfeinde wie Genua und Venedig oder Rom und Venedig an einen Tisch zu bringen, war schon schwierig genug gewesen und hatte viel diplomatisches Geschick erfordert. Zudem beanspruchten die Spanier, wie es hieß, das Oberkommando für sich, was weder die Venezianer noch die Genuesen so einfach akzeptierten.

Doch der Vormarsch der Osmanen war inzwischen allzu bedrohlich geworden. Auch die Grausamkeiten, die sie bei ihren Eroberungen begingen, hatten die westliche Welt erschüttert. So wurde der venezianische Kommandant Zyperns, Marcantonio Bragadin, trotz der Zusicherung freien Geleits tagelang aufs Grausamste gefoltert und schließlich bei lebendigem Leib gehäutet. Die Haut stopfte man mit Stroh aus, setzte die groteske Puppe auf einen Esel und führte sie über die Insel. Weitere fünfundzwanzigtausend Einwohner Zyperns, Männer wie Frauen wie Kinder, wurden von den Osmanen abgeschlachtet. Von solchen Gräueltaten hatte man bis dato noch in keinem Krieg gehört.

»Was wisst Ihr noch?«

»Es heißt, Don Juan werde die Flotte befehligen.«

Die alten Kaufleute murrten und murmelten, doch diskret, wie sie waren, hielten sie sich vor dem Boten mit ihrer Meinung zurück. Einer drückte ihm eine Münze in die Hand und schickte ihn mit einer Kopfbewegung fort.

Am Gesichtsausdruck des Jungen erkannte Davide, dass er sich mehr versprochen hatte. »Ein Dukaten?«, fragte Luca ungläubig. »Ehrenwerte *signori*, ich habe zehn Tage und Nächte vor dem Dogenpalast ausgehalten, und Ihr dürftet die Ersten in der ganzen Stadt sein, die diese Nachricht bekommen haben.«

»Nun schleicht Euch endlich«, beschied ihm einer der Herren gelangweilt.

»*Buonasera*«, knurrte Luca und tat, wie ihm geheißen.

Nachdem sich die Tür geschlossen hatte, geriet Bewegung in die so zurückhaltenden Kaufleute. Davide glaubte zunächst, dass auch sie einen Anflug von Euphorie verspürten, war ihnen doch offenbar die Gefahr bewusst, die von dem Sultan in Istanbul und seinen Allmachtsfantasien über das Mittelmeer ausging. Doch er lag falsch.

»Das ist das Ende Venedigs!«, rief einer aus.

»Was soll nur aus uns werden?«, heulte ein anderer.

»Man hätte die Osmanen kaufen sollen. Hätte man ihnen doch dieses alberne Zypern gegeben und dafür einige Zugeständnisse erbeten.«

»So hat es bislang stets geklappt.«

»Wir werden verhungern, weil der Weizen aus Ägypten nicht mehr bei uns ankommen wird.«

»Und dann sind unsere schönen Schiffe und unsere Söhne auch noch unter der Aufsicht eines Bastards, der so jung ist, dass er sich nicht einmal rasieren muss.«

»Es heißt, er hat noch die Stimme eines Knaben.«

Don Juan d'Austria war, wie Davide wusste, tatsächlich noch sehr jung. Als unehelicher Sohn Karls des Fünften auf dem Land aufgewachsen, ahnte er bis zu seinem fünfzehnten Lebensjahr nicht einmal, dass er ein Kaisersohn war. Erst dann begann man, ihn höfisch zu unterrichten und vor allem mit der Kriegskunst vertraut zu machen.

»Signor Venier«, wandte sich nach vielem weiteren Lamentieren endlich der Wortführer an den Gast, »nun versteht Ihr sicher, dass sich unsere Verhandlungsgrundlagen soeben völlig geändert haben. Im Angesicht des drohenden Krieges, ja möglicherweise der Vernichtung Venedigs können wir leider keinen Aufschub gewähren und bitten um die Bezahlung der fälligen Beträge innerhalb von, sagen wir …«, er blickte sich kurz um, »… innerhalb von acht Tagen.«

Das war eine niederschmetternde Botschaft.

Doch Davide hatte eine Idee. Es war eine völlig verrückte, extrem heikle Idee. Aber möglicherweise war es die letzte Chance, die er noch hatte.

»Ihr glaubt also nicht an einen Sieg der Heiligen Liga?«, fragte er.

»Das ist schlechterdings unmöglich.«

»Die Osmanen werden uns überrennen und unsere Soldaten lebend oder tot an ihren Bug nageln.«

»Und dann werden sie Kurs auf Venedig nehmen und die Stadt niederbrennen und alle Einwohner niedermetzeln oder versklaven.«

»Der Markusplatz wird in Flammen aufgehen und Venedig geschleift werden wie einst Karthago von den Römern!«

Ein Diener schenkte Wein nach, den die Alten mit einer Entschlossenheit hinabstürzten, die an Tintorettos beste Tage erinnerte.

»Beruhigt Euch«, sprach Davide. »Ich biete Euch folgenden Handel an. Sollte die Heilige Liga den Osmanen unterliegen, wie Ihr es ja voraussagt, dann wird Signora

Bellini Euch noch am Tag der Verkündung der Niederlage den doppelten Betrag auszahlen, den sie Euch schuldet.«

Die Kaufleute blickten überrascht. »Das ist in der Tat ein gutes Angebot, doch sicher gibt es einen Pferdefuß?«

Davide lächelte. »Sollte aber die Heilige Liga gewinnen, was Ihr ja für völlig ausgeschlossen haltet, dann gelten all ihre Schulden als abgegolten.«

Die Kaufleute blickten einander an. »Ein suizidales Angebot, findet Ihr nicht?«

»Ich habe Vertrauen in Don Juan und in die venezianischen Galeeren und bin mir sicher, dass der Sieg nah ist.«

»Euer Optimismus wird Euch und Signora Bellini den Kopf kosten«, sagte der Wortführer der Kaufleute.

»Also haben wir eine Abmachung?«

»Du bist ja völlig verrückt!« Veronica schüttelte fassungslos den Kopf, als Davide ihr am nächsten Abend von seinen Verhandlungen mit den Kaufleuten berichtete. Hasan schenkte beiden gerade Wein und Wasser nach.

»Ich fand die Idee genial«, konterte Davide trocken.

»Sollten also die Osmanen gewinnen, landen wir in den Bleikammern.«

»Beruhige dich, ich ...«

»Ich bin ganz ruhig«, zischte Veronica.

Hasan befand, dass nun genau der richtige Augenblick gekommen war, die *fegato alla veneziana* aufzutragen, das feierlichste aller Gerichte der Lagunenstadt.

Veronica und Davide kauten schweigend und blickten aneinander vorbei.

»Darf ich?«, fragte Davide schließlich.

»Als müsstest du mich um Erlaubnis bitten«, kam es schnippisch zurück.

»Also, zunächst, mein lieber Hasan: Alles war ausgezeichnet. Doch du hast ein wenig mit dem Pfeffer gespart, nicht wahr?«

»Die Pfefferpreise sind nach oben geschossen, für ein einziges Korn verlangen sie mittlerweile ein Vermögen!«

»Schwindelst du auch nicht?«, erkundigte sich Davide.

»Die Händler sagen, in den letzten Monaten sei keine Ware mehr angekommen.«

Wie merkwürdig, grübelte Davide, den aktuell allerdings gewichtigere Probleme beschäftigten. Zum Beispiel jenes, wie er das bezaubernde Geschöpf mit den schwarzen Locken, das ihm gegenübersaß, von der Brillanz seiner Idee überzeugen konnte. Oder war sie gar nicht so brillant?

»Veronica, hör mir zu. Es ist doch wie folgt: Sollten die Osmanen gewinnen, wird Venedig im Chaos versinken. Die Banken werden pleitegehen, die Menschen werden hungern, es wird zu Aufständen kommen. Wie lange ist der letzte Aufstand her? Keine vier Jahre. Und da ging es nur um Getreide. Das war ein Witz gegen das, was uns bei einem Sieg der Osmanen und dem Zusammenbruch aller Handelsrouten erwarten wird. Für reiche Kaufleute wie die Geschäftspartner Riccardos ist das Einfordern ausstehender Summen dann mit Sicherheit das geringste Problem. Man wird wohl eher versuchen, das eigene Vermögen oder was davon noch übrig ist, in Sicherheit zu bringen.«

»Was werden wir tun, um vorzusorgen?«

Davide atmete tief durch. »Nichts.«

»Was heißt das?«

»Venedig wird gewinnen.«

»Und wenn nicht?«

»Venedig wird gewinnen.«

Veronica warf das Besteck auf den Teller. »Ich freue mich für dich, dass du so zuversichtlich bist, ich hingegen gedenke, meine Verwandten auf der *terraferma* zu benachrichtigen!«

»Das wird nicht nötig sein«, beschwichtigte Davide sie. Oder hatte sie vielleicht recht? War es wichtig, einen Plan für den Fall zu haben, dass alles schiefging?

Sie gingen gemeinsam zu Bett, doch es herrschte ein ziemlich lautes Schweigen zwischen ihnen. Bis Davide Veronicas Hand ergriff und sie die Berührung erwiderte und sie beide einigermaßen versöhnt einschliefen.

KAPITEL 10

Die Einschiffung

Die Plätze am Ufer hielten Frühaufsteher seit Stunden besetzt, in den ersten Reihen wurde heftig gerangelt. Zudem hatten sich, so schien es, alle privaten Boote der Serenissima versammelt, die den Bacino di San Marco in eine gewaltige Holzplanke verwandelten. Man hätte trockenen Fußes vom Markusplatz zur Kirche auf der vorgelagerten Insel San Giorgio Maggiore gelangen können. Leise wurde gemurmelt, es war wie bei einem besonders feierlichen Gottesdienst, und bei allen Menschen spürte man eine eigenartige, bedrückte Anspannung.

Davide, der von den Prokuratorien herbeigeeilt war, fand auf den Stufen am Riva degli Schiavoni einen guten Platz neben dem ihm bekannten Kaufmann Carlino, der ihn herangewinkt hatte. Auch seine stattliche Größe von sechs Fuß half ihm, alles im Blick zu haben.

Die Stadt war herbeigeströmt, um das Auslaufen der venezianischen Flotte aus dem *arsenale* zu bestaunen. Die Spanier, so hieß es, seien mit Don Juan d'Austria bereits in Sizilien vor Anker und warteten auf die Italiener. Die genuesische Flotte, berichteten die Boten, befinde sich unter ihrem erfahrenen Kommandanten Gianandrea Doria ebenfalls in voller Ausrüstung und Bestückung auf dem Tyrrhenischen Meer.

Und nun erschienen die Venezianer. Was für eine

Pracht! Sechs Galeassen und mehr als vierzig Galeeren ruderten hintereinander aus dem schmalen *arsenale*-Kanal. Jubel brandete auf, Fahnen und Tücher wurden geschwenkt. Die Ruder stachen mit zunächst gleichmäßigem, trägem Rhythmus ins Wasser, der jedoch anschwoll und unter den Tausenden Ruderschlägen zu einem weißen Schaum wurde. An Bug, Heck und Mastbaum knatterten die Fahnen der Serenissima und die bunten Geschwaderflaggen, an Bord winkten die Soldaten. Unter den Zuschauern war wohl niemand, der keine Gänsehaut bekam.

An der Spitze der Flotte fuhr die dreimastige Galeasse *Capitana* mit Sebastiano Venier, dem fünfundsiebzigjährigen *Capitano Generale Da Mar* der Venezianer, dessen hagere, stolze Gestalt mit dem prächtigen Bart hinten auf dem Ruderturm zu erahnen war. Es folgten drei weitere Galeassen, jene gewaltigen Schiffstypen, die im Gegensatz zu den Galeeren größer und höher im Aufbau waren, bis zu tausend Soldaten transportieren konnten und über eine bis dahin unerreichte Feuerkraft verfügten. Die Kanonen waren auch am Bug, an Steuerbord und sogar am Heck angebracht. Damit konnte das Schiff aus allen Lagen feuern und nicht nur, wie eine Galeere, in Fahrtrichtung. Zudem konnten Feinde die Galeasse wegen ihres hohen Aufbaus kaum entern.

Alle Skepsis verflog angesichts dieses Waldes aus Masten, Holz und Eisen. Kein Aufmarsch einer Armee hätte beeindruckender sein können. Wie sollten diese Schiffe jemals besiegt werden? Die Flottille drehte unter ekstatischen Hurra-Rufen eine Ehrenrunde auf dem Bacino, bevor sie sich endgültig gen Süden wandte und den Osmanen entgegenfuhr, bereit zur lange ersehnten Entscheidungsschlacht zwischen den Christen und den Soldaten der Hohen Pforte.

Auf welchem Schiff wohl Miguel de Cervantes diente? Davide spähte nach seinem Freund, doch die Entfernung war zu groß, der Trubel an Bord sowie am Ufer zu mächtig, um irgendwelche Einzelpersonen verlässlich erkennen zu können. Miguel hatte sich bewusst in venezianische Dienste begeben, gab es doch ein kleines Problem mit der spanischen Justiz sowie gewisse finanzielle Verbindlichkeiten, die es ratsam erscheinen ließen, bei den italienischen Freunden anzuheuern. Dort sei, wie es hieß, auch der Sold besser als bei den Spaniern, zudem würde im Fall eines Sieges eine besonders üppige Belohnung auf die Soldaten warten. Der Haken: Sie mussten nicht nur siegen, sondern möglichst auch noch überleben. Aber daran hatte Miguel keinen Zweifel gehabt.

Davide machte sich dennoch Sorgen um Miguel und schickte dem davonfahrenden Flottenverband ein Stoßgebet hinterher.

Was er noch nicht wusste: Bald würde er selbst mitten im Schlachtengetümmel stecken.

»Nun lasst uns auf den bevorstehenden Sieg der Heiligen Liga anstoßen!«, rief Carlino fröhlich und zog Davide am Arm mit sich fort. Er war ein sympathischer, manchmal etwas aufdringlicher Mensch, doch angesichts der dramatischen Wochen, die Venedig zweifellos bevorstanden, konnte Davide ein freundliches Gesicht gut gebrauchen.

»Woher speist sich Euer Optimismus?«

»Haben wir nicht Gott auf unserer Seite?«

»Das behaupten die Osmanen von sich auch.«

Carlino lachte herzlich auf. »Schnell, hier ist eine Taverne, die guten, kräftigen Wein aus Sizilien ausschenkt.

Wer weiß, wie lange die Transportrouten noch offen bleiben.«

»Ihr habt recht. Gehen wir dort hinein.«

»Oder muss ich um mein Leben fürchten, wenn ich mit Euch trinke?«

»Wie meint Ihr das?«, fragte Davide verblüfft.

»Oh, diese Mordserie und dann noch der tote Riccardo Bellini«, lachte Carlino. »Aber Ihr wisst ja, ich gebe nichts auf dumme Gerüchte.«

»Erklärt mir Eure Worte genau.«

»Aber bei einem Glas Roten, einverstanden?«

»Einverstanden.«

Es stellte sich heraus, dass viele Venezianer nicht an einen natürlichen Tod Riccardo Bellinis glaubten. Dass der Rotschopf allzu kommod früh starb, und auch noch just am Tag jener geheimnisvollen drei Morde, die sich natürlich längst herumgesprochen hatten …

Davide wollte einwerfen, dass dem nicht so war, hielt sich aber zurück, um den Redefluss seines Gegenübers nicht zu unterbrechen.

Nun, so klatschte die Stadt, stehe Riccardo der Verbindung Veronica Bellinis mit Signor Venier nicht mehr im Weg, und das sei doch äußerst angenehm, nicht wahr? Auch bei den drei Toten falle hier und da Davides Name, was ja nun, wie Carlino mit ungebrochenem Frohsinn erklärte, angesichts des Rachefeldzugs im letzten Jahr – zu dem Davide selbstverständlich, wie Carlino eifrig versicherte, jedes Recht gehabt habe – eine gewisse Kausalität beweise, und ob vielleicht auch diese Kaufleute einst gegen ihn gestanden und deswegen von Signor Venier beseitigt worden seien.

»Dumme Gerüchte, wie gesagt, ich referiere nur, was

man so hört. Seid versichert, dass ich jede Gelegenheit nutze, diesen törichten Menschen zu widersprechen«, schloss er.

Davide war aufs Äußerste beunruhigt. Auch ein Gerücht war machtvoll, gerade in Venedig. Und es konnte schnell zu einem gefährlichen Gegner anwachsen. Er musste endlich herausfinden, was es mit diesen Morden auf sich hatte.

KAPITEL 11

Eine erste Spur

Davide tat, was er tun konnte. Er sprach mit den Familien und Verwandten der Mordopfer, sofern diese überhaupt bereit waren, etwas auszusagen. Er befragte ihre Geschäftspartner, hörte sich bei den Gondolieri und Huren um, bestach die Barbieri und Schneider der drei und schickte den jungen Luca auf ein paar Erkundungstouren, die aber alle nichts einbrachten. Davide kosteten die Nachforschungen jede Menge Dukaten, denn Auskünfte ließ man sich in Venedig nun einmal bezahlen, ob Bettler oder Mitglied im Großen Rat. Denn das war ein ungeschriebenes Gesetz der Stadt. Und niemand wollte mit gratis offerierten Leistungen die Preise verderben.

Was wusste er also? Drei Kaufleute, die in ganz unterschiedlichen Geschäftsfeldern tätig gewesen waren, die sich nicht kannten und die auch sonst in keinerlei erkennbarer Verbindung zueinander standen, waren an ein und demselben Tag auf dieselbe Weise ermordet worden. Sie waren von hinten erstochen worden, und es sah so aus, als hätten sie nichts von ihrem Schicksal geahnt, was dafür sprach, dass sie nichts Kriminelles unternommen hatten und gewissermaßen schuldlos gerichtet worden waren.

Das war nicht allzu viel, und eine Woche später saß Davide ratlos beim Abendessen und brachte vor lauter

Nachdenken kaum einen Bissen des *baccalà* herunter, in dessen Herstellung Hasan inzwischen so versiert war wie die besten Köche der Stadt.

»Willst du dir eine Theorie anhören?«, fragte Veronica, die von Davide stets auf dem Laufenden gehalten wurde. Nur die Sache mit den bösen Gerüchten über ihn selbst verschwieg er ihr lieber.

»Ich bin ganz Ohr.«

»Was, wenn die Kaufleute nur zufällige Opfer waren?«

»Wie meinst du das?«

Veronica drehte mit einer Hand eine Locke im Haar noch lockiger. »Ich weiß auch nicht so recht, aber könnte es nicht sein, dass man versucht, Angst und Schrecken zu verbreiten, indem man wahllos Menschen tötet?«

»Und diese drei Bedauernswerten hatten einfach Pech?«

»Ja, möglich wäre es.«

»Und wer sollte dahinterstecken?«

»Fragen wir doch einmal andersherum: Wer hätte ein Interesse daran, Venedig zu destabilisieren?«

Davide grinste. »Eigentlich alle. Die Papisten in Rom, die Dogen in Genua, die Franzosen, die Engländer, die Spanier, die Portugiesen, die Niederländer, die Medici – außer vielleicht just in dieser Zeit, wo unsere Galeassen gebraucht werden.«

»Bleibt nur ein verdächtiges Volk übrig.«

»Die Osmanen, meinst du? Daran habe ich auch gedacht.«

»Und was meinst du?«

»Zweierlei scheint mir dagegen zu sprechen. Erstens würde es, wenn man deine Theorie der Destabilisierung zugrunde legt, wohl prominentere Venezianer getroffen haben als leidlich erfolgreiche Kaufleute. Zweitens glaube ich, dass auch für die Osmanen viel auf dem Spiel steht und dass sie ihre kaltblütigsten Männer lieber auf ihren Galeeren sehen als auf riskanten Missionen im Feindesland.«

Die Tage verstrichen, und Davides Nachforschungen versickerten immer tiefer im Lagunensand. Würde es ihm oder irgendjemandem je gelingen, das Rätsel um die Morde zu lösen?

Doch eines Morgens klopfte es. Vor der Tür stand Carlino, der von Hasan nach oben gebeten wurde.

»Herzlichen Glückwunsch zum Rückgewinn Eures Palazzos.«

»Er ist noch nicht endgültig mein, aber ein erster Schritt ist getan.«

»Ich hoffe, ich habe Euch keinen Kummer gemacht mit meinem dummen Gerede«, gab sich der sonst so gut gelaunte Kaufmann zerknirscht.

»Aber nein, ich danke Euch im Gegenteil, dass Ihr mich darüber unterrichtet habt. Ein Glas Weißwein gefällig?«

Hasan brachte zwei Becher Wein, welcher um diese Stunde, wie in Venedig üblich, mit Wasser verdünnt wurde.

»Und man hörte, Ihr forscht eifrig nach, um Genaueres zu wissen.«

»Ja, aber es ist alles nicht sehr fruchtbar und sehr geheimnisvoll«, gestand Davide.

»Das kann ich mir denken. Und doch meine ich, Euch einen kleinen Hinweis geben zu können.«

Davide horchte erfreut auf. »Jeder Hinweis ist hochwillkommen! Setzt Euch doch!«

Carlino nahm auf einem der Stühle mit aufwendig geschnitzter Rückenlehne Platz. »Es ist eigenartig mit diesen Toten. Es waren arglose Menschen, die nicht viele Feinde gehabt haben konnten.« Carlino schüttelte betrübt den Kopf.

»Genau das bereitet auch mir Kopfzerbrechen.«

»Doch wie Ihr wisst, war ich mit Antonio Carraro gut bekannt und hatte auch einmal mit Marino Lorenzon zu tun.«

»Nein, das wusste ich nicht.«

»Darf ich noch um etwas Wein bitten? Er ist wirklich ausgezeichnet. Und die Gläser sind auch sehr erlesen. Murano? Nun, vor wenigen Wochen erzählte mir Antonio, er stehe vor dem Geschäft seines Lebens.«

»Was meinte er damit?«

»Der Pfeffer, mein lieber Venier.«

»Pfeffer?«

»Antonio hat fast alles verkauft, was er hatte, um ins Pfeffergeschäft einzusteigen, und wenn ich mich recht erinnere, fiel auch der Name Marino Lorenzon.«

»Interessant. Pfeffer ist nichts Verwerfliches.«

»Nein, die Gewinne scheinen derzeit zu explodieren, denn überall ist er knapp.«

»Das hörte ich auch. Aber für gute Geschäfte wird man in Venedig selten umgebracht. Eher bekommt man einen Eintrag ins Goldene Buch der Stadt.«

»Und wird im hohen Alter zum Dogen ernannt. So wie Eure Verwandten«, scherzte Carlino, der endlich wieder zum altbekannten Frohsinn zurückfand.

»Venier ist ein häufiger Name in Venedig, und ich bin weder mit Dogen noch mit Seekommandanten verwandt.«

»Venier!«, rief Carlino. »Habt Ihr nicht die grundlegendste Sache begriffen? Es ist doch völlig nebensächlich, ob Ihr verwandt seid oder nicht. Solange der Name gut klingt, seid Ihr fein raus!«

Davide lächelte. »Dann muss ich wohl hoffen, dass sich mein Namensvetter Sebastiano Venier bei der Schlacht gegen die Osmanen nicht unehrenhaft ergibt.«

»Das wird der alte Mann ganz sicher nicht tun. Jeder einzelne Soldat, vom Ruderer bis zum Kapitän, weiß genau, was mit Marcantonio Bragadin passiert ist. Aufgeben ist gegen die Osmanen keine Option.«

Davide hob das Glas. »Auf Marcantonio!«

»Auf Marcantonio!«, erwiderte Carlino feierlich.

»Nun aber zurück zum Pfeffer. Antonio Carraro hat darin investiert, und auch Marino Lorenzon, sagtet Ihr?«

»Wenn ich mich recht erinnere, dann war das so. Nur von Carlo Schiavon weiß ich nichts. Aber ich dachte, dass Euch das vielleicht weiterhilft.«

»Es sorgt zumindest für ein wenig Klarheit in diesem bislang so trüben Meer. Habt Dank dafür.«

Das war ein überraschender Fingerzeig gewesen. Davide begab sich nach Carlinos Besuch in die Prokuratien.

Auf dem Weg dahin kam er an dem Zelt einer Wahrsagerin vorbei, vor dem sich, wie fast jeden Tag, eine lange Schlange gebildet hatte. Zwei Dutzend Menschen warteten, endlich zu ihr vorgelassen zu werden. Signora Destina war in ganz Venedig berühmt. In dem überbordenden Angebot an Magiern, Quacksalbern, Sehern, Wunderheilern, Hexen, Kräuterweibern und Kartenlegern hatte sich

Signora Destina eine ganz besondere Nische geschaffen. Sie sagte allen immer nur das Schlechtestmögliche voraus: Scheidungen, gescheiterte Geschäfte, Betrug, Feuer, Schiffbruch, Krankheit, Tod. Vor allem auf Krankheiten hatte sie sich spezialisiert und malte ihren Kunden mit viel Liebe fürs Detail aus, was ihnen demnächst bevorstand, vom offenen Geschwür der sarazenischen Lepra über Eiterbeulen auf der Brust durch die Franzosenkrankheit, vom schwachen Herz durch das Antoniusfeuer, blutenden Ausfluss durch das Schleimfieber, Bläschen der Antoninischen Pest, Auszehrung, Gliederschwund, Brand, Halsbräune und Rotlauf bis hin zur Schwarzen Galle, der Englischen Krankheit und der Schüttellähmung.

Ihr Geschäftsmodell funktionierte. Sie lag nicht immer richtig, aber immerhin häufig genug; Menschen wurden ja nun einmal krank und starben. Aber bald galt es als eine Art Mutprobe, Signora Destina seine Aufwartung zu machen, um anschließend mit allen bevorstehenden Verwünschungen, Misserfolgen und Krankheitssymptomen zu prahlen. Auch hatte es sich bei manchen Kaufleuten eingebürgert, kurz vor dem Abschluss eines wichtigen Vertrages oder einer Schiffsbeteiligung Signora Destina zu konsultieren. Wenn sie einem die schrecklichen Blattern vorhersagte, war alles gut, das Geschäft schien ja nicht gefährdet.

Davide kannte die Wahrsagerin schon lange. Sie war eine attraktive, etwas füllige Frau in ihren Vierzigern und stammte aus Mestre. Bemerkenswert waren ihre großen hellblauen Augen. Zunächst hatte sie sich als Prostituierte und danach als ägyptische Hohepriesterin mit dem Verkauf von Tieramuletten aus Ton »direkt aus Alexandria« versucht, bis sie schließlich auf die gewinnbringende Signora Destina gekommen war. Er hätte sie gern begrüßt, doch in diesen Tagen konnte er keine weiteren schlechten Nachrichten gebrauchen.

Der Dogenpalast mit seinen vielen bunt geschmückten Sälen war vielleicht das schöne Antlitz der Serenissima, doch das Hirn befand sich in den Prokuratien. Saal reihte sich hier an Saal, Stockwerk türmte sich über Stockwerk, Menschen mit grauen Gesichtern und viel Papier unter dem Arm hasteten durch die Gänge. Dabei schafften sie es rätselhafterweise, bei all ihrer Geschäftigkeit kaum einen Laut auf dem steinernen Boden zu hinterlassen.

Der wie immer missgelaunte Schatzkanzler Grattardi lauerte hinter dem Schreibtisch auf seinen Gast.

»Venier, Ihr seid noch der Ruin der Republik! Wie viele Dukaten für welche unsinnige, nichts einbringende Reise wollt Ihr dieses Mal?«

Als Davide erklärte, dass er nur in den Archiven suchen wolle, hellte sich Grattardis Miene beinahe unmerklich auf, wenn auch nur für wenige Momente, bevor sie zurück in unergründliche Düsternis fiel, ihren üblichen Zustand.

Ein junger Mann, fast noch ein Kind, bekam den Zettel mit den Namen der drei Kaufleute gereicht, nickte beflissen und begleitete Davide durch die verwirrenden Flure und schließlich ins zweite Stockwerk, wo die wichtigen Dokumente sicher vor dem *acqua alta* lagerten. Über jeden größeren Geschäftsabschluss mussten hier Kopien hinterlegt werden, um die legitimen Forderungen von Käufern und Verkäufern, von Teilhabern und Kreditgebern abzusichern.

Besonders beliebt waren in Venedig die sogenannten *loca:* Investoren erwarben Anteile an Schiffsexpeditionen, manchmal nicht mehr als ein Hundertstel, und sogar Wirte und Marketender investierten in die Handelsflotte. Aktive Investoren verteilten ihre Risiken und erwarben Anteile an mehreren Schiffen. All diese Anteile konnten gehandelt und vererbt werden, was ihre Dokumentation in den Prokuratien so wichtig machte.

»Ich weiß, wer Ihr seid«, sagte der Junge zögerlich. Er ging schon leicht gebückt und wirkte müde, wie es in diesem Amt üblich war. Sein Blick aber flackerte wach und interessiert.

»So, weißt du das?«

»Ihr seid aus den Bleikammern entkommen und nun der persönliche Spion des Dogen.«

»Da hast du recht. Wobei ich nicht entkommen bin, sondern …«

»Man sagt, Ihr kennt die Königin von England und den König von Frankreich!«

»… sondern befreit wurde, nachdem ich ungerechterweise einsaß.«

»Man sagt, Ihr könnt einen Mann durch bloßes Berühren an einer bestimmten Körperstelle töten!«

»Sagt man auch, dass ich meine Auskünfte zügig zu bekommen schätze, weil ich den Auskunftgebenden sonst in eine Maus verwandle?«

Der Junge lachte nervös auf. »Ihr müsst entschuldigen. Ich verbringe seit meinem zwölften Lebensjahr jeden Tag in diesen Archiven. Mein Vormund sagt, ich werde einst ein geschätzter Mann sein.«

»Sag deinem Vormund, frische Luft täte dir ab und zu gut. Doch nun zu meiner Anfrage.«

»Ja, ich weiß, um wen es sich handelt. Alle drei haben erst vor einigen Wochen Geschäfte mit Alfredo Ranocchia abgeschlossen.«

»Wer ist das?«

»Er unterhält ein Pfefferkontor nicht weit vom Rialtomarkt.«

Der Junge zog einen gewaltigen Papierstapel hervor, der von Schnüren zusammengehalten wurde und auf dessen Deckblatt geheimnisvolle Kürzel standen, die wohl nur die Angestellten der Prokuratien entziffern konnten.

»Seht, hier ist die Bestätigung über drei Wechsel, die sie alle drei kurz hintereinander zugunsten Ranocchias ausstellten. Viertausend Dukaten, achttausend Dukaten, dreitausendzweihundert Dukaten.«

»Ganz erhebliche Summen für diese Kaufleute!«

»Ja, ihr ganzes Vermögen und mehr, sie haben ihrerseits Kredite aufgenommen. Seht, hier!«

Das war äußerst geheimnisvoll. Warum verschuldeten sich drei Kaufleute auf einen Schlag so erheblich, und das bei ein und derselben Person?

»Die Wechsel sind noch nicht gezogen wurden, oder?«

»Nein.«

Auch das war merkwürdig.

»Aber sagt«, fragte der Junge schüchtern, »ist es wahr, dass alle drei erdolcht wurden?«

»Darüber darf ich nicht sprechen«, sagte Davide und nickte dabei. »Was weißt du alles über Ranocchia?«

»Oh, ich kenne ihn, er wohnt nicht weit von dem Haus meines Vormunds in Castello. Er ist erst letztes Jahr aus Lissabon zurückgekehrt, wo er aufgewachsen ist. Mit seiner dunklen Haut sieht er aus wie ein veritabler Lusitanier, obwohl seine Eltern Venezianer sind.«

»Dann werde ich ihn aufsuchen.«

»Das«, erwiderte der junge Mann, »wird nicht so einfach sein.«

»Warum nicht?«

»Er ist, soweit ich weiß, auf dem Weg, den Osmanen tüchtig eins aufs Haupt zu geben.«

»Er ist bei der Flotte?«

»Ja, er gilt als erfahrener Seemann und hat sich sofort freiwillig gemeldet.«

Damit verlief auch diese Spur, die doch so vielversprechend schien. Es sei denn …

KAPITEL 12

Hinterher

Ihr wisst, dass Venedig über Euch tratscht?«, fragte Calaspin vom Schreibtisch aus, ohne Davide anzusehen.

»Ja, das weiß ich.« Woher aber der Kanzler der Serenissima das wusste, erschloss sich Davide nicht. Er verließ kaum einmal seinen Schreibtisch, geschweige denn den Dogenpalast. Man sah ihn nie bei Festen oder Empfängen oder gar beim Karneval. Mit mönchischer Askese widmete er sich tagaus, tagein den Staatsgeschäften. Dennoch war er der bestinformierte Mann der Stadt. Sein Spitzelnetz, zu dem ja auch Davide selbst gehörte, musste ebenso außerordentlich sein wie sein Gedächtnis und seine Auffassungsgabe.

Nun endlich blickte Calaspin von seinen Papieren auf. »Ja, er ist tatsächlich bei der Flotte, wie hier ersichtlich wird. Als stellvertretender Kapitän der Galeere *Torcello*.«

»Was schlagt Ihr vor?«

»Haltet Ihr ihn denn für verdächtig?«

»Er ist, wie es bislang aussieht, unsere einzige Chance, etwas über die Morde zu erfahren.«

»Nun gut. Ich will nicht nur diese drei Morde aufgeklärt haben, ich will auch, dass die Gerüchte über Euch verstummen, die letztlich unseren Institutionen schaden. Ich schreibe Euch eine Abberufung für Ranocchia aus. Und Ihr bringt ihn zurück.«

»Das halte ich für das Beste. Danke, dass Ihr es auch so seht.«

»Ein einzelner Mann wird in der Schlacht wohl kaum einen Unterschied machen.« Calaspin kratzte sich am Kinn. In diesem Moment, das wusste Davide, dachte er an nichts anderes als das Wohlergehen der Republik. »Wir können beinahe dankbar für den bevorstehenden Krieg sein, hätten diese Morde doch ansonsten ein viel größeres Aufsehen erregt. Ich stelle Euch jedenfalls alle nötigen Papiere aus und lasse sie vom Dogen persönlich abzeichnen. Allerdings glaube ich, wenn ich offen mit Euch sein darf, ohnehin nicht an eine Schlacht.«

»Seid Ihr Euch da sicher?«

»Wie oft in den letzten Jahren ist es schon dazu gekommen?«

»Da habt Ihr recht, doch viel spricht dafür, dass es dieses Mal unvermeidlich ist.«

»Na, ich vermute, dass im allerletzten Moment Emissäre mit weißen Fahnen und Schatullen voller Dukaten geschickt werden. Wir haben ja sogar Lösegeld für den armen Teufel Bragadin gezahlt. Also für das, was noch von ihm übrig geblieben war.«

Um nicht in allzu vielen Details an den bedauernswerten Kommandanten Zyperns denken zu müssen, stellte Davide eine praktische Frage. »Wie soll ich reisen?«

»Ich würde Euch auf einer schnellen Galeere der Flotte hinterherschicken, doch an der ganzen Küste dürfte es kein einziges verfügbares Schiff geben. Organisiert Euch eine Barke und hofft auf günstige Winde.«

»Schauen wir, ob es so einfach wird.«

»Davide, noch etwas: Der Doge hält viel von Euch und

weiß um Eure Verdienste. Diese Meinung wird aber nicht von allen hohen Herren geteilt. Noch einmal kann ich Euch nicht aus den Bleikammern holen.«

KAPITEL 13

Miguels Geschichten

Was für eine Freiheit! Was für eine Lust! Miguel stand vorn am Bug und ließ sich vom Fahrtwind erfrischen. Er war der Kommandant der Soldaten an Bord und demnach nur dem Kapitän untergeordnet, der große Stücke auf ihn hielt, seit er ein paar seiner Waffentricks gezeigt hatte. Außerdem hielt er die Besatzung mit seinen fantasievollen Geschichten bei Laune, die, mit seinem spanischen Akzent erzählt, noch ein wenig märchenhafter wirkten.

Die Galeeren waren auf dem Weg nach Messina, um sich mit den restlichen Streitkräften der Heiligen Liga zu vereinen und eine gemeinsame Vorgehensweise abzusprechen. Obwohl die Fahrt flott voranging, war die Stimmung an Bord gedämpft. Die Ungewissheit darüber, was allen bevorstand, lastete auf jedem Ruderer, jedem Kanonier, jedem Seemann, jedem Soldaten. Alle Dienste wurden schweigend und mit großer Konzentration erledigt. Die Arkebusenschützen und Kanoniere hielten die Läufe peinlich sauber, denn das Salzwasser war der schlimmste Feind der ohnehin anfälligen Waffen. Jeder Soldat schärfte täglich Messer und Säbel.

Miguel aber lebte auf. Die Enge an Bord machte ihm überhaupt nichts aus, den Unbill der schlechten Nahrung, des abgestandenen Wassers, des abendlichen Bechers schlechten Weins und des unaussprechlichen Fehlens von Hygiene ertrug er nicht nur, im Gegenteil: All das schien ihn regelrecht zu erfrischen.

Schon zuvor war er ja ein fröhlicher Geselle gewesen, mit dem man gern den Umgang pflegte und den Wein teilte; nun aber, wenn der Abend kam, die Geschäftigkeit an Bord nachließ und die Gedanken schwerer wurden, scharten sich die Soldaten um ihn. Erst waren es nur ein paar gewesen, doch dann drängten sie sich zu Dutzenden, bald zu Hunderten aufs obere Unterdeck, suchten sich einen Platz auf Lafetten, in Hängematten oder einfach auf den bloßen Planken.

Es war so still, dass nur das Knarzen der Takelage und das gleichmäßige Rauschen der Bugwelle hörbar waren. Und dann begann Miguel zu erzählen. Erst erzählte er von seiner spanischen Heimat, jener trockenen, staubigen Estremadura, die nicht nur das genaue Gegenteil des amphibischen Venedigs war, sondern auch im scharfen Gegensatz zu jener Wasserwüste stand, die sie nun alle auf einer gefährlichen Mission überquerten. Er erzählte von seinem verrückten Großvater, der unbedingt Wein statt Weizen anbauen wollte und damit die Familie fast in den Ruin trieb, sodass sie auf ihrem eigenen Gut nur noch Häusler waren, eine wacklige Stufe über der Leibeigenschaft, bis der Vater mit einem cleveren Trick die Usurpatoren vertrieb und mit viel Fleiß und einer glücklichen Spekulation die Familie wieder zu Wohlstand brachte. Einer der Söhne der geprellten Vorbesitzer fing dann einen Händel mit Miguel an, den dieser mit drei klug gesetzten Faustschlägen beendete. An dieser Stelle holte sich Miguel einen Zuhörer aus dem Publikum, um den Verlauf des Kampfes, der sich in einer Taverne zugetragen hatte, aufs Dramatischste nachzustellen. Dabei war der Gegner so unglücklich gestürzt, dass er forthin ein wenig blöde im Kopf war und nur noch seinen eigenen Vornamen aussprechen konnte (und auch den nur gelispelt), was Miguel viel Ärger mit der örtlichen Gerichtsbarkeit einbrachte, weswegen er sich nun letztlich, nach vielen Zwischenschritten, auf dieser Galeere befand.

Beinahe jeden Abend wurde er nach den Umständen des Kampfes gefragt, und naturgemäß fiel die Beschreibung ein ums andere Mal etwas dramatischer aus, und immer mehr Soldaten drängten sich nach vorn, um ihre Meinung zu effektiven Schlägen kundzutun und sie pantomimisch vorzuführen.

»Du musst genau hierhin zielen«, rief ein kleiner Dicker und zeigte auf den Solarplexus eines Freiwilligen. »Dann siehst du nur noch die Sterne wie ein Astrologe!«

»Astronom, du Dummkopf!«

»Nein, nein, Astrologe, du Esel!«

»Nein, hierhin«, meinte ein anderer und deutete auf eine Stelle unter der Kehle. »Dann bekommt der Schurke keine Luft mehr und sackt sofort zu Boden, auf dass du ihn ganz leicht fertigmachen kannst.«

»Nein, hierhin!« Ein Dritter, ein Paduaner, so hager wie Dünengras, zeigte auf eine Stelle an der Außenseite des Oberschenkels. »Die ist durch keinen Schild und Panzer geschützt und bei allen leicht zu treffen.«

»Am Oberschenkel? Red keinen Unsinn! Was für ein Quatsch!«, übertönten ihn die anderen.

Doch der Paduaner erbat sich einen Freiwilligen – gleich mehrere drängten sich nach vorn – und wählte den Kräftigsten aus, der sich mit spöttischem Lächeln vor ihm aufbaute.

Der Paduaner holte aus und traf den Freiwilligen mit dem Spann seines Fußes an der von ihm beschriebenen Stelle.

Die Wirkung war verblüffend: Der Mann knickte tatsächlich ein und blieb ein paar Augenblicke lang auf den Planken knien, bevor er sich aufrappeln konnte. Die Soldaten konnten es kaum glauben, und einige davon versuchten in der Enge, den Tritt zu imitieren.

Schließlich begann Miguel, die Rittersagen zu erzählen, die man in Spanien so sehr liebte. So berichtete er von Don Olivante de Laura und seiner Liebe zu Lucenda, der Tochter des Kaisers von Konstantinopel, und deren verbotener Hochzeit. Oder von Florismarte von Hyrkanien und seinen Kämpfen gegen riesige Waldmonster. Oder vom Schlitzohr Rinaldo von Montalbán, dem Lieblingsritter seines Königs, der von den Osmanen Gold stahl und unsterblich in die zauberhafte Celidonia verliebt war. Oder von Ritter Platir, von Don Kyrieeleisón, von Ritter Fonseca oder von Bernardo del Caprio, der bei Alfons dem Zweiten aus Asturien aufwuchs und zu einem tapferen Ritter wurde, der viele Mohren tötete, bis er herausfand, dass sein eigener Vater bei seinem Herrn geblendet im Kerker saß. Daher verbündete er sich mit den Mohren gegen Alfons den Zweiten und besiegte ihn, doch Alfons hatte Bernardos Vater bereits töten lassen. Palmerín de Oliva war der uneheliche Sohn des Prinzen von Mazedonien, der gegen viele Fabelwesen kämpfte, bevor er sich in die Kaisertochter Polinarda verliebte, bis nach Babylon zog und schließlich den Kaiserthron von Konstantinopel bestieg.

Der bretonische Ritter Tirante der Weiße kam ebenfalls gut bei den Zuhörern an: Nachdem er viele Abenteuer gegen Räuber und Riesen bestanden hatte, bat ihn der oströmische Kaiser um Hilfe im Krieg gegen die Türken. Dank seiner Tapferkeit wurden die Türken besiegt und Ostrom gerettet, doch er starb, bevor er, wie versprochen, die schönste Frau des ganzen Reiches heiraten durfte.

Die Matrosen lernten durch Miguels Geschichten auch den Ritter Diego Pérez de Vargas kennen, der, als ihm in einer Schlacht das Schwert zersprang, einen dicken Ast von einer Eiche brach und damit so viele Mohren totschlug, dass ihm davon die Bezeichnung »Machuca« (»Klopfdrauf«) als Zuname blieb und seine Nachkommen seit jenen tapferen Tagen Vargas y Machuca hießen.

Doch am liebsten lauschten seine stets gebannten Zuhörer den Abenteuern des Amadís von Gallien, dem unehelichen Sohn von König Perión und Elisena von England, die den Säugling heimlich nach Schottland verbannten, wo er beim Ritter Gandales heranwuchs. Der Zauberer Arcalaús wollte ihm an den Kragen, aber die Priesterin Urganda la Desconocida beschützte ihn. Schließlich traf er seinen Vater wieder, der ihn in die Arme nahm und zum Ritter schlug. Er bekämpfte Riesen und Fabelwesen, doch seine große Liebe, Prinzessin Oriana, die englische Thronfolgerin, wollte ihm Böses – sicher war sie kurzzeitig verhext worden. Amadís tauchte unter und verlor seinen Verstand; erst eine Zofe Orianas brachte ihn wieder zur Besinnung. Amadís half Orianas Vater Lisuarte, Invasoren zurückzuschlagen, Oriana und Amadís versöhnten sich und zeugten heimlich einen Sohn namens Esplandián, der von einer Löwin großgezogen wurde. Doch das Verhältnis zwischen Amadís und Lisuarte war so schlecht, dass Amadís zehn Jahre lang aus England fliehen und als »König des Grünen Schwerts« allerlei Abenteuer bestehen musste und bis nach Konstantinopel kam. An dieser Stelle brachen die zuhörenden Soldaten stets in Jubel aus. Dort warb er um die Prinzessin Leonorina, die schließlich Esplanadiáns Frau wurde. Als größte Heldentat aber galt sein Sieg über das Monster Endriago mit seiner schuppigen Haut und seinem giftigen Atem.

Schließlich ließ sich Miguel zu kleinen Reimen hinreißen, die seine Zuhörer begeisterten. Einer, den er fortan jeden Abend aufsagte, ging so:

Ich brach, hieb, sprach, schlug Beulen, hab vollbracht
mehr als der fahrenden Ritter ganz Geschlecht,
kühn, brav, stolz, tausend Frevel schwer gerächt
und hunderttausend wiedergutgemacht.

Als sich eines Abends sogar der Kapitän zeigte, wurde er von der Besatzung mit Applaus und fröhlichen Pfiffen empfangen. Dank Miguels abendlicher Spektakel hätte die Stimmung an Bord der Rudergaleere *San Donato* kaum besser sein können.

Capitano Generale Sebastiano Venier hatte unterdessen ein Problem: Kundschafter hatten ihm gemeldet, dass die osmanische Flotte unter Ali Pascha vor Candia lag und nach Nordwesten steuerte. Sebastiano allein wäre von den Osmanen zermalmt worden, also musste er abdrehen und von Korfu aus Messina ansteuern, um sich mit den Spaniern zu vereinen. Damit überließ er die dalmatinischen und griechischen Besitzungen der Serenissima den Osmanen, die daraufhin bis nach Zara vordrangen und die Küstenorte verwüsteten.

Auch Venedig lag völlig schutzlos da. Der alte Venezianer machte sich Sorgen, teilte sie seinen Vertrauten aber nicht mit und blieb zuversichtlich.

KAPITEL 14

Die Abreise

Es war spät am Abend, der warme Wind hatte nachgelassen. Ein Hund bellte, zwei Gondolieri ruderten mit Wasserfässern vorbei, der Ruderer am Bug murmelte Verwünschungen gegen seine Frau ins Nichts, jener am Heck zuckte, Davide und Hasan erspähend, entschuldigend mit den Schultern: die *amore,* die verflixte. Ein Venezianer in feinem Tabarro hustete seinen Wein in Würfelform in den Kanal, der Dreispitz fiel hinterher.

Davide wartete auf Luca, der mit einer kleinen Gondel angerudert kam und anlegte, ohne das Boot zu vertäuen. Geschickt hielt er mit einem Fuß den Kontakt zum Ufer.

»Herr, ich bin so schnell gekommen, wie ich konnte.«

»Schon gut. Ich brauche deine Hilfe.«

»Was immer Ihr wollt, Herr.«

»Ich brauche ein Boot.«

»Davon gibt es genug in dieser Stadt, möchte ich meinen. Wie wäre es mit diesem hier?«

»Ich benötige eines, das quer übers Adriatische Meer segeln kann.«

Luca legte die Stirn in so tiefe Falten, wie es ihm mit seinen sechzehn Jahren möglich war. »Ihr scherzt, oder?«

»Nein. Ich brauche das Boot bis morgen früh. Geld spielt keine Rolle.«

»Bis zum Abend werdet Ihr eines haben.«

Und so war es. Der Besitzer hieß Oliver und war Fischer. Er besaß eine kleine Schaluppe mit brauchbarem Segel und, soweit das vom Augenschein zu beurteilen war, einigermaßen vernünftig kalfatertem Rumpf. Oliver war nicht groß, aber alles an ihm wirkte muskulös. Die Unterarme waren dicker als die Oberarme, und selbst der mächtige Bauch schien nicht aus Fett zu bestehen, sondern bildete eine Art Schwunggewicht. Jede seiner Bewegungen war bedacht, aber entschlossen. Davide wusste, dass er den richtigen Mann für den riskanten Törn gefunden hatte.

Die venezianische Flotte, so der letzte Wissensstand, war in Messina angekommen und wartete auf Nachricht der Genuesen und Spanier, um sich mit ihren Schiffen zu vereinen und gemeinsam in Richtung Osten zu segeln. Dorthin galt es aufzubrechen.

»Ein vierter Mann würde nicht schaden, nicht wahr?«

Oliver brummte.

»Luca, du kommst mit.«

Lucas Augen blitzten auf. »Mit Vergnügen, Herr!«

»Ob es ein Vergnügen wird, werden wir sehen.«

Sie räumten Netze, Reusen, Bottiche, Angelruten und allen sonstigen Ballast von Bord und nahmen nur die allernötigsten Vorräte mit, Wasser und etwas Wein, Käse und Schinken, eingelegte Sardinen. In dem kleinen Zeltverschlag am Heck würden sich immer zwei von ihnen ausruhen können.

Davide hatte beschlossen, nicht unter Land zu segeln, sondern Otranto direkt anzusteuern, quer übers Meer, und dann um Apulien herum nach Nordwesten Richtung Messina weiterzusegeln.

»Traut Ihr Euch diese Navigation zu?«, fragte er den Fischer.

Oliver nickte.

Bei der Ausfahrt sahen sie abkommandierte *arsenalotti*, Arbeiter der Schiffswerft, die auf kleinen Booten die *pali* abbauten, jene zu drei oder vier Pflöcken zusammengefügten Wegweiser, die die Fahrrinnen anzeigten.

»Warum tun sie das?«, fragte Luca.

»Um eine Invasion Venedigs zu erschweren«, erwiderte Davide. »Falls die Osmanen gewinnen und Kurs auf Venedig nehmen, können wir dann wenigstens darauf hoffen, dass sie zuvor mit ihren Kielen auf Grund laufen und die Lust auf eine Plünderung verlieren.«

»Sie werden nicht gewinnen, oder?«, fragte Luca und bekreuzigte sich.

»Nein, das werden sie nicht.«

Die Überfahrt würde riskant werden. Da alle verfügbaren Schiffe und Soldaten abgezogen waren, lag die obere Adria schutzlos da. Piraten würden mit ihren kleinen, schnellen Rudergaleeren leichtes Spiel haben. Blieb zu hoffen, dass sie sich bei Fischerbooten nicht die Mühe einer Verfolgung machten. Auch der Wind konnte helfen, schnell aus den gesetzlosen Gewässern fortzukommen. Aber an den ersten beiden Tagen fegte ein warmer Scirocco über die Adria, der sie kaum vorwärtskommen ließ.

Davide musste sich nur zwei- bis dreimal am Tag übergeben, hielt sich aber insgesamt tapfer.

Oliver lächelte zum ersten Mal. »Einen seekranken Venezianer sieht man selten.«

»Jeder hat eben seine Spezialität«, keuchte Davide.

Bald ging es dank eines leichten Borawindes aus Nordost besser voran.

KAPITEL 15

Kriegsrat

»Noch etwas Wein, Sire?«

»Mhm …«

»Mhm …«

»Mhm …«

Der Wein plätscherte in die Becher, was an diesem Tisch mit seiner seltsamen Besetzung fürs Erste das einzige Geräusch blieb. Denn die hier versammelten Herren trauten einander keinen Zoll breit. Sie gönnten einander nicht das Schwarze unter den Fingernägeln.

An Bord des spanischen Flaggschiffs *Real* hatten sich die Kommandanten der Heiligen Liga versammelt. Don Juan d'Austria würde den Oberbefehl haben, darauf hatte man sich mit viel Murren geeinigt. Doch würde man in der Schlacht wirklich auf ihn hören? Da war sich niemand sicher. Der junge Mann mit dem hübschen Gesicht, dem rötlichen Haar und der typischen Unterlippe aller Habsburger blickte nachdenklich ins Leere.

Ihm gegenüber saß Sebastiano Venier und hielt sich kerzengerade. Man sah ihm seine fünfundsiebzig Jahre an, doch man sah ihm auch an, dass er in blendender Verfassung war. Und selbst wenn dem nicht so wäre, dann würde doch kein Klagelaut über seine Lippen kommen. Er hatte bereits auf der Herfahrt nach Messina eigenmächtig und gegen jede Abmachung gehandelt, als er einigen

Piraten hinterherjagte und dabei zwei Galeeren verlor. Don Juan hielt es für besser, ihm dafür nun keinen Rüffel zu erteilen, was tatsächlich klug war, denn auf eine solche Vorlage wartete Sebastiano nur.

Als Dritter am Tisch befand sich der Neffe des großen Andrea Doria, Gianandrea Doria aus Genua, der vor Verdruss geradezu überlief und gar nicht mehr wusste, wen von allen Anwesenden er am heftigsten verachten sollte. Denn die Genuesen pflegten Händel mit allem und jedem anzuzetteln und waren ein sehr heikler Bündnispartner.

Auf improvisierten Holzbänken saßen weitere Heerführer im Raum, jeweils, wie bei Hofe üblich, hinter ihren Landsleuten platziert. Der venezianische Admiral Marcantonio Colonna war ebenso dabei wie der Militäringenieur Gabrio Serbelloni sowie General Girolamo Zanne; auf spanischer Seite saß der kluge Marqués de Santa Cruz. Doch auch dort herrschte Schweigen, ab und an hörte man einen knurrenden Magen oder einen Stiefel, der über die Planken rutschte.

Wie also stellte sich die Welt für diese Heerführer dar? Die Bedrohung des Abendlandes durch die Osmanen hatte beständig zugenommen. Die italienischen Küsten wurden ohne Unterlass attackiert, und das Massaker von Otranto 1480, als die Osmanen achthundert wehrlose Einwohner köpfen ließen, sorgte seit Generationen für Furcht und Schrecken. Die verängstigten Menschen verlegten ihre Wohnsitze meilenweit ins Landesinnere, doch auch das schützte sie nicht vor Plünderungen und Gemetzel, denn die osmanischen Korsaren folgten ihnen in nächtlichen Eilmärschen und versklavten ganze Dörfer. Der Ungarn-Feldzug von 1566 hatte den Türken keine einzige ihrer neuen Eroberungen zu entreißen vermocht, und Kaiser Maximilian der Zweite musste 1568 einen ungünstigen Friedensvertrag unterzeichnen. Auch dem stolzen Venedig entglitten seine Kolonien wie feiner Sand den Händen: erst Negroponte-Euboea, dann Lepanto, dann Modon, Koron und Navarino, schließlich Zypern.

Doch auch Spanien litt unter dem Verlust seiner Handelsstützpunkte: 1554 fiel der Penon de Velez, 1555 Bugia, 1556 Oran, 1561 wurde Mallorca geplündert. Alle Vergeltungsfeldzüge endeten in völligem Desaster. Im Mai 1565 erschienen zweihundert türkische Schiffe vor Malta, darunter einhundertdreißig Schlachtgaleeren mit Elitetruppen, die größte Flotte seit Menschengedenken. Erst im letzten Moment konnten die türkischen Invasoren zurückgeschlagen werden.

Zypern aber war der endgültige, unausweichliche *casus belli*. Türkische Gesandte hatten von Venedig am 27. März 1570 in ungewöhnlich rabiater Form die Abtretung der Insel gefordert. Der venezianische Senat jedoch verweigerte das in einer kurzen, würdigen Erklärung. Damit stand Krieg im Raum, doch Venedig allein hatte keine Chance. Es musste sich mit den Spaniern und dem verhassten Papst Pius dem Fünften verbünden. Schon am 20. Mai 1570 erfolgte die Unterzeichnung der Liga, am 25. Mai wurde das Bündnis feierlich in der Peterskirche verkündet. Auch Polen und Russland sollten in die Heilige Liga aufgenommen werden, doch diese Hoffnung zerschlug sich bald. Frankreich weigerte sich ebenfalls, blieb es doch aus taktischen Gründen in wohlwollender Neutralität gegenüber den Osmanen, denn es fürchtete ein allzu starkes Venedig oder Spanien.

Am 6. Juni 1571 trat Don Juan die Reise nach Barcelona an, wo sich die spanische Flotte versammelt hatte. In

Genua machte er am 26. Juli fest, Neapel erreichte er am 9. August. Dort erhielt er von Kardinal Granvella in der Kathedrale Santa Chiara die päpstliche Standarte der Liga und einen Feldherrnstab. Am 23. August kam er in Messina an, wo die Verbündeten bereits auf ihn warteten. Sebastiano Venier war schon seit dem 23. Juli in Messina, wo noch weitere sechzig venezianische Galeeren unter den Provveditoren Quirini und Canal, die in Candia überwintert hatten, zu ihnen stoßen sollten. Ihr Eintreffen wurde täglich erwartet.

»Meine Herren«, begann Don Juan nun die Ansprache auf seiner Galeere und wiederholte die Anrede auf Italienisch, um seinen guten Willen zu zeigen. »Ich beabsichtige eine allabendliche Zusammenkunft in dieser Runde, um letzte Vorbereitungen und Absprachen zu treffen, bis unsere Kundschafter uns Meldung von der Position der Osmanen machen oder wir von uns aus eine Expedition gen Osten beschließen.« Don Juan sprach ruhig und sicher und wirkte, als hätte er diese hohe Stellung schon seit Jahren inne.

In den folgenden Tagen inspizierte er die Kampfkraft der Geschwader. Am 29. August, einem selbst für sizilianische Verhältnisse drückend heißen Tag, betrat er zum ersten Mal einige venezianische Galeeren. Während sich die spanischen Schiffe in ausgezeichneter Verfassung befanden, besorgte ihn der Zustand der Venezianer. Waffen und Geschütze waren zwar überall vorhanden, doch es mangelte an Besatzung. Don Juan überredete also den alten Venier, viertausend Mann italienische Infanterie, die eigentlich dem spanischen Heer unterstanden, an Bord seiner Galeeren zu nehmen. Und mit diesem Schachzug, die Heere zu vermischen, formte er die voneinander verschiedenen Glieder, wie der römische Offizier Bartolomeo Sereno Miguel erklärte, »zu einem einzigen, trefflich zusammenhaftenden Leib«. Immerhin war endlich der Rest der venezianischen Flotte eingetroffen.

Doch bei alldem verbesserte sich die Stimmung nicht, im Gegenteil. Der Papst etwa war besorgt wegen der spanischen Hegemonie und schickte Bischof Odescalco nach Messina, um den Venezianern den Rücken zu stärken. Don Juan hatte vom spanischen König mehrere geheime Instruktionen erhalten. Eine besagte, sich mit den Osmanen nur dann eine Schlacht zu liefern, wenn der Sieg so gut wie sicher war. Außerdem sollte anschließend gegen Tunis, Algier oder Tripolis gefahren werden.

Viel hing auch von Generalkapitän Gil d'Andrade ab, der von Don Juan zur Aufklärung nach Osten ausgeschickt war, doch noch war er nicht zurückgekehrt. Die Hitze drückte auf die Laune und ließ die Kampfmoral sinken, sowohl bei den Schiffsbesatzungen als auch bei den Soldaten, die in Zelten an Land übernachteten. Zudem drohten die Herbststürme, die jegliche Unternehmung unmöglich machen und die Heilige Liga auseinanderreißen würden. Don Juan wusste, dass die Zeit gegen ihn spielte. Die Stimmung unter Soldaten wie Offizieren war dementsprechend finster, und sie verdüsterte sich von Tag zu Tag.

Doch dann hatte *Capitano* Goldoni, der anwesende Kommandant der *Dorsoduro*, eine Idee. Und trug sie vor.

Don Juan willigte ein.

Und so fand sich am 30. August 1571 Miguel de Cervantes, der spanische Söldner in venezianischen Diensten, auf der *Real* ein. Er war inzwischen auf die spanische Galeere *La Marquésa* gewechselt, wo es an Soldaten fehlte, und hatte den Ruhm seiner Vortragskunst mit an Bord gebracht.

Am Ende konnte keiner mehr so genau sagen, ob er gewusst hatte, was mit seinem Auftritt auf der *Real* auf dem Spiel stand.

Miguel erzählte in wahrhaft mitreißender Art von einem unglücklichen, träumenden Ritter, den er sich erst ein paar Tage zuvor ausgedacht hatte. Er nannte ihn zunächst Don Quinchal und später, weil es besser klang, Don Quijote, und er stattete ihn mit einem müden Klepper namens Rosinante aus. Miguel erzählte und erzählte, dass den Generälen die Tränen über die Wangen liefen.

Der eigenartige Ritter hielt eine Schafherde für ein feindliches Heer, eine Mönchsprozession für Dämonen, einen Schankwirt für einen Burgherren und eine windschiefe Taverne für seine Burg. Viel Gelächter gab es für die verzweifelten Versuche des Don Quijote, ein Burgfräulein für sich zu erobern, weil ein Ritter ohne Burgfräulein doch kein rechter Ritter sei. Schließlich erkor er eine gefallene Dame, die durchreisenden Herren zu gewissen Diensten war, zu seiner Auserwählten, auch wenn diese sich verzweifelt dagegen wehrte. Miguel erfand um des Effekts willen zudem einen Knappen, der auf einem müden Esel hinter dem stolzen, verblendeten Herrn herritt, ihm treu ergeben war und ihm sogar alles glaubte – hatte ihm der Herr doch nach dem Bestehen aller Abenteuer ein eigenes Königreich, mindestens aber eine Insel versprochen, über die er uneingeschränkt herrschen durfte. Und die Geschichte von den Windmühlen, die dieser Ritter von der traurigen Gestalt für Riesen mit gewaltigen Armen hielt, rang sogar dem alten Sebastiano Venier ein Lächeln ab.

Die Stimmung war heiter und gelöst, Miguel scherzte auf Spanisch und Italienisch, sodass jeder Zuhörer auf seine Kosten kam. Der mit Wasser verdünnte Wein floss stetig nach, und auch die Bediensteten und Ordonnanzen lauschten kichernd an den Türen und erfreuten sich an diesem leichten Ton, der die bedrückende Mission mit ungewissem Ausgang um so vieles erträglicher machte.

Doch die ausgelassene Stimmung wurde jäh unterbrochen. Denn Gianandrea Doria schlug auf den Tisch, dass die Trinkbecher erzitterten. »Jetzt aber genug des Unsinns! Wir sind doch nicht auf dem Jahrmarkt!«

Alle blickten betreten zu Boden.

»Wie gottgefällig sind diese schalen Scherze?«, fauchte der Genuese. »Wir haben eine ernste Aufgabe, derer wir uns würdig zeigen müssen. Liederlichkeit scheint mir kein passendes Verhalten zu sein!«

Miguel verbeugte sich tief. »Verehrter Signor Doria, großer *capitán* der Genuesen, darf ich noch eine einzige Geschichte erzählen? Sie soll nicht dem billigen Scherz hinterherlaufen, sondern in ihrer Größe und Moral auch auf die Bedeutung unserer Mission herabstrahlen.«

Doria sah grimmig in die Runde. »Also gut. *Eine* Geschichte dürft Ihr noch erzählen. Aber bedenkt, dass wir die Hoffnung der ganzen Christenheit sind, die Glocken aller Kirchen läuten zu unserem Segen, und im Himmel schaut der Herr wohlwollend auf uns herab.«

Miguel verbeugte sich erneut. Und dann erzählte er die Geschichte von El Cid.

KAPITEL 16

Der Überfall

»Sieh an, sieh an. Wirklich hochinteressant.«

Eppstein sprach leise zu sich selbst, wie er es öfter tat. Er stand an seinem Pult und untersuchte die Aufzeichnungen, die ihm Calaspin mit einem Kurier hatte zustellen lassen. Ein venezianischer Spion hatte sie zuvor aus den Niederlanden herausgeschmuggelt. Die Aufzeichnungen waren unvollständig, denn ein zweiter Venezianer, der weitere Unterlagen bringen sollte, war in Köln verhaftet worden und sah nun seiner Hinrichtung entgegen.

Doch die fragmentarischen Dokumente waren interessant genug. »Ganz erstaunlich«, flüsterte Eppstein und fuhr mit dem Zeigefinger die Berechnungen und Zeichnungen des Adriaan Anthonisz entlang, des berühmten Kartografen, Ingenieurs, Landvermessers und Mathematikers aus Alkmaar. Eppstein wusste um dessen Berechnungen zu Pi, aber was er hier vor sich hatte, war etwas völlig anderes. Die Idee war so genial wie einfach: zwei Linsen, die, auf eine besondere Art geschliffen, in einem Rohr so angeordnet waren, dass sie das Licht so brachen, dass ... ja dass Fernes ganz nah wirkte. Das war für die Seefahrt, die Astronomie und natürlich das Militär eine wahrhaft bahnbrechende Erfindung. Eppstein versuchte, die Form und Anordnung der Linsen zu entschlüsseln, und war so vertieft in die Dokumente, die er bei Kerzenlicht studierte, dass er nicht hörte, wie sich die Tür hinter ihm öffnete und ein Schatten in den Raum huschte.

»Sieh einer an«, sagte der Schatten.

Eppstein drehte sich erschrocken um. Ein Mann stand vor seinem Bücherregal, mit dem Rücken zu ihm. Der Eindringling nahm sich eine Kerze vom Tisch und hielt sie an die Buchrücken.

»Die Schriften der Donatisten, der Nazarener, der Templer, der Katharer und der Amalrikaner sowie die Bücher von Savonarola und sogar die Lutherbibel. Eine beeindruckende ketzerische Bibliothek. Was würde der Doge wohl zu diesen Konvoluten sagen?«

»Der Doge weiß um meine Büchersammlung.« Eppstein hatte sich vom ersten Schrecken erholt. »Wer seid Ihr, und warum wagt Ihr es, Euch Zutritt zu verschaffen?«

Der Mann drehte sich um.

Eppstein hatte ihn noch nie zuvor gesehen. Im Schein der Kerze wirkte sein Gesicht diabolisch, obwohl – oder gerade weil – er ein breites Lächeln aufgesetzt hatte. Er war recht jung, sein Kreuz war breit, die Taille schmal – die Figur eines Kriegers. Das dunkle Haupthaar und der kurz gehaltene Bart waren tadellos gestutzt.

»Ja, da habt Ihr wohl recht. Ich vergaß, wie gottlos diese Venezianer sind, solange nur die Münze stimmt. Doch dort, wo wir Euch hinbringen werden, würden Euch diese Bücher allergrößte Schwierigkeiten verursachen.«

Auffallend war der bunt schimmernde, mehrfach um den Hals gewickelte Seidenschal. Der Mann sprach Italienisch mit einem Akzent, den Eppstein, dessen Muttersprache das Deutsche war, nicht erkannte. Ein Florentiner oder Genuese war es nicht. Vielleicht ein Franzose oder ein Spanier, in Italien aufgewachsen?

»Ihr wollt mich von hier fortbringen?«

»Sehr richtig.«

»Ihr werdet verstehen, dass ich mich weigere.«

»Ihr werdet verstehen, dass mein Auftrag in diesem Falle lautet, Euch zu töten. Und aufs Märtyrertum verstehen sich die Christen doch besser als ihr Hebräer. Und seid versichert, dass ich zwar bei diesem Umzug etwas Gewalt anwenden muss, Ihr in Eurer neuen Heimat genauso gut, nein, sogar besser behandelt werdet als hier in diesem engen, entsetzlichen Ghetto.«

»Und was sind die Bedingungen dafür?«

»Dass Ihr uns Euer Wissen zur Verfügung stellt, so wie Ihr es mit den Venezianern zu tun pflegt.« Der Eindringling benetzte zum wiederholten Mal die Unterlippe mit der Zunge, als würde er sich an seinen eigenen Worten ergötzen.

»Wie kommt Ihr auf diese eigenwillige Annahme, ich würde irgendjemandem mein Wissen zur Verfügung stellen?« Eppstein hatte unterdessen die Schublade des Pults aufgezogen, in der sich ein kleines Messer befand, das er benutzte, um Siegel zu durchtrennen.

Der Mann lachte. »Die größte Schwäche der Venezianer war schon immer ihre maßlose Selbstüberschätzung. Denn auch andere Könige haben ihre Agenten und Informanten überall. Die Welt besteht nicht nur aus venezianischen Spitzeln, müsst Ihr wissen.«

»Wohin soll die Reise gehen?«

»Ich bin leider nicht befugt, Euch das mitzuteilen.«

»Was also bleibt mir zu tun?«

»Ich gebe Euch eine Stunde Zeit, Eure wichtigsten Bücher, Unterlagen und Messinstrumente zu packen, denn Ihr sollt ja an Eurem neuen Wirkungsort nicht bei null anfangen, sondern Eure Forschungen fortsetzen. Packt bitte auch jenes Dokument ein, das Ihr so eifrig studiert habt, dass Ihr mein Eindringen nicht bemerkt habt. Und dieses niedliche Messer, das Ihr da hervorzuholen versucht: Lasst es doch bitte dort, wo es ist. Vor der Tür warten zwei meiner Männer, die nicht so höflich sind wie ich, ihren Mangel an Erziehung aber mit grober Kraft wettmachen.«

Eppstein seufzte. Immerhin blieb ihm eine Stunde, um sich eine Strategie zu überlegen.

Zuerst waren die wichtigsten Bücher an der Reihe, und Eppstein legte die Werke zum Abtransport bereit: Niccolò Machiavellis *Il Principe*, Thomas Morus' *De optimo statu rei publicae deque nova insula Utopia*, für das der Verfasser schließlich gehängt, ausgeweidet und gevierteilt wurde, Giorgio Vasaris *Le Vite de' più eccellenti architetti, pittori, et scultori italiani*, die Lebensgeschichten der berühmtesten Künstler Italiens, Johannes Calvins *Institutio Christianae Religionis*, seltene Abschriften von Leonardo da Vincis Aufzeichnungen zur Mechanik, Geometrie und Astronomie, Paracelsus' *Von der Frantzösischen kranckheit Drey Bücher*, *Kleine Wundartzney* und *Labyrinthus medicorum*, das *Lorscher Arzneibuch* des Benediktinerordens mit dem vorzüglichen Heilmittel gegen das Gerstenkorn, einem Gemisch aus Porree, Knoblauch, Ochsengalle und Weißwein, Briefe des dänischen Astronomen Tycho Brahe, Ignatius von Loyolas *Bericht des Pilgers*, der zur Gründung dieses merkwürdigen neuen Jesuitenordens führte, Erasmus von Rotterdams *Colloquien*, Hildegard von Bingens *Liber subtilitatum diversarum naturarum creaturarum* sowie das sehr seltene *Causae et curae*, Philipp Melanchthons

Initia Doctrinae Physicae, Heinrich Cornelius Agrippa von Nettesheims *De occulta philosophia,* die Schriften des Homer in der von Demetrios Chalkokondyles veröffentlichten Ausgabe, Kopernikus' *De revolutionibus orbium coelestium,* Conrad Gessners Tierbuch *Historia animalium,* Adam Ries' *Rechnung auff der Linihen und Federn,* Andreas Vesalius' Anatomiewerk *De humani corporis fabrica libri septem,* Abschriften von Galenos' vierzehn Medizinbüchern *Methodus medendi,* die schon vor fast eintausendfünfhundert Jahren entstanden waren, Mondino dei Luzzis *Anathomia Mundini* sowie die rätselhafte alchemistische Abhandlung *Alchymey teuczsch* und das *Liber Ignium* von dem nicht minder geheimnisvollen Marcus Graecus. Zuletzt stellte er den Himmelsglobus des Gerhard Mercator daneben.

»Wie gedenkt Ihr, all diese Bücher zu transportieren?«, fragte Eppstein den Eindringling.

»Das soll die Sorge meiner Kameraden sein, die deutlich kräftiger sind als Ihr und ich.«

Eppstein nickte und ging von der Bibliothek durch einen schmalen Durchgang in sein Labor. Es war gut, in diesem Raum möglichst wenig Brennbares aufzubewahren, wie beispielsweise wertvolle Bücher. Hier standen allerlei Fläschchen und Phiolen, Kisten und Kästchen, Reagenzgläser, Mörser und Tiegel, mehrere Waagen, Tütchen, Löffelchen und Spatel, Messer und Schleifsteine, Siegelwachs für Etiketten, Filter, Trichter, Pipetten, Siebe, Töpfchen und Schüsselchen, Pfannen und Destillationsgeräte, Sanduhren, Pinselchen und Lupen.

Es gab auch einen kleinen Ofen, der noch etwas vor sich hin glomm, denn eine Stunde zuvor hatte sich Eppstein einen Becher dieses labenden neuen Getränks aus der Neuen Welt zubereitet, das aus Bohnen gewonnen wurde, welche die Ureinwohner *qahwe* nannten, und dessen mandlig-bitterer Duft noch fein in der Luft hing.

»Das sieht alles sehr interessant aus«, meinte der Eindringling, der ihm gefolgt war, gönnerhaft.

»Oh, Ihr seid ein Mann der Wissenschaft?«, gab Eppstein sarkastisch zurück.

Der Mann hob lächelnd die Hände. »Oh nein, doch Eure neuen Herren sind schon sehr neugierig auf Eure Kenntnisse. Sagt, hat Euch einer dieser Versuche mit all diesen Tiegeln und Tinkturen das Augenlicht auf der linken Seite gekostet?«

Eppstein schüttelte verärgert den Kopf. Er schätzte es nicht, auf sein fehlendes Auge angesprochen zu werden, dessen zugewachsene Höhle er hinter einer schwarzen Lederklappe verbarg – erst recht nicht von einem Bösewicht, der drauf und dran war, ihn in ein anderes Land zu entführen.

Auf dem größten Regal bewahrte Eppstein Heilpflanzen und daraus gewonnene Pasten und Tinkturen auf, die er nach den deutschen Namen alphabetisch geordnet hatte. Der Eindringling nickte, Eppstein seufzte und griff zu: Aloe Vera gegen Verbrennungen, Arnika bei Prellungen, Baldrian zur Beruhigung, Balsamapfel zum Abführen, Basilikum gegen Herzbeschwerden, Beifuß gegen weibliche Zipperlein, Beinwell gegen Verstauchungen und Zerrungen, Brennnessel gegen Rheuma, Bockshornklee zur Beruhigung der Leber, Dill für den Harntrieb, Eisenhut gegen Fieber und Erkältung, wenngleich nur in sehr geringen Dosen, Enzian gegen Magenbeschwerden, Eukalyptus gegen Erkältungen, Frauenmantel gegen Frauenbeschwerden, Granatapfelwurzel gegen Bandwürmer, Hopfen als Appetitanreger, Johanniskraut als Wundsalbe, Kamille gegen Krämpfe und Entzündungen im Mund, Koriander bei Blasenbeschwerden, Kümmel zur Normalisierung der Verdauung, Lavendel gegen den Kopfschmerz, Lorbeerfrucht gegen Durchfall, Malve gegen Heiserkeit, Mariendistel zur Stärkung der Leber, Mistel gegen innere Geschwüre, Mohn gegen Schlaflosigkeit, Passionsblume gegen Nervosität, persisches Henna gegen Haarausfall, Rosskastanie zur Durchblutungsförderung, Sonnenhut gegen die Grippe, Thymian als Schmerzmittel, Weihrauch gegen das Erbrechen, Zaubernuss gegen Hautentzündungen, Zimt gegen den Schlagfluss. Auch das rare Mekkabalsam, das gegen Lungensucht und Steinschmerzen half, räumte Eppstein zum Abtransport auf einen Tisch. Es war so begehrt, dass die Osmanen die Ausfuhr unter strenge Strafe stellten.

Neben den Heilkräutern hatte Eppstein auch einige Metalle wie Silber, Kupfer, Gold, Zinn und Blei vorrätig. Vor allem aber fiel sein Blick auf vier in Papier eingeschlagene, zwei Finger hohe Blöcke, in denen sich *polvera nera* verbarg, das Schwarzpulver, das aus Salpeter, Holzkohle und Schwefel bestand und die Geschützkugeln der Soldaten aus den Läufen trieb. Eppstein tüftelte an der Mischung, um es haltbarer und weniger anfällig für Feuchtigkeit zu machen, was besonders für die Schiffskanonen nützlich sein konnte.

Nun reifte in Eppstein ein Plan. Schwarzpulver war eine träge Mixtur, die sich nicht explosiv entzündete, sofern sie nicht in einen engen Lauf gepresst wurde. Er nahm die Pakete, wollte sie auf dem Tisch platzieren, doch dort war vor lauter Salben und Essenzen kein Platz mehr, also legte er sie entschuldigend auf den Ofen.

Polvera nera entzündete sich bei Hitze zu einem plötzlichen Schwelbrand mit starker Rauchentwicklung. Die Frage war nur: Würde die Hitze auf der Ofenplatte noch reichen?

»Sagt, habt Ihr je von Theriak gehört?«, fragte Eppstein.

»Nein, was hat es damit auf sich? Denkt daran, Ihr habt zu wenig Zeit, um sie mit Plaudereien zu verschwenden.«

»Es ist tiefe Nacht, kein Wachmann wird vorbeikommen, die Eile ist doch völlig überflüssig.«

»Lasst dies meine Sorge sein, und haltet Euch ran«, gab der Eindringling mit dem Seidenschal schroff zurück.

Eppstein nahm schon einen leichten Duft verkohlten Papiers wahr. Gab es Hoffnung?

»Habt Ihr alles bei der Hand?«, fragte der Eindringling.

»Das ist es ja eben, ich suche noch den Theriak, jenen Wunderstoff, ohne den ich nicht aufbrechen will.«

»Ah, Ihr meint die Himmelsarznei?«

»Genau jene.«

»Also sucht zu.«

Die »Himmelsarznei« war tatsächlich bei Fürsten in ganz Europa beliebt, half sie doch bei allerlei Gebrechen und schützte sogar vor der Pest. Jeder Mediziner hatte seine eigene Rezeptur: Auf jeden Fall gehörten Anis, Fenchel, Baldrian, Honig, Kümmel, Myrrhe, Gewürznelken, Muskat, Lavendel und Essig hinein, aber auch Zutaten wie Enten- und Schlangenblut oder Innereien vom Schwein. Die besten venezianischen Ärzte bereiteten Theriak aus über dreihundert Inhaltsstoffen zu, und der Export machte viele Venezianer reich. Eppstein hielt nicht viel von dieser Medizin, stellte sie aber bei Verlangen in einer eigenen Rezeptur her, weil er beobachtet hatte, dass mancher Kranke sich schon besser fühlte und weniger Beschwerden zeigte, wenn er nur fest an die Medizin glaubte.

»Hört mich an, Herr Doktor, wenn Ihr nur auf Zeit spielt, so will ich wohl alles schnell zu Ende bringen!« Der Eindringling zückte ein Stilett, das im Kerzenschein so grell funkelte, dass die geschärfte Spitze in ihrer tödlichen Kälte beinahe auf der Haut zu spüren war.

»Aber ich sage Euch doch, ohne Theriak sollten wir nicht fortgehen.«

»Was hat es mit diesem Terkiak auf sich?«, fragte der Mann ungeduldig.

»*Theriak*. Und ich bin mir sicher, Eure Herren würden Euch verfluchen, wenn wir ohne diesen Wirkstoff bei ihnen auftauchen. Er hilft gegen den Schwarzen Tod, aber auch gegen alle anderen Krankheiten, auch gegen die männliche Schwäche beim ehelichen Vollzug, wenn Ihr versteht, was ich meine. Und das *theriak veneziano* ist das effektivste und beste von allen, um das uns jeder andere Fürst dieser Welt beneidet. Es besteht aus dreihundert Ingredienzen, die nach einem bestimmten, fest vorgeschriebenen Verfahren …«

»Schon gut, schon gut«, winkte der Entführer ab, »nun findet es endlich, damit wir uns einschiffen können.«

Einschiffen – es ging also nicht auf dem Landweg fort. Das schloss Genua oder Florenz vermutlich aus und deutete auf die Osmanen hin. Oder war es nur eine Finte? Derweil roch es deutlich nach verkohltem Papier.

»Wartet, ich musste es sorgfältig verstecken, denn es ist dem Dogen allein vorbehalten, so wertvoll, wie es ist. Und, wie Ihr verstehen werdet, sehe ich mit einem Auge nicht besonders gut.«

»Ich zähle bis zur Zehn, dann werden wir gehen, und meine Männer werden alles fortschaffen, was Ihr zur Seite gelegt habt.«

»Schön, aber zählt langsam.«

Eppstein tat, als würde er überall hektisch suchen, so konnte er mit den Luftbewegungen die ersterbende Glut im Ofen noch ein wenig anfachen. Und tatsächlich bemerkte er einen kleinen Lichtschein. Würde die sich allmählich aufrichtende Flamme reichen, um das Schwarzpulver in Brand zu setzen?

»Vier. Fünf.«

»Wartet, hier vielleicht? *Nein, verflixt, verdammt, so ein Ärger! Herrgott noch mal!*« Um des Effektes willen fluchte er auf Deutsch.

»Sechs. Sieben.«

Ein paar Manuskripte flogen durch die Gegend, und die Flamme bekam sichtbar Luft.

»Acht. Neun.«

Der jüdische Arzt zog wahllos ein Kästchen hervor. »Das muss es wohl …« Doch Eppstein kam nicht mehr dazu, den Satz zu beenden, denn aus dem flachen Päckchen auf dem Ofen zischte eine winziger, spitz zulaufender, gleißender Lichtkegel.

Erschrocken und fasziniert zugleich betrachtete der Schurke mit dem Seidenschal, wie die Flamme größer und greller und das Zischen lauter wurde, bis nach einem dumpfen Knall der ganze Raum in dichten schwarzen Rauch gehüllt war, der sich so plötzlich ausbreitete, als hätte ein Magier einen Zauberspruch getan.

In diesem Moment stürzte sich der Mann auf den jüdischen Arzt, der jedoch auswich. Es stank bestialisch nach Schwefel, und Eppstein wusste, dass der andere beim nächsten Atemzug in die Knie gehen würde. Er selbst hingegen hatte beim ersten Erscheinen der Flamme tief eingeatmet und musste die Gunst des Augenblicks nutzen. In völliger Dunkelheit konnte nur er sich in der verwinkelten Wohnung zurechtfinden.

Die Tür wurde aufgerissen, die Handlanger stürzten hustend und fluchend herein. Die Flüche konnte Eppstein keiner Sprache zuordnen, doch Türkisch war es nicht. Er hörte, wie die Entführer gegen Schränke krachten und über Stühle stolperten. Einer streifte ihn am Arm und versuchte zuzugreifen, doch Eppstein riss sich los, lief ins Nebenzimmer, das ebenfalls in schweflige Dunkelheit gehüllt war, tastete sich zu einem Fenster hervor, entriegelte die hölzernen Läden, riss sie auf, kletterte hindurch und stürzte unbeholfen, Hintern voran, auf die Straße.

Rauchschwaden folgten ihm, doch hier konnte er endlich Luft holen und Kraft tanken. Er rannte los, in die stille Nacht hinein.

Die Wachtposten, venezianische Soldaten, die den Zugang zum Ghetto bewachten, blickten ihn verwundert an. Vermutlich waren sie bestochen worden, um den drei Schurken den Zugang zu gewähren, und sie hatten nicht damit gerechnet, dass Eppstein fliehen konnte. Doch nun fehlte ihnen der Mut, ihn zurückzuhalten, denn sie begriffen sofort, dass das üble Konsequenzen haben konnte. Der jüdische Arzt musste seinen Passierschein nicht zeigen, sie öffneten eilig das Tor.

Eppstein lief zum Canal di Cannaregio und fand glücklicherweise eine Gondel, die, vom Festland kommend, Äpfel und Kirschen zum Rialtomarkt transportierte. Er winkte sie heran und hielt dabei seinen Geldbeutel in die Höhe, den er aus seinem Umhang gezogen hatte. Das war eine Geste, die jeder Ruderer sofort verstand.

Wohin konnte er fliehen? Davide und Hasan waren

fort, es blieb ihm nur eine Wahl. Er drückte dem Ruderer am Heck zwei Dukaten in die Hand. »Bringt mich zum Dogenpalast. So schnell Ihr könnt. Und – fahrt nicht über den Canal Grande, sondern nehmt die kleinen Routen durch San Polo. Die Republik wird es Euch danken.«

KAPITEL 17

El Cid

Erst skeptisch, dann gebannt hörten Offiziere wie Soldaten, Matrosen wie Ruderer, Arkebusenschützen wie Pikeniere Miguel de Cervantes zu, der zu seiner letzten großen Geschichte ausholte – einer Geschichte, die sie alle für die Schlacht zu einer einzigen Waffe zusammenschweißen sollte.

Miguel begann zu erzählen, von einem kastilischen Edelmann namens Rodrigo Diaz de Vivar, der wohl um das Jahr 1045 geboren worden war. Spanien war zerrissen: Im Norden kämpften die christlichen Königreiche Kastilien, Aragón und Navarra gegeneinander, während in Al-Andalus im Süden die arabischen Emirate von Granada, Toledo, Valencia, Cordoba und Saragossa ihre Stellungen immer weiter verfestigten. Rodrigo Diaz de Vivar diente seinem König Fernando als Krieger, eroberte die Stadt Calahorra und wurde schon in jungen Jahren *Alférez Mayor*, erster Ritter Kastiliens. Und es ging noch weiter bergauf, denn nachdem Fernando 1065 gestorben war, regierte dessen ältester Sohn Sancho der Zweite, ein enger Freund Rodrigos. Dieser wurde nicht nur sein Kampfgefährte, sondern auch sein Berater, denn Rodrigo konnte lesen und schreiben und beherrschte sogar das Arabische.
»Doch sein Ruhm auf dem Schlachtfeld überstrahlte

alles«, berichtete Miguel seinen gebannten Zuhörern. »Er war unbesiegbar, wie groß die Übermacht auch sein mochte. Unter den Mauren brachte es Unglück, seinen Namen laut auszusprechen; sie nannten ihn flüsternd *Al-Sayyid*, der Führer, woraus die Spanier *El Cid* machten. Und so hieß fortan der tapferste Ritter, den Spanien je hervorgebracht hat.«

Bald wurde König Sancho der Zweite, der gute Freund El Cids, während der Belagerung der Festung Zamora hinterrücks ermordet. Vermutlich hatte sein böser Bruder Alfonso das Komplott in Auftrag gegeben. Daher weigerte sich El Cid, dem neuen König seinen Eid zu leisten – es sei denn, der Monarch schwor dreimal auf die Bibel, dass er nicht an der Ermordung seines Bruders beteiligt gewesen war. Alfonso bebte vor Wut, tat aber, wie von ihm verlangt.

»Doch er sollte El Cid diese Schmach nie vergeben, denn ein König, der von einem seiner Untertanen zu Bedingungen genötigt wird, ist doch nur eine Witzfigur.«

»Wie wahr, wie wahr«, murmelten die Zuhörer.

Allerdings konnte er dem populären Ritter nichts anhaben. Dieser durfte sogar die schöne Jimena de Oviedo heiraten, eine Verwandte des Königshauses.

Erst eine Intrige lieferte dem König acht Jahre später einen Vorwand, seinen Bannerträger aller Güter zu berauben und zu verbannen. El Cid schwor, sich so lange nicht mehr zu rasieren, bis er begnadigt war. Nun hatte er nur noch seine treuen Männer, darunter den Unterfeldherren Minaya Albarfañez, von dem es hieß, er würde seine Kampfkunst vervollkommnen, indem er im Winter in den Pyrenäen nur mit einem Messer gegen Wölfe und Braunbären antrat. »Es war der allertreueste, allertapferste, allerwildeste Haufen von Kriegern, die je ein Feldherr unter sich vereinte.«

Miguels Stimme drohte vor Pathos auszutrocknen. Mit einer wie unter großen Schmerzen erhobenen Hand bat er um etwas Wein, der ihm hastig gereicht wurde.

»1085 eroberten kastilische Ritter Toledo von den Mauren zurück, eine der bedeutendsten Städte Spaniens. Die übrigen Emire hatten Angst, ebenfalls von der Iberischen Halbinsel gefegt zu werden, also baten sie die nordafrikanischen Almoraviden um Waffenhilfe, fanatische Berber, die sich nur in Schwarz kleideten und den Tod geradezu herbeisehnten. Sie landeten in Spanien und fügten König Alfonso bei Sagrajas eine schwere Niederlage zu. Bald eroberten sie weitere Städte, köpften die einheimischen Machthaber und bedrohten sogar das kastilische Kernland. Nun konnte nur noch El Cid helfen.«

Miguel legte eine kluge, effektvolle Pause ein und holte tief Luft.

»Mit seinen Rittern schlug El Cid die zahlenmäßig weit überlegenen Almoraviden in mehreren Gefechten und verlor dabei selbst keinen einzigen Mann, zudem erbeutete er fünfhundert Pferde. Gefangene machte er keine.

El Cid rückte nun nach Valencia vor, das von den Almoraviden erobert worden war. Während einer Schlacht versetzte er dem feindlichen Feldherren Fariz mit seinem drei Fuß langen Schwert *La Tizona* einen Hieb, der so gewaltig war, dass die Rubine auf dem Helm aus ihrer Fassung sprangen«, erzählte Miguel. »Helm und Kopf wurden gespalten und dann sein ganzer Körper bis hin zur Hüfte!« Valencia kapitulierte, und El Cid rief sich selbst zum Fürsten aus.

»Im Juli 1099 starb El Cid an einer Pfeilwunde nach einem feigen maurischen Mordanschlag«, schloss Miguel seine Erzählung. »Sein Leichnam wurde zurück nach Kastilien überführt. Dort ruht er bis heute in der Kathedrale von Burgos. Auf seinem Grab findet sich die Inschrift: ›Möge euch mein Tod für immer die Kraft geben, die Mauren zurückzuschlagen‹.«

Das war souverän geschwindelt. Denn Miguel hatte gemerkt, welch große Ergriffenheit seine Erzählung auslöste, und änderte daher die Grabinschrift, die in Wirklichkeit hieß: »Alle Menschen erreicht die Ehre des Mannes, der unter einem glücklichen Stern geboren wurde.«

Gianandrea Doria räusperte sich in der inbrünstigen Stille. »Nun, ich will meine Einwände zurücknehmen. Ich denke, die Geschichte des Herrn Cervantes zeigt uns, was für uns alle auf dem Spiel steht, und ich gebe zu bedenken, dass wir uns über unser aller Eitelkeiten hinwegsetzen sollten.«

Die Heerführer nickten. Einer wischte sich eine Träne aus den Augenwinkeln.

»Und dass es wohl«, so setzte der Venezianer Sebastiano Venier fort und wandte sich an Don Juan d'Austria, »Gottes Wille ist, einen jungen, furchtlosen Spanier, wie Ihr es seid, an die Spitze der Heiligen Liga zu stellen. Und so meine ich, dass wir tun sollten, was Ihr für richtig haltet. Ich für meinen Teil unterstelle mich Eurem Befehl, so es denn jener ist, endlich gen Osten zu segeln.«

Nun meldete sich endlich der weise Marqués de Santa Cruz zu Wort, der lange geschwiegen hatte. Er stand auf und sprach mit tiefer, klarer Stimme. »Die Heilige Liga ist das erste Bündnis der Christenheit dieser Art und Erhabenheit. Es erfüllt die Welt mit Hoffnung und bedeckt das Meer mit Schiffen. Noch nie war eine so glänzende Flotte versammelt, und würde man gerade jetzt dem Zusammenstoß ausweichen, wäre die Ehre der christlichen Waffen auf immer besudelt. Selbst eine ehrenvolle Niederlage ist dem bei lauer Kriegführung zu erwartenden Verlust an Ansehen vorzuziehen, von dem sich kein Schwert je wieder erholt. Ein Augenblick wie dieser kommt vielleicht in Jahrhunderten nicht wieder. Es besteht kein Zweifel: Wir brauchen eine große Entscheidung.«

KAPITEL 18

Piraten!

Luca war ein nimmermüder Plauderer, der die Gefährten auf der kleinen Schaluppe auf dem großen Meer mit munteren Geschichten aus Venedig unterhielt. Als Gondoliere der hohen Herren bekam er so einiges mit, und wer würde dem Jungen mit dem freundlichen und unschuldigen Gesicht nicht sofort vertrauen?

Außerdem hatte er die geradezu übernatürliche Gabe, immer zur richtigen Zeit am richtigen Ort zu sein, sodass sein Klatsch der allerneueste war. Etwa die Geschichte der Labias, jener Emporkömmlinge aus Iberien, die eine beliebte Zielscheibe für Hohn und Spott bildeten, sich aber nicht das Geringste daraus zu machen schienen – im Gegenteil, sie hielten es für vorteilhaft, im Gespräch zu bleiben. Und wer weiß? Vielleicht hatten sie damit ja recht. Die katalanische Kaufmannsfamilie hatte sich jedenfalls vor wenigen Monaten mit einer hohen Summe die Aufnahme in den Großen Rat erkauft, ein ziemlich unerhörter Vorgang. Doch der Krieg gegen die Osmanen verschlang viel Geld, und das war die stärkere Währung als die Prinzipien der venezianischen *nobili*. Unfassbare hunderttausend Dukaten sollten geflossen sein. Und bei einem Bankett zur Feier der großen Ehre ließ der Hausherr die Speisen auf goldenem Geschirr servieren, das er dann mit dem Ausspruch *»Le abbia o non le abbia, sarò sem-*

pre Labia« in den Kanal werfen ließ. »Ob ich es habe oder nicht, ich werde immer ein Labia sein.« Später wurde er, wie Luca berichtete, allerdings dabei beobachtet, wie er seine Bediensteten dirigierte, die teuren Teller wieder aus dem Kanal zu fischen.

Für viel Gelächter bei Davide, Hasan und Oliver sorgten auch die seltsamen Vorkommnisse im Hause der *nobili* Gritti und Falierino. Denn die beiden Familienoberhäupter, enge Freunde und einander vertrauende Handelspartner seit vielen Jahren, waren beide unglücklich in ihrer Ehe. Doch wie es sich ergab, verliebte sich der Gritti in die Falierino und der Falierino in die Gritti. Statt sich, wie es wohl in jeder anderen Stadt auf dem Erdball geschehen wäre, zum Duell zu treffen, arrangierten sie sich mit der neuen Situation aufs Trefflichste, blieben sogar enge Freunde, und alle vier lebten glücklich und zufrieden.

In diesen düsteren Zeiten mit der Gefahr, die von überallher dräute, waren diese heiteren Geschichten genau das Richtige. Denn mehr als einmal tauchten auf der Überfahrt Segel auf, die kaum etwas Gutes verhießen. Und für so manchen Kaperer konnte auch ein kleines Fischerboot eine durchaus lohnende Beute darstellen. Die vier waren gegen eine Rudergaleere so hilflos wie eine flügellahme Ente.

»Und was erzählt man über meinen Herrn?«, fragte Hasan.

»Über den Herrn Venier?« Luca blickte Davide erschrocken an und war merklich auf dem falschen Fuß erwischt worden.

»Zier dich nicht und sag die Wahrheit«, ermunterte ihn Davide.

»Oh, das fällt mir nicht schwer. Man hat Angst vor Euch.«

»Vor mir?«, fragte Davide lächelnd.

»Ja, man hält Euch für einen … wie soll ich es sagen … für einen Zauberer.«

»Na, na, schwindel mir ja nichts vor.«

»Und doch ist es so. Manche halten Euch für den heimlichen Herrscher Venedigs.«

Nun lachte Davide laut auf. »Dann hätten sie mich mal in meiner zugigen kleinen Wohnung in Cannaregio besuchen kommen sollen. Das Einzige, was an meinem Dasein fürstlich war, war mein Essen.« Er klopfte Hasan auf die Schulter, der verlegen und glücklich zu Boden blickte.

»Aber überlegt doch einmal. Ihr wart so gut wie tot. Und jetzt geht Ihr beim Dogen ein und aus …«

»Um Befehle entgegenzunehmen und mein Leben aufs Spiel zu setzen. So wie gerade jetzt. Und euch alle reiße ich auch mit hinein, denn wo hat man schon einmal davon gehört, dass ein Fischerboot das halbe Mittelmeer überquert, auf einer mehr als zweifelhaften Mission?«

Davides Fatalismus sorgte für eine eigenartig heitere Stimmung an Bord der Schaluppe. Doch wenn man bedachte, dass sein Leben vor nicht allzu langer Zeit nahezu vorbei gewesen war, dass er dazu bestimmt schien, in den Bleikammern bei lebendigem Leib zu verfaulen oder in der Hitze zu verdorren, so musste beinahe alles, was ihm nun widerfuhr, als glückliche Fügung des Schicksals erscheinen. Auch wenn die Seekrankheit ihm heftig zusetzte.

Und so aßen die vier tapferen Seeleute etwas Reis und Bohnen – Davide verzichtete allerdings auf einen Nachschlag – und vergnügten einander mit heiteren Geschichten.

Doch am fünften Tag ihrer Reise wurde es tatsächlich bedrohlich, denn von Osten, aus den unsicheren süddalmatischen Gewässern, flog ein schlanker Zweimaster heran, der keinerlei Hoheitsflaggen trug. Das war kein Schiff, das einem Staat untergeordnet war. Zweifellos handelte es sich um Piraten.

»Was nun?«, fragte Luca.

»Wir verstecken uns unter den Planen«, wies Davide seine Gefährten an, »und du, Oliver, mimst den unschuldigen Fischer.«

»Der ich ja auch bin«, schmunzelte dieser.

»Damit ist Euch die Rolle auf den Leib geschneidert«, setzte Hasan heiter hinzu.

»Kümmere dich um deine Reusen und gib dich wortkarg«, befahl Davide, der ruhig blieb, aber seine doppelläufige Pistole kontrollierte und sie schussbereit machte.

Keine fünfzig Fuß entfernt glitt der Zweimaster vorbei. An Bord stand ein Dutzend gefährlich aussehende Burschen, die sich allerdings angesichts der offensichtlich unbewaffneten, harmlosen Fischerbarke entspannt auf die Reling lehnten.

»Wie war der Fang?«, rief einer in miserablem, aber verständigem Italienisch. Es war ein dalmatischer Akzent.

Oliver zuckte mit den Schultern und beschäftigte sich ungerührt mit einem seiner Netze.

Bei den Dalmatiern herrschte Uneinigkeit. Man stritt, ob man hier nicht nur seine Zeit verschwendete; einer drängte zur Weiterfahrt, doch der Fragende ließ nicht locker.

»Nun sagt schon, waren die Netze voll?«

Oliver wog den Kopf hin und her.

»Woher kommt Ihr?«

»Venezia«, nuschelte Oliver.

»Da hat es Euch aber weit aufs Meer verschlagen.«

Davide spähte unter der Plane hervor und machte schnell den Wortführer aus, einen hageren Burschen mit krausem schwarzem Haar, einem noch sehr undichten Bart und tiefen Pockennarben auf den Wangen.

»Die Familie hat Hunger, und vor Venedig ist alles leer gefischt.«

»Und hier habt Ihr mehr Erfolg?«, rief der Pockennarbige, der allmählich misstrauisch wurde. Alle Fischer, die ihm bislang begegnet waren, winselten vor Demut oder flehten um Gnade, noch bevor irgendeiner etwas gesagt oder getan hatte.

Wieder wackelte Oliver mit dem Kopf.

»Zeigt doch mal, was Ihr habt.«

»Das bringt Unglück«, erwiderte Oliver ungerührt.

»Unglück? Was meint Ihr?«

»Man zeigt seinen Fang nicht auf hoher See.«

»Da stimmt doch was nicht«, wurde nun an Deck des Zweimasters gemurmelt. Ein Fischer, so weit von der Heimat und mit so wenig Fortüne …

»Ich komme an Bord!«, rief der Pockennarbige, und seine Gefährten jubelten. Endlich passierte etwas.

Der Zweimaster drehte bei, eine Festmacherleine wurde geworfen. Nach altem seemännischen Brauch verknotete Oliver die Leine an der Klampe. »Gut so«, flüsterte Davide Hasan und Luca zu. Eine Verweigerung wäre ein schlimmer Fehler gewesen und wäre als Fluchtversuch gedeutet worden.

Der Pockennarbige und sein Gehilfe ließen sich in einem Bastkorb herabsetzen. Der Gehilfe war ein ziemlich grober Geselle von kleinem Wuchs. Er sah aus wie einer dieser kleinen kräftigen Zwerge aus den nordischen Sagen, die Davides Vater früher seinem Sohn erzählt hatte.

»Drei Schollen!« Der Pockennarbige schnupperte daran. »Und nicht einmal fangfrisch. Ihr müsst der schlechteste Fischer des gesamten adriatischen Meeres sein!«

»Kein Wunder, dass Eure Familie hungert«, assistierte einer vom Deck aus, und alle lachten.

»Was ist unter den Planen?«, fragte der Pockennarbige.

Oliver schwieg.

»Nun sagt schon, was ist unter den Planen? Habt Ihr dort Eure guten fetten Thunfische verborgen, gar etwas Rum für die Reise, vor Regenwasser geschützt?«

In diesem Moment riss Davide mit gezogener Pistole die Plane empor. Der Pockennarbige blickte verdutzt, doch der kleine Gehilfe, offenbar kampfgestählt, zückte einen Säbel und stürzte sich auf den Venezianer. Der Schuss traf den Angreifer an der Hand, der Säbel flog zu Boden, der Gehilfe fluchte und blutete stark.

»Die nächste Kugel ist für dich«, rief Davide, an den Pockennarbigen gewandt. »Finger weg vom Knauf, Hände hoch!«

Langsam tat der Pockennarbige, wie ihm geheißen. Hasan und Luca entwaffneten ihn. Er trug einen Säbel am Gürtel sowie ein Stilett im Schaft seines Stiefels. Dann gewann dieser seine Fassung wieder und lächelte. »Ihr seid zweifellos ein sehr tapferer Venezianer, wenn Ihr es gegen ein Dutzend von uns aufnehmen wollt.«

»Oh ja, aber jetzt seid Ihr nur noch elf, nicht zwölf.« Davide nickte zu dem Kampfzwerg, der sich jammernd die Hand hielt. »Und seid gewiss, die Kugel, die hier noch im Lauf steckt, wird als Erstes Euch treffen.«

»Und dennoch ist es verrückt.« Der Pockennarbige wies mit einer weiten Handbewegung auf sein Schiff. »Ihr könnt uns nicht alle massakrieren.«

»Oh, das habe ich nicht vor.«

»Wollt Ihr uns gefangen nehmen? Unser Schiff kapern?«

Zu gern hätte Davide das Fischerboot gegen einen Zweimaster eingetauscht, doch zu viert und ohne größere seemännische Erfahrung war ein solches Schiff unmöglich zu bedienen.

»Heute ist Euer Glückstag: Ich lasse Euch laufen, und Ihr lasst uns in Ruhe weitersegeln.«

»Das werdet Ihr nicht überleben«, rief einer der Dalmatier von oben.

»Ich denke schon. Hasan?« Davide gab seinem Diener die Pistole. »Wenn mir irgendetwas passiert, erschießt du unseren Gast sofort.«

Hasan nickte mit entschlossenem Gesicht, wusste aber nicht, was Davide vorhatte.

»Oliver, die Axt!«

Der Fischer warf ihm die Axt zu, die Davide geschickt am Griff auffing.

Die Piraten beobachteten mit großen Augen die Szene, die sich vor ihnen abspielte. Sie konnten sich auf diese merkwürdigen Dinge einfach keinen Reim machen – und viele von ihnen waren vermutlich auch nicht des Italienischen mächtig.

»Holt mich an Bord!«

Grummelnd wurde der Bastkorb herabgelassen. Davide schwebte empor und sprang lächelnd an Deck. Von Nahem sah er erst, wie brüchig das Schiff war, mit lecken Planken, geflickten Segeln, zerriebenen Tauen.

Einer der Piraten stürmte auf ihn zu. Es war unklar, was er dabei bezweckte, denn er hatte keine Waffe gezückt. Davide schlug dem Dalmatier unvermittelt auf die Nase, was jenen zwar nicht zu Fall brachte, aber doch wanken ließ – und vorerst jeden Angriffsversuch von dessen Seite dämpfte.

»Was habt Ihr vor?«, rief der Pockennarbige, der zwar keck klang, aber mit der Pistole an der Schläfe wenig furchterregend wirkte.

Davide hob die Axt.

»Nein!«, riefen die Piraten.

»Doch!«, rief Davide und hieb auf alle Taue und Leinen an Deck ein. Er spaltete Schoten, Brassen und Reffleinen, bis alle Segel schlaff herabhingen. Er wütete in der Takelage unter den wildesten Flüchen der Dalmatier, und mehr als einmal näherte sich einer von ihnen mit vor Wut entstelltem Gesicht und erhobener Klinge. Doch Davide musste es darauf ankommen lassen und hoffen, dass die Loyalität zu ihrem Anführer größer war als zu ihrem Schiff.

Dann sprang Davide behende auf Olivers Fischerboot zurück, das nun deutlich fahrtüchtiger war als der Zweimaster.

Der Pockennarbige, immer noch mit der Pistole an der Schläfe, nickte anerkennend. »Eine gründliche Arbeit, Venezianer. Das wird uns viele Stunden kosten.«

»Ich hoffe doch, dass es einige Tage werden.«

Der verletzte Kampfzwerg wurde im Korb nach oben

geholt, doch als der Korb für den Anführer erneut herabgelassen wurde, löste Davide ihn mit einem letzten Axthieb von seinen Seilen und stieß den Rumpf des Zweimasters fort. Einige der Piraten hatten sich bereits daran gemacht, die wichtigsten Taue zu flicken, während andere mit gezückten Waffen an der Reling standen und nur auf ein Signal ihres Anführers warteten.

Dieser allerdings wurde zum ersten Mal blass um die Nase, als sich das Fischerboot von dem dümpelnden Piratenschiff entfernte und die Schreie der Besatzung immer schwächer wurden.

»Wo wollt Ihr hin mit mir?«

»Habt ein wenig Geduld.«

»Lasst mich nicht über die Planke gehen und jämmerlich ersaufen. Lasst mich in Ehre sterben und jagt mir endlich eine Kugel in den Kopf.«

Davide dachte nach. »Könnt Ihr schwimmen?«, fragte er schließlich.

»Nun ja, ein wenig …«, gab der Pockennarbige kleinlaut zurück.

Davide blickte zum rasch kleiner werdenden Piratenschiff. »Schafft Ihr zweihundert Fuß in kühlem, herbstlichem Gewässer?«

»Das sollte möglich sein.«

»Gut. Dann wünsche ich Euch viel Glück.« Mit einem Tritt in den Allerwertesten stieß Davide den Anführer der dalmatischen Piraten über Bord.

In unbeholfenem Kraulstil machte der sich fluchend auf den feuchten Rückweg zu seinen Spießgesellen, deren Schiff manövrierunfähig auf dem offenen Meer kreiselte.

»Ein Hai, ein Hai!«, rief Luca dem Pockennarbigen noch zum Spaß hinterher, was dessen Kraulzüge beschleunigte.

Kaum war ihr Kapitän freigelassen, wurden einige Arkebusenschüsse abgefeuert, die auf diese Entfernung aber keinen Schaden anrichteten. Man holte den Kapitän an Bord, und schließlich verschwand das Piratenschiff am Horizont. Es würde sie nicht mehr behelligen.

Luca atmete schnell und konnte sich kaum beruhigen. Der Sechzehnjährige war mit allen Kanalwassern Venedigs gewaschen, doch dies überstieg alles, was er je erlebt hatte, und auf seinen Wangen zeigten sich dunkelrote Flecken. »Piraten, echte Piraten, und wir haben sie ausgetrickst! Beinahe wäre es uns übel ergangen, oder? Herr Davide, Ihr seid ein Genie!« Was würde er erst in den Tavernen der Stadt von seinen Abenteuern erzählen können!

»Das war eine brenzlige Angelegenheit«, seufzte Hasan erleichtert.

Nur Oliver blieb die Ruhe selbst, als gehörte ein Piratenüberfall zu seinem täglichen Geschäft, so wie das Feilschen mit den Gastronomen Cannaregios.

Auch Davide war erleichtert, doch er merkte, dass ihm die Gefahr immer weniger ausmachte. Ja, dass er sie beinahe genoss. Es war wohl eine Sache der Gewohnheit.

»Zeigt Ihr mir die Pistole?«

»Wie bitte?« Davide hatte nicht richtig hingehört.

»Herr, die Pistole«, wiederholte Luca. »Darf ich sie einmal … nur kurz …«

Davide gab sie ihm, und Luca hielt sie bewundernd in der Hand. Sie war schwer, der Lauf noch warm. Die Waffe verströmte einen scharfen, in der Nase brennenden Geruch, der auf eine seltsame Art beruhigend wirkte.

»Eine treffliche Waffe«, nickte Luca, »und was für ein

guter Schütze Ihr seid. Grandios, wie Ihr die Hand dieses Zwergs getroffen habt.«

»Oh, das war pures Glück«, lächelte Davide. »Ich wollte nur einen Warnschuss abgeben.«

KAPITEL 19

Die Flotte sticht in See

Was für ein schöner, spätsommerlicher Abend! Die trockene sizilianische Hitze wirkte eher belebend als bedrückend, an den Pieren hatten sich alle Soldaten, Ruderer und Matrosen versammelt, alle Kapitäne und Heerführer. Die Galeeren und Galeassen der Heiligen Liga schaukelten hinter ihnen träge im Wind.

Nuntius Odescalco, begleitet von einem feierlichen Hofstaat, stieg auf ein hölzernes Podest und verlas vor den Soldaten die päpstliche Bulle, die gerade aus Rom angekommen war. Sie besagte, dass allen, die in dem bevorstehenden Kampfe ihre Leben lassen würden, der Ablass gewährt und das Paradies offen stehen werde. Die Rede des Nuntius wurde immer wieder von Hurra-Rufen und Applaus unterbrochen. Am Ende beteten Hunderttausende Menschen gemeinsam das Vaterunser: *Pater noster, qui es in caelis: sanctificetur nomen tuum.*

Und dann, am Abend des 15. September 1571, legten die ersten Schiffe ab. Vom Kopf der Hafenmole segnete der Nuntius die Galeeren, die in vollem Flaggenschmuck vorüberglitten. Die ebenso feierliche wie martialische Prozession zog sich über Stunden hin. Die Sizilianer jubelten den Soldaten zu, die ihrerseits mit ihren Piken und Arkebusen winkten. Die letzten Schiffe brachen im Morgengrauen des 16. September gen Osten auf.

Endlich hatte die quälende Warterei ein Ende, zumal die meisten Soldaten – beispielsweise die viertausend deutschen Söldner in spanischen Diensten – miserable Seemänner waren und sich ein Ende dieses Abenteuers erhofften, wie immer es auch ausgehen mochte.

Die Nahrung der Seeleute auf den Schiffen war eintönig und wurde im Lauf der militärischen Expedition nicht besser: Sie bestand aus Schiffszwieback, Pökelfleisch, Käse, Bohnen, Öl, Kichererbsen und Wein. Auf manchen Schiffen gab es einen Aufstrich aus Knoblauch, Zwiebeln und Gewürzen, der angeblich gegen den gefürchteten Skorbut half. Doch das Wasser war das größte Problem jedes Kommandeurs. Jedes Besatzungsmitglied brauchte drei *fiaschi* Trinkwasser am Tag, die Schiffe konnten mehr als zweitausend *fiaschi* mitnehmen, aber das Wasser verdarb leicht, musste gereinigt und zur Geschmacksverbesserung mit Essig versetzt werden.

Die Seeleute litten zwar unter ständigem Durst, aber niemand hatte Angst oder Sorgen; jeder einzelne Soldat hatte den unbedingten Willen, die Sache endlich hinter sich zu bringen.

Miguel unterhielt die ihm unterstellten Soldaten weiterhin mit munteren Geschichten, und schnell sprach sich die Eloquenz des Spaniers herum.

Miguel selbst, mit vierundzwanzig Jahren just genau so alt wie Don Juan, konnte den Kampf kaum erwarten. Er spürte keine Angst, obwohl er eine düstere Vorahnung mit sich herumtrug. Unbeschadet würde er aus dem Gefecht wohl nicht hervorgehen. Das hatte ihm ja einst die blinde Wahrsagerin während Venedigs Karneval prophezeit. Doch er musste es sich eingestehen: Er freute sich auf alles, was ihn erwartete.

KAPITEL 20

Die Versammlung

Licht verwandelte den herumwirbelnden Staub in Stäbe aus Regenbogenfarben. Es war ein früher Morgen voller Licht und Optimismus, welches selbst diesen düsteren Palazzo in Verona illuminierte, obwohl die Versammelten nichts gegen ein wenig Schummrigkeit einzuwenden gehabt hätten.

Auf ein Nicken des Vorsitzenden hin nahmen die Versammelten umständlich Platz. Hölzerne Stuhlbeine knirschten übers Marmorparkett.

»Meine Herren«, eröffnete der Vorsitzende die Versammlung, »wir sind zusammengekommen, um unser Bündnis zu erneuern, welches wohl einmalig auf dieser Welt ist und nur den Sieg davontragen kann. Während also die Spanier und Venezianer mithilfe des Papstes den Osmanen die Köpfe einschlagen – oder so wollen wir es zumindest hoffen –, halten sich die Franzosen fein raus und scheinen gar Geheimverträge mit Istanbul zu schließen. Doch das stört uns alles gar nicht, nicht wahr?«

»Nein, überhaupt nicht«, murmelten die Versammelten vielsprachig zurück.

»Und also gilt unser Bund des Pfeffers, welchen zu erneuern wir uns aus allen Ländern, Glaubensbekenntnissen und Himmelsrichtungen eingefunden haben, nach wie vor, mag zwischen der Heiligen Liga und den Osmanen auch geschehen, was geschehen mag.«

»Sehr wohl, sehr wohl«, tönte es in dem Palazzo.

»Doch lasst uns festhalten«, erklärte der Vorsitzende, »dass die bisherigen Bemühungen unserer Unheiligen Liga nicht gefruchtet haben.«

Die Versammelten murmelten zustimmend.

»So bitte ich Euch daher, über eine geeignete Möglichkeit nachzudenken, um unserem Feind einen *Coup de grace* zu versetzen. So schutzlos wie derzeit wird er für Jahrzehnte nicht sein.«

Der Vorsitzende sah sich um. Je drei Abgesandte waren aus Portugal, den Niederlanden sowie England angereist. Sie waren von staatlichen Auftraggebern gesandt worden und gehörten zu den klügsten und skrupellosesten Köpfen ihrer Länder.

Ein Niederländer hob die Hand. »Wie wäre es mit einem Brand im *arsenale*?«

Der Vorsitzende winkte ab. »Das haben wir bereits versucht. Es ist, als würde man den Venezianern bloß die Augenbrauen zupfen. Alles wächst viel zu schnell nach. Zudem ist das *arsenale* derzeit leer gefegt, bis auf ein paar Transportgondeln. Man müsste doch auch die Flotte mit einem Brand treffen.«

»Sofern das die Osmanen nicht erledigen«, spaßte ein Portugiese.

»Hat man es schon einmal mit Bestechung versucht?«, fragte nun ein Engländer.

»Wie meint Ihr das?«

»Nun, man könnte die Arbeiter dazu anhalten, absichtlich schlampig zu arbeiten, sodass die Schiffe bei der ersten Ausfahrt auseinanderfallen.«

Der Vorsitzende lachte auf. »Es sind keine Arbeiter, sondern *arsenalotti*, und sie werden von Venedig gut behandelt, denn der Rat weiß wohl, was er an ihnen hat. Es sind stolze Burschen, die ihre Arbeit gewissenhaft erledigen. Wer sich ihnen auf die von Euch vorgeschlagene Art nähert, droht, in ein Pechfass getunkt und im nächsten Schiff kalfatert zu werden.«

Die Versammelten der Unheiligen Liga kicherten.

»Wie mich dünkt, betrachtet Ihr alles in einem viel zu großen Maßstab«, meldete sich nun ein weiterer Niederländer. Er hatte eine tiefe, sichere Stimme, der man nachgerade zuhören musste.

»Ihr macht uns neugierig. Erklärt Euch.«

»Als Erstes verstehe ich die Eile nicht, denn unsere Pfefferpolitik wird die noblen Herren der Serenissima in die Knie zwingen. Nicht heute, nicht morgen, aber doch so sicher wie der jährliche Winter.«

Der Vorsitzende räusperte sich. »Und mögt Ihr damit auch recht haben, so wollen unsere Auftraggeber doch schnellere Ergebnisse sehen, denn ein Winter mag jedes Jahr kommen, doch nicht jeder Winter ist ein echter Winter, und so mancher mag den Winter auch nicht mehr erleben. Und was nützt uns ein Triumph in einem Menschenalter, von dem dann unsere Enkel profitieren?«

»Schön, ich verstehe Euch und unsere Auftraggeber natürlich«, gab der Niederländer maliziös zurück. »Daher erlaube ich mir erneut die Anmerkung, dass es oft ein einziger, kleiner Stich ist, der für einen Wundbrand sorgt und eine verheerende Wirkung zeitigt.«

»Ein einzelner Stich? Ihr denkt an eine Person, die es zu pieken gilt?«

»Ja, so ist es.«

Die Versammelten blickten einander an, wie um sich zu vergewissern, dass sie richtig verstanden hatten.

»Der Doge ist ersetzbar und zudem nicht so wichtig, wie man denkt«, gab schließlich ein Engländer zu bedenken, dessen helle Haut von Pockennarben überzogen war.

»Das mag sein«, grübelte der Vorsitzende, »doch ein wankendes Gemeinwesen würde alles beschleunigen. Das venezianische Volk ist schon aufgrund der unaussprechlichen Enge, in der es lebt, äußerst nervös. Ein Anschlag auf den Dogen würde unserem Anliegen wohl nützen.«

»Eine ungeheuerliche Tat«, befand der Engländer erneut.

»Unsere Auftraggeber geben uns völlige *carta bianca* in unserm Tun.«

»Seid Ihr Euch da ganz sicher?«

»Man ist an Ergebnissen interessiert, nicht an Methoden. Es müsste selbstverständlich so aussehen, als steckte jemand anders dahinter.«

Nun meldete sich ein kleiner Portugiese mit ungewöhnlich scharf gebogener Nase. »Ihr wisst, ich lebe seit zehn Jahren in Venedig und kenne mich vorzüglich in dieser Stadt aus. Und ich glaube, ich hätte da eine Idee.«

KAPITEL 21

Der Aufmarsch

Als ihr Fischerboot Bari erreichte, erfuhr Davide, dass die Flotte Messina bereits verlassen hatte und in Richtung der venezianischen Besitztümer unterwegs war. Offenbar steuerten die Galeeren Korfu an.

»Was tun wir nun?«, fragte Oliver.

»Auch wir werden nach Osten segeln. Das ist unser Auftrag.«

Der Fischer nickte, stoisch wie immer.

Sie nahmen frischen Proviant an Bord, blieben über Nacht im Hafen und aßen in einer kleinen Taverne, die eine Meile im Hinterland neben einer Ölmühle lag und zu der sie ein Junge mit seinen Maultieren brachte.

Davide genoss nach den Tagen auf See den festen Boden unter den Füßen und schlang diese merkwürdige Pasta hinunter, die sie hier *orecchiette* nannten, Öhrchen. Dazu gab es ein eigenartiges, leicht bitteres Gemüse namens *cime di rapa*, das Davide ein wenig an Spinat erinnerte. Fleisch war leider nicht vorhanden und Fisch erst recht nicht, denn kein Fischer traute sich mehr hinaus, seit die Osmanen mit ihren Überfallkommandos die Küste terrorisierten. Doch die Pasta war köstlich, und das Brot, das man hier mit dem bitteren, scharfen Olivenöl beträufelte, mundete ebenfalls. Am besten aber war der Wein, den sie *Primitivo* nannten, ein schwerer, süßer, zäher, geradezu honigartiger Tropfen, der nach den harten Tagen auf See schnell die Kehle hinablief. Sogar Hasan, der sich normalerweise zurückhielt, gönnte sich ein zweites Glas. Auch Luca nippte am Wein – zum ersten Mal in seinem Leben, wie er behauptete, aber das glaubte ihm niemand.

Der Wirt, ein noch recht junger, aber schon ordentlich beleibter Kerl mit vorstehendem Unterkiefer, dessen kurz rasiertes Haar in einen ebenso gestutzten Bart überging, setzte sich zu ihnen. »Ich höre es doch sofort, ihr seid Venezianer. Was verschlägt euch an unsere Küste, die sich zudem derzeit sehr ungastlich präsentiert?«

»Oh, wir folgen der Flotte der Heiligen Liga«, bekundete Hasan freimütig, woraufhin er unter dem Tisch einen Tritt von Davide kassierte.

»Tatsächlich? Wir hatten schon einige Fischer hier, die das Gleiche vorhatten«, gab der Wirt zurück und strich seine fleckige Schürze glatt.

Davide wusste, dass sich die Osmanen zahlreicher Spione bedienten, die sich als Fischer tarnten und mit Falschaussagen in den Flotten für Unsicherheit sorgen sollten. Er lenkte das Gespräch deshalb schnell wieder aufs Essen.

Der Wirt erklärte ihnen, wie man die *cime di rapa* am besten verarbeitete und dass man die Öhrchennudeln weiter im Süden Apuliens noch tiefer aushöhle, um sie mit diesem neuartigen Tomatensugo zu füllen, aber dass er selbst ja nicht an diese komische rote Frucht aus der Neuen Welt glaube.

Schon auf der Fahrt entlang der Südküste Kalabriens hatte die Flotte der Heiligen Liga die Marschordnung eingenommen und auch immer wieder die Schlachtordnung geübt. Acht schnell segelnde Galeeren unter Admiral Cardona bildeten die Vorhut zwanzig Seemeilen vor dem Gros der Flotte. Die Flotte selbst teilte sich in drei Geschwader. Das erste, dreiundfünfzig Galeeren unter Gianandrea Doria, formte den rechten Flügel. Dahinter segelte das aus vierundsechzig Galeeren bestehende Zentrum, in dem sich auch die Flaggschiffe Don Juans und Sebastiano Veniers befanden. Den linken Flügel mit fünfzig Galeeren befehligte Admiral Barbarigo. Die Nachhut bildeten dreißig Galeeren unter dem Befehl von Marqués de Santa Cruz, der sie nach eigenem Ermessen als Reserve an bedrohten Stellen einsetzen sollte. Jedem der drei Geschwader waren zwei schwere und feuerstarke Galeassen zugeteilt, in welche die Heilige Liga große Hoffnungen setzte. Sie waren höher und größer und hatten im Gegensatz zu den Galeeren Ruderbänke mit einer Überdachung. Darauf waren nun auch Kanonen platziert, nicht nur an Bug und Heck, sodass die Schiffe Breitseiten feuern konnten. Zwischen den Geschwadern flitzten Schnellruderboote mit Befehlen hin und her.

Es war eine enorme seefahrerische Leistung, die mehr als zweihundert Galeeren und jede Menge kleinerer Boote ganz ohne Kollisionen übers offene Meer zu steuern, denn die übermäßig beladenen Galeeren waren nicht sehr wendig.

Heftige Nordwinde kamen auf, sodass die Flotte am 19. September in Capo Colonna vor Anker gehen musste und erst fünf Tage später wieder in See stechen konnte. Inzwischen hatten Boten die Nachricht überbracht, dass die türkische Flotte die Belagerung Korfus aufgegeben hatte und gen Süden abgedreht war. Die Venezianer bestanden dennoch darauf, die Insel anzusteuern, um weitere Soldaten an Bord zu nehmen.

Am 27. September erreichten die Schiffe der Heiligen Liga den Hafen von Korfu-Stadt. Die meisten Einwohner waren aus Furcht vor den Osmanen ins Hinterland geflohen, überall lagen Müll und Trümmer. Die Kirchen waren geschändet, die Fresken der Heiligen zu Staub zerschlagen.

Auch Miguel war mit an Land gegangen. Es stürmte, und die kahlen Laubbäume zeigten an, dass der Herbst schon fortgeschritten war und nicht mehr viel Zeit für die Schlacht blieb. Er inspizierte die zurückgelassenen, meist verbrannten Belagerungsgeräte. Zu gern hätte er Eppstein einige der neuen Erfindungen der Osmanen mitgebracht, er trieb aber nichts Brauchbares auf.

Ein venezianischer Soldat, der Miguel begleitete, zeigte auf das Meer. »Seht, Herr, die Krähen, die im Strand baden. Ein schlechtes Zeichen.«

»Hör auf mit deinem Aberglauben«, gab der Spanier grob zurück, stieg über ein längst erloschenes Lagerfeuer und hob einen Fetzen Stoff auf, der sich ungewöhnlich dick anfühlte und violett glänzte. Es war wohl das abgerissene Stück eines Bischofsmantels.

Nach und nach erschienen die Bewohner von Korfu aus ihren Verstecken, warfen sich vor den christlichen Soldaten weinend zu Boden und stießen Dankgebete aus, denn ohne das Auftauchen der Flotte wäre es ihnen so gegangen wie den dahingemetzelten Zyprioten.

Doch nun galt es, keine Zeit mehr zu verlieren. Don Juan ließ auf Miguels Empfehlung einige Kanonen der

Festung von Korfu an Bord schaffen, da die Transportschiffe mit den eigenen schweren Geschützen noch nicht eingetroffen waren.

Am Nachmittag des 29. September 1571 stach die Armada wieder in See und erreichte am nächsten Abend den großen Naturhafen von Igoumenitsa auf dem Festland. Dort erhielt man von einem Spähboot Meldung, dass sich ein Großteil der türkischen Flotte bei Lepanto im Golf von Korinth befinde.

Doch Don Juan beschloss, noch einige Tage in Igoumenitsa zu bleiben. Er drillte die Streitkräfte und ließ sie mehrere Male in Schlachtlinie auffahren. Auch das Salvenschießen wurde geübt, zudem die schnelle Errichtung der Schanzverkleidungen, einer Neuerung, von der sich die Kommandanten viel versprachen. Mit dicken Brettern verstärkte man die Bordwand derart, dass sie wie die Zinnen einer Burg die eigenen Soldaten schützte, die aus den Scharten zwischen den Verkleidungen die Feinde unter Beschuss nehmen konnten.

Die Hunderte von Schiffen aus so vielen verschiedenen Nationen, zum Teil mit völlig durchmischten Besatzungen, brauchten die Übungen dringend, um auch während der Schlacht ihre Aufgaben erfüllen zu können.

Doch dann ereignete sich am 3. Oktober ein so unerhörter Zwischenfall, dass die ganze Mission der Heiligen Liga plötzlich auf der Kippe stand. Eines Morgens baumelten drei Soldaten an den Rahen einer venezianischen Galeere. Schnell sprach sich herum, dass Italiener gehängt worden waren, die jedoch in spanischen Diensten gestanden hatten.

Was war geschehen? Es hatte sich zunächst lediglich um eine ehrpusselige Rauferei zwischen Lombarden und

Venezianern gehandelt, woraufhin der venezianische Kapitän die Lombarden festsetzen ließ. Diese aber leisteten Widerstand, es erhob sich ein furchtbares Geschrei, und sogar Schwerter wurden gezogen. Schließlich sandte Sebastiano Venier zwei Boote aus, die die Lombarden zu ihm bringen sollten. Doch diese weigerten sich, sich der venezianischen Gerichtsbarkeit zu unterstellen, da sie unter spanischem Befehl standen. Die Lage war äußerst unübersichtlich. Der erbitterte Admiral setzte nun seinerseits zu der Galeere über. Die Lombarden wurden überwältigt, ihr Rädelsführer, ein zweiundzwanzigjähriger Hauptmann aus Pavia, schwer verwundet. Nach einer nur wenige Minuten dauernden Gerichtsverhandlung noch an Deck hängte man die drei Männer.

Das war tatsächlich eine unkluge und durch nichts gerechtfertigte Vorgehensweise des alten Haudegens, denn ein Todesurteil stand Sebastiano schlicht nicht zu. Und die Auswirkung auf die Moral der Soldaten konnte verheerend sein. Würden Venezianer und Spanier nun immer noch entschlossen Seite an Seite kämpfen, einer den anderen schützen?

Als Don Juan von den Vorgängen erfuhr, warf er vor Wut das Frühstücksgeschirr zu Boden. »Der Greis ist verrückt geworden!«, fluchte er, obwohl er eigentlich gar nicht zu solchen Ausbrüchen neigte. Er war außer sich, zumal der Venezianer nicht den geringsten Grund zu solchen Tollheiten hatte, war er doch derjenige gewesen, der mit beinahe havarierten und ungenügend bemannten Schiffen zur Armada gestoßen war. »Ich gebe ihm meine Soldaten, und das ist der Dank!«, rief der Spanier, der kaum zu beruhigen war.

Bald sprach sich herum, dass Don Juan Sebastiano den

Prozess machen wollte. Alles stand auf dem Spiel: der Feldzug, die Heilige Liga, die Zukunft Don Juans. Als unehelicher Bruder des spanischen Kaisers hatte er nur diese eine Gelegenheit, sich vor der Welt zu beweisen.

Mit den spanischen Offizieren hielt Don Juan einen Kriegsrat, der bis zum nächsten Morgen andauerte. Er war noch immer höchst echauffiert, sosehr die Spanier auch mäßigend auf ihn einredeten. Immerhin: Von den Venezianern kam Nachricht, dass sie das Verhalten des alten Venier aufs Äußerste missbilligten.

Im Morgengrauen hatte Marqués de Santa Cruz schließlich eine Idee und raunte sie einem seiner Offiziere zu: »Bringt den Cervantes her. Und beeilt Euch, Kanaille!«

Das Schnellruderboot kam nach einer halben Stunde zurück und mit ihm der schlaftrunkene Miguel, der kaum wusste, wie ihm geschah. Wohl hatte er mitbekommen, dass in der Flotte große Unruhe herrschte, doch bis zu seiner Galeere hatte sich die Nachricht von der Hinrichtung nicht herumgesprochen.

An Bord der *Real* nahm Santa Cruz Miguel zur Seite und erklärte ihm flüsternd die vertrackte Situation. »Die gesamte Mission ist gefährdet«, endete er.

»Womit kann ich dienen?«, fragte Miguel.

»Wollt Ihr kämpfen?«, fragte Santa Cruz.

»Ja, selbstverständlich!«

»Wollen Eure Kameraden kämpfen?«

»Wir können es kaum erwarten!«

»Dann geht dort hinein und überzeugt den Bruder des Kaisers, dass wir die Schlacht mit dem Feind suchen müssen und nicht mit uns selbst!«

Die Kajüte des obersten Feldherrn der Heiligen Liga auf der *Real* unter dem Achterkastell war eine spartanische Schlafstatt, nicht viel größer als eine Gefängniszelle und auch nicht komfortabler. Hinter Miguel schlossen die Adjutanten die Tür. Unschlüssig stand er im Raum, während Don Juan sich auf einen Tisch stützte, über die Karten gebeugt.

Miguel räusperte sich.

Don Juan blickte zu ihm auf. Und zum ersten Mal seit einem Tag und einer Nacht stand auf seinem knabenhaften Gesicht ein Lächeln. »Cervantes, mein treuer Soldat! Wollt Ihr mir wieder eine Eurer heiteren Geschichten erzählen, oder seid auch Ihr gekommen, um mich umzustimmen?«

»Was ist Euch lieber?«

Don Juan winkte müde ab. »Tragt vor, was Ihr vorzutragen habt.«

Miguel atmete tief durch. »Wir sind bereit, für Euch und für die Heilige Liga zu sterben.«

»Habt ihr es denn so eilig, eurem Schöpfer zu begegnen?«, spottete Don Juan.

»Seht, ich habe gerade erst erfahren, was passiert ist. Bitte glaubt mir, dass die Venezianer Euch hoch schätzen, ja viel höher als jeden ihrer eigenen Anführer. Das sage ich, der ich in den letzten Monaten unter ihnen gelebt habe.«

»Dabei wissen sie ja noch gar nicht, ob ich mich in der Schlacht als fähig erweise.«

»Das mag stimmen«, sagte Miguel und wusste, dass er mit dieser Aussage sehr viel riskierte, aber Don Juan nahm sie ungerührt hin. »Die Venezianer sind gebrechliche alte Menschen gewohnt, man denke nur an ihre Dogen, die kaum ihre Stoffkappe auf dem Kopf halten können. Doch sie sehnen sich nach einem Mann, der das Schwert stolz in der Schlacht trägt, und Ihr könnt mir glauben, dass das Vorgehen des alten Admirals einfach eine ungeheuerliche Torheit war und nicht eine bewusste Beleidigung Spaniens.«

»Und was schlagt Ihr vor?«

»Wenn wir die Fahrt fortsetzen und die Schlacht suchen, dann würde die Feindschaft zwischen Spaniern und Venezianern rasch abnehmen. Wenn wir uns dagegen nur gegenseitig beschuldigen und den Feldzug abbrechen, wäre die Christenheit wieder einmal aufs Tiefste gespalten. Auch scheint mir, dass eine Umkehr zu diesem Zeitpunkt sehr gefährlich ist. Der Feind könnte die getrennt segelnden Flotten verfolgen und sie einzeln mit großer Überlegenheit angreifen. Und dann wäre nicht nur Venedig, sondern auch Spanien nahezu schutzlos einer Invasion ausgeliefert.«

»Das ist ein berechtigter Einwand«, nickte Don Juan widerwillig.

»Vor allem aber glaube ich«, fuhr Miguel fort, »dass der Zwischenfall einen teuflischen Ursprung hat. Der Satan selbst will dieses so gottgefällige Unternehmen verhindern, und als Christen müssen wir der Versuchung des Leibhaftigen unbedingt widerstehen. Und dann denkt doch an die Schlacht selbst, die uns erwartet: Ob wir leben oder sterben, der Tag unseres Sieges wird der schönste Tag des Jahrhunderts werden, und noch in tausend Generationen kennt man Euren Namen!«

Don Juan seufzte. »Ich danke Euch, Cervantes. Mit den Worten seid Ihr gewandt. Seid Ihr es auch mit dem Schwert?«

»Weder hat der Speer die Feder noch die Feder den Speer je stumpf gemacht.«

Schließlich fand man im Kriegsrat einen Kompromiss: Der venezianische Admiral müsse vor Gericht gestellt werden, doch das solle erst nach der Schlacht geschehen. Zudem dürfe er nicht mehr an den Beratungen der drei Generalkapitäne teilnehmen.

Sebastiano Venier nahm die Demütigung an und ließ Don Juan die Nachricht zukommen, wenn dieser ihn nicht zum Freund haben wolle, wolle er ihn darum nicht zum Feind.

Doch noch war die Krise nicht ausgestanden. Als Marcantonio Colonna, der zwischen Venier und Don Juan vermittelt hatte, gegen Mitternacht die *Real* verließ, um zu seinem Schiff zurückzukehren, erkannte er entsetzt, dass sich einige spanische und venezianische Galeeren zu einem Gefecht gegeneinander rüsteten. Die Laternen wurden angezündet, die Schwerter geschärft, Geschütze geladen, üble Beleidigungen über die Bordwände geschrien. Colonna schickte sofort Boten an alle beteiligten Galeeren und drohte den Kommandanten mit der Todesstrafe. Das war wiederum eine Eigenmächtigkeit, aber in dieser heiklen Lage musste er zum Äußersten gehen, um die Situation zu beruhigen.

Die Nacht blieb ruhig, und am frühen Morgen lichteten die Schiffe der Flotte endlich die Anker und verließen den Hafen von Igoumenitsa.

KAPITEL 22

Die Schlacht

Die Fahrt ging an der Südspitze Korfus und den Inseln Paxos und Antipaxos vorbei, und schließlich kam Kefalonia in Sicht. Die Flotte steuerte in den schmalen Kanal zwischen Kefalonia und Ithaka und ankerte im Pilgerhafen Fiskardo. Kundschafter übermittelten, dass die türkischen Galeeren noch immer in Lepanto seien.

Am nächsten Tag herrschte Sturm, und die Armada schaffte es nicht, das offene Meer zu erreichen. Erst am Abend des 6. Oktober flaute der Wind ab, und die Flotte setzte sich erneut in Marsch. Die vielen Inseln und Riffe machten die Navigation schwierig, dennoch blieb die Heilige Liga ohne Verluste. Die Schiffe passierten die Mündung des Flusses Aspropotamo und fuhren durch den schmalen Kanal zwischen der Insel Oxia und dem Kap Skropha in den Golf von Patras hinein. Die Vorhut unter dem Befehl Gianandrea Dorias fuhr an der Spitze, wie es die vereinbarte Schlachtordnung vorsah.

»Segel, Segel!«, erscholl am nächsten Morgen, dem 7. Oktober 1571, der Ruf vom Mastkorb der *Real*. Die Soldaten rannten nach vorn zum Bug. Zuerst tauchte ein einzelnes Segel auf, dann zwei, dann ein Dutzend, und bald war der Horizont ein milchiges Weiß. Die Spione hatten fünfzig bis sechzig Galeeren gemeldet – doch nun zählte man über einhundert, dann einhundertfünfzig, dann zweihundert. Der Sieg, mit dem jeder an Bord gerechnet hatte, schien nun nicht mehr so sicher.

Doch auch die Osmanen waren über die Größe der christlichen Flotte entsetzt. Denn der Korsar Kara-Khodja, der sich als Fischer verkleidet und im Hafen von Igoumenitsa die Schiffe der Ligaflotte gezählt hatte, hatte viele Schiffe übersehen und eine viel zu geringe Zahl an den osmanischen Befehlshaber Ali Pascha gemeldet – jenen Mann, der zuvor Marcantonio Bragadin, den venezianischen Kommandanten Zyperns, aufs Entsetzlichste gefoltert und getötet hatte. Auch einige christliche Soldaten, die man beim Wasserholen gefangen genommen hatte, hatten die niedrige Zahl bestätigt, vielleicht aus Unwissenheit heraus oder aus Schläue.

Es bestand kein Zweifel: Rein zahlenmäßig war die Flotte der Türken eindeutig überlegen. Die Christen zählten mindestens zweihundertvierzig türkische Galeeren, dazu kamen viele kleinere und mittlere Fahrzeuge wie Transport- und Kurierschiffe und Schaluppen. Vermutlich verfügten die Türken auch über weit mehr Soldaten. Zudem waren sie in einer günstigeren Situation als die Christen. Im Fall einer Niederlage konnten sie sich unter die Kastelle und Batterien des stark befestigten Lepanto zurückziehen – für die Christen würde eine Niederlage so fern der Heimat die totale Katastrophe bedeuten. Sie besaßen keine befestigten Stützpunkte in der Nähe, und das Inselmeer, durch das der Weg zurück in die Heimat führte, würde einen geordneten Rückzug unmöglich machen und die schnelleren und ortskundigeren Verfolger begünstigen.

Es war so, wie es Miguel gegenüber Don Juan bereits formuliert hatte: Eine Niederlage war schlicht keine

Option. Die Küsten Spaniens und Italiens wären in den nächsten Jahren einer türkischen Invasion schutzlos preisgegeben. Über viele Jahrzehnte hinweg würden die Osmanen das Mittelmeer bis an die Küsten Spaniens beherrschen.

Die Befehlshaber fanden sich zu einem letzten Kriegsrat auf der *Real* ein. Don Juan besaß ja die eindeutige Weisung, in die Schlacht nur dann einzutreten, wenn der Sieg so gut wie sicher wäre. Davon konnte nun keine Rede mehr sein. Die Admiräle waren voller Sorge. Nur Don Juan lächelte vergnügt und schien im Gegensatz zu den vielen älteren Kommandanten geradezu erleichtert zu sein, dass der Tag gekommen war. »Meine Herren, endlich ist es so weit! Alles Taktieren hat ein Ende, mögen nun die Waffen sprechen.«

»Seid Ihr Euch dessen ganz sicher?«, fragte Colonna.

Besonders über die Venezianer machten Gerüchte die Runde, dass sie angesichts der augenscheinlichen Überlegenheit des Gegners nicht zum Kampf bereit wären.

Doch Don Juan wollte davon nichts wissen. »Große Fürsten müssen große Gelegenheiten suchen. Genug des Beratens! Jetzt können wir nur noch kämpfen!«

Unterdessen übergab sich Miguel de Cervantes auf der *La Marquésa* schon zum dritten Mal zwischen den gerade errichteten Schanzverkleidungen. Schon am Vorabend hatte er ein mulmiges Gefühl im Magen gehabt, nachdem er zu den aufgeweichten Bohnen etwas schimmliges Brot gegessen hatte. Auch zwei andere Soldaten hatten sich ein heftiges Magengrimmen zugezogen und waren vom Kommandanten unter Deck geschickt worden. Da Miguel aber keinesfalls die Schlacht verpassen wollte, übergab er sich so unauffällig, wie es eben ging. Doch in der angespannten Stille vor der Schlacht klatschte das Erbrochene leider nicht besonders dezent in die ruhige See.

Der Kommandant der *La Marquésa*, ein dicker Adliger aus Alicante, der bei seiner Besatzung beliebt war, kam vom Heck auf Miguel zu. »Auch Ihr füttert fleißig die Fische? Dann begebt Euch sofort unter Deck.«

»Ich werde auf jeden Fall mitkämpfen«, gab Miguel mit entschlossener, aber brüchiger Stimme zurück.

Der Kommandant der *Marquésa* seufzte. »Kranke Soldaten sind schlimmer als fehlende Soldaten. Die Geschwächten bilden ein brüchiges Kettenglied, das der Feind mit Leichtigkeit zerschlagen kann. Die Fehlenden tun nichts, aber eben auch nichts Schlimmes.«

»*Capitán*, ich verspreche Euch bei allem, was mir heilig ist, dass ich meinen Mann stehen werde und dass dieses bisschen fester Husten meinen Kampfeswillen nicht schwächt, sondern ihn im Gegenteil verstärkt. Denn mögen auch die Innereien rebellieren, so ist mein Arm doch stark genug, das Schwert jedem Osmanen, der es wagt …«

»Cervantes, hört auf zu schwafeln. Ihr redet ja schon wie im Fieberwahn! Das ist ein Befehl und mein letztes Wort!«

Miguel wollte noch etwas sagen, doch dann ging er wütend unter Deck. Nicht ohne noch einmal in den Golf von Patras gewürgt zu haben.

Die Vorbereitungen zur Schlacht erfolgten unter wolkenlosem Himmel und der fahlen, herbstlichen Sonne mit Ruhe und Umsicht, ja fast mit Gleichmut. Einmal kam es Don Juan so vor, als wollte die osmanische Flotte abschwenken und ein Aufeinandertreffen vermeiden, also ließ er einen Kanonenschuss los, der wie eine Frage gemeint war. Die Osmanen antworteten mit einem Schuss. Damit war auf beiden Seiten jeder Zweifel beseitigt.

Nach vier Stunden war die Aufstellung beendet. Bei den christlichen Galeeren wurden die Rahen auf halbe Masthöhe herabgelassen, die Schanzverkleidungen noch einmal erhöht. Die Geistlichen eines jeden Schiffes gingen von Soldat zu Soldat und erteilten ihren Segen. Die Soldaten beachteten sie kaum, schärften die Schwerter und Piken, überprüften die Musketen und Arkebusen, streiften sich die Brustpanzer über.

Gianandrea Doria hatte urplötzlich eine geniale Idee und ließ bei seinen Galeeren die Rammsporne abmontieren. Denn er wusste: Sie waren so konstruiert, dass der Rumpf weit aus dem Wasser gehoben wurde, sodass die unbeweglichen Geschütze nicht mehr einzusetzen waren. Ohne Rammsporn aber blieben die Bugkanonen todbringende Waffen. Und noch ein Trick sollte der Heiligen Liga einen kleinen Vorteil bringen: Man hatte im letzten Moment in Essig getauchte Lederdecken an die Schanzverkleidungen gehängt, um sie vor Brandpfeilen zu schützen.

Schnellruderboote glitten zwischen den Galeeren hin und her und überbrachten letzte Befehle. Fanfaren ertönten, einige Soldaten begannen zu singen. Die Fahnen der Kompanien wurden entfaltet, am Heck wehten große Banner, von den Mastspitzen Wimpel mit langen, flatternden Enden.

Die Venezianer bildeten die Flügel der Schlachtlinie, im Norden Barbarigo, im Süden Quirini. Im Norden hatten sich auch die Genuesen und die Ritter des Malteserordens eingefunden, während das Zentrum von den besser gerüsteten spanischen Galeeren besetzt war. In der Mitte zogen die *Capitana* Sebastiano Veniers und die *Real* Don Juans Seite an Seite in den Kampf.

Bei den Türken bildeten das Zentrum etwa neunzig Galeeren, die von Ali Pascha befehligt wurden, der Kommandant des linken Flügels war der Statthalter von Alexandria, Scirocco Pascha. Auf dem rechten Flügel, Barbarigo und den Genuesen gegenüber, war Uluch Ali Befehlshaber, ein gebürtiger Süditaliener, der von den Osmanen versklavt worden und schließlich, um nicht als Galeerensträfling zu enden, zum Islam konvertiert war. Schnell war er vom Matrosen zum Kapitän aufgestiegen und hatte sich als extrem fähiger, skrupelloser Korsar erwiesen. Die Achterhütten jener Galeeren, auf denen sich ein osmanischer Befehlshaber befand, waren mit einer kunstvoll gearbeiteten Laterne geschmückt. Einige Admiräle der Heiligen Liga hielten dies für ungeschickt, weil sich diese Schiffe dadurch allzu leicht zur Zielscheibe machten, andere hingegen waren der Meinung, dass gerade die leuchtende Laterne einen besonderen Ansporn für die umliegenden Schiffe darstellte, diese Galeeren um jeden Preis zu verteidigen.

Schließlich wurden die Galeassen der Heiligen Liga nach vorn geschleppt. Die hohen, waffenstarrenden Schiffe nahmen vor der Schlachtlinie Aufstellung und sollten die Halbmondlinie der osmanischen Galeeren durch ihre gewaltige Feuerkraft durchbrechen. In beinahe völliger Windstille dümpelten sie zwischen den Armeen wie eiserne Inseln.

Don Juan indes ging das alles zu langsam. So begab er sich mit seinem Sekretär de Soto und seinem Cousin Luis de Cordoba in ein Schnellruderboot, um die Galeeren abzufahren, die Aufstellung zu begutachten und zu den Soldaten zu sprechen. Bevor der Pulverqualm alles verhüllen würde, wollte er sich noch einmal allen Soldaten zeigen.

In seinem funkelnden Panzer und mit seinem zuversichtlichen Lächeln flößte er jedem einzelnen Kämpfer unerschütterlichen Siegeswillen ein. Auch jene, die bislang gezweifelt hatten, wurden mit einem Mal von einem Furor gepackt. Don Juan erinnerte die Männer daran, dass jeder Christ, jeder Priester, jeder Bischof, jeder Kardinal und der Papst höchstselbst für sie beteten. Dass aber vor allem jede Frau, jede Mutter, jeder Vater und jedes Geschwisterteil, ob im Himmel oder auf Erden, für sie betete und ihnen Kraft und den Sieg wünschten.

Und er sah ja auch berückend aus in seiner silbrigen Uniform, dieser blutjunge Spanier mit der gewölbten Unterlippe, ein Bastard und ein Kaiser zugleich, der dort auf der dünnen Ruderbarke weit unter ihnen stand, stolz und siegessicher. Es ging ein gewisser Zauber von ihm aus, eine Magie wie von einem orientalischen Schlangenbeschwörer.

»Wenn der Feind siegt, wird er höhnend fragen: Wo ist euer Gott? Jetzt ist es an euch!«, rief er den Männern zu, die mit Hurra-Rufen antworteten und mit den Waffen klirrten.

Niemand hätte Don Juan, der so aufrecht dastand, als würde er eine sommerliche Parade abnehmen, auch nur einen Augenblick für einen Krieger gehalten, der eine Schlacht verlieren konnte.

»Wir greifen an! Wir sind bereit!«, scholl es Don Juan von überall entgegen, auch von der *La Marquésa*. »Rache für Famagusta! Rache für Marcantonio Bragadin!«

Miguel hörte es durch die hölzernen Planken. Er hatte sich gerade aus seiner Hängematte in einen hölzernen Bottich übergeben. Es war eine gewaltige Entleerung, und er wusste: Es war die letzte.

Befehl hin oder her, er ließ sich von zwei Matrosen in seine Rüstung helfen und stapfte ans Oberdeck, wobei die Seeleute auf den Stufen allerdings noch einmal kräftig zulangen mussten, denn seine Beine waren weich wie diese scheußliche venezianische Weizenpolenta. Doch lieber würde er sein Leben geben, als diesen Augenblick zu verpassen.

Der Kommandant sah ihn, wollte ihm etwas zurufen, winkte dann aber ab und widmete sich der Schlachtordnung.

Miguel hingegen hatte eine Idee. Er ließ sich so viele Piken bringen, wie auf dem Schiff zu finden waren. Mit zwei Vertrauten, dem dümmlichen, aber kräftigen Arantxo, sowie dem beinahe stummen Raúl, der seine Ergebenheit vor allem durch Gesten zeigte, ging er die Schanzverkleidungen ab und beobachtete die Schlachtlinie der Osmanen, die sich immer näher schob.

»Die Admiräle wissen gar nichts«, sagte Miguel. »Es wird kein Kampf Boot gegen Boot, sondern ein Enterkampf, Mann gegen Mann.« Seine Stimme klang geschwächt, doch entschlossen. »Die Admiräle wissen es nicht, aber ich weiß es. Wo immer sich unsere Boote ineinander verkeilen, müssen wir zur Stelle sein. Ich habe einen Plan. Seid ihr dabei?«

Arantxo nickte, und Raúl hob eine der acht Fuß langen Piken in die Höhe.

Miguel würgte, doch es war ein letztes Aufflammen des irritierten Gedärms. Dann lächelte er.

Als Don Juan auf die *Real* zurückkehrte, ließ er am Heck das von Papst Pius dem Fünften gestiftete Banner der Heiligen Liga entfalten. Noch einmal verlasen Geistliche die päpstliche Bulle, die allen Teilnehmern der Schlacht Ablass gewährte. Der oberste Geistliche der Armada, mit einem Kruzifix in der einen und mit Weihwasser in der anderen Hand, erteilte die Absolution. Dann knieten alle Soldaten, Matrosen und Ruderer zum Gebet nieder. Don Juan betete in voller Rüstung auf dem Vorderkastell. Schließlich wurde unter den Victoria-Rufen der Soldaten von jedem Schiff eine Salve abgefeuert.

Kurz vor der Mittagszeit erstarb der Wind endgültig, die Schlachtlinien hatten sich beinahe in Schussweite angenähert. Don Juan, Sebastiano Venier und alle anderen Admiräle begaben sich auf die Vorderkastelle, als wären sie auf einem Empfang. Dort standen sie außergewöhnlich exponiert, doch sie schienen sich des Sieges so sicher, dass ihre Zuversicht auch auf die einfachen Soldaten abfärbte.

Davide, Hasan, Luca und Oliver bot sich ein ebenso erschreckender wie monumentaler Anblick, den sie ihr ganzen Leben lang nicht mehr vergessen sollten.

Und so recht konnten sie sich nicht erklären, was gerade geschah. Aber auch an Bord der Kriegsschiffe schien niemand zu ahnen, was als Nächstes passierte, nicht einmal die Oberkommandierenden der gewaltigen Galeerenflotten. Alles war möglich.

»Was bedeutet das?«, fragte Luca.

Davide, Hasan und Oliver hörten die Frage gar nicht.

Sie konnten den Blick nicht abwenden, selbst wenn sie gewollt hätten, denn das, was sich vor ihren Augen abspielte, überlagerte jeden anderen Sinneseindruck.

Eine unerwartete Welle schlug Oliver das Ruder aus der Hand, und alle waren plötzlich bemüht, das Gleichgewicht zu halten. Das lenkte sie kurz von dem ab, was sich vor ihren abzuspielen begann.

»Wird das eine Schlacht?«, fragte Luca.

»Sieht ganz danach aus«, gab Davide zurück.

»Was machen wir nun?«

Keiner hatte eine Antwort.

Die erste Überraschung ließ nicht lange auf sich warten: Die Osmanen griffen die Galeassen, die eine Meile vor der christlichen Schlachtlinie standen, nicht an und segelten einfach weiter. Dafür zahlten sie einen hohen Preis: Mindestens acht ihrer Galeeren versanken in dem Feuersturm, der von den waffenstarrenden Galeassen entfacht wurde – kein einziges Besatzungsmitglied überlebte.

Doch fortan dümpelten die Schlachttürme hilflos dahin und griffen zunächst nicht mehr in den Kampf ein. Dabei hatten die Christen in der Erwartung, dass es zu Enterkämpfen kommen würde, die Galeassen mit mehreren Tausend Soldaten besetzt, die nun empört zusahen, wie die feindlichen Galeeren einfach weiterfuhren. Sie überzogen die Osmanen mit Schmährufen und schossen ihre Arkebusen ab, die auf diese Entfernung jedoch nichts ausrichten konnten.

Nur kurze Zeit später stießen die beiden Schlachtfronten im Zentrum mit einer Wucht zusammen, als würde ein Riese zwei Hämmer gegeneinanderschlagen. Die Christen gaben den Befehl aus, erst zu feuern, wenn das Rammen erfolgt war, und während das Holz splitterte und die Sklaven im Unterdeck von ihren eigenen Riemen erbärmlich zerquetscht wurden, breiteten sich Wolken aus Pulver, Lärm und Geschrei aus. Kanonenkugeln töteten ganze Ruderreihen und rissen Achterkastelle entzwei, die Schanzverkleidungen, Verdecke und Masten der Christen waren im Nu übersät von den Pfeilen der Osmanen, die herunterprasselten wie ein heftiger Platzregen. Salven aus Musketen und Arkebusen ließen die Osmanen zusammensinken, doch sofort standen die hinteren Reihen mit ihrem furchteinflößenden Kampfgeschrei bereit. Die *Capitana* rammte mit dem Bug die Mitte von Alis Flaggschiff und überzog vom Vor- und Hinterkastell aus das Deck mit Musketenfeuer. Der alte Sebastiano Venier selbst ließ sich von einem Adjutanten geladene Musketen reichen, die er mit großer Präzision abschoss.

Von einer Schlachtlinie konnte bald keine Rede mehr sein. Es bildeten sich große Knoten von ineinander verkeilten Schiffen; beide Flotten schienen eine einzige hölzerne Masse zu sein. Erst wenn eins der gegnerischen Schiffe erstürmt wurde, konnten sie sich voneinander lösen. Brandgeschosse und Pechkränze, die von beiden Seiten geschleudert wurden, sorgten für rot auflodernde Flammen, die sich unersättlich durch die Takelage fraßen und auch so manchen unglücklichen Soldaten in Brand steckten.

Miguel hatte sechs Arkebusenschützen und sechs Piquere zu sich befohlen und stand auf dem Mittelschiff der *Mar-*

quésa, um den Ansturm der Osmanen abzuwehren. Arantxo und Raúl hatten sich mit Piken neben Miguel aufgebaut, der seine Arkebuse mit großer Treffsicherheit auf all jene Osmanen abfeuerte, die auf den ineinander verhakten Galeeren versuchten, das Deck zu stürmen. Doch Miguel hielt sie mit den Arkebusensalven seiner Männer auf, während die meisten Pfeile der Osmanen an den Schanzverkleidungen oder den Rüstungen abprallten. Beim Nachladen der Arkebusen hielten die Piquere die Feinde in Schach, die Osmanen der vorderen Reihen wurden aufgespießt, und so manche Pike durchdrang gleich zwei ungepanzerte Körper. Die Spanier bildeten – wie die alten Römer – eine Schildkröte, die nicht zu überwinden war. Die fehlende Rüstung machte die Osmanen wendig und daher gefährlich im Nahkampf, aber auf die mittlere Distanz waren sie, derart ungeschützt, äußerst verwundbar.

Die Verluste auf osmanischer Seite wuchsen zusehends. Die nachrückenden Krieger verhinderten, dass die Osmanen ihre Bögen vernünftig spannen konnten, während die eisernen Kugeln der Spanier und Venezianer mit mörderischer Regelmäßigkeit durch die Luft pfiffen. In einer letzten Woge der Verzweiflung kletterten die Osmanen über ihre eigenen Toten und sprangen mit erhobenen Krummsäbeln hervor – doch noch bevor ihre Füße die Planken der *Marquésa* berührten, waren die meisten von ihnen tödlich verwundet.

Ein Osmane stürzte sich auf Miguel, dessen Arkebuse keine Kugel mehr im Lauf hatte. Doch da entsann er sich des Tritts, den ihm der Paduaner gezeigt hatte, und setzte ihn so wuchtig an, dass er dabei selbst das Gleichgewicht verlor. Die Wirkung jedoch war verblüffend: Der überraschte Osmane knickte ein, und ein erneuter Tritt vor die Brust warf ihn über Bord.

Ein weiterer Osmane attackierte Miguel, der den Krummsäbelhieb mit der Arkebuse abwehrte und dann, in seinen Gegner verknäult, zu Boden fiel. Jetzt war es ein Kampf mit bloßen Händen: Der Osmane griff nach dem Hals des Spaniers, Miguel hieb mit der Faust immer wieder aufs Gesicht des Feindes ein, der kehlige Hasslaute hervorstieß. Die Treffer saßen, Kiefer und Nase waren mehrfach gebrochen, doch der Griff um den Hals lockerte sich nicht, im Gegenteil, er wurde mit jedem Faustschlag Miguels noch ein wenig fester. Miguel holte mit der linken Faust zu einem weiteren Schlag aus, als ihn ein fürchterlicher Schmerz durchzuckte. Ungläubig blickte er auf – eine feindliche Arkebusenkugel hatte ihn getroffen, Blut strömte seinen Arm hinab. Er wurde ohnmächtig.

Der dichte Qualm verwandelte den sonnigen Mittag in eine graue, neblige Nacht, und der Krach war mannigfaltig und ohrenbetäubend: vom schrillen Kampfgeschrei und den verzweifelten Rufen der Verwundeten und Ertrinkenden bis zum trockenen Splittern des Holzes, von den dröhnenden Arkebusensalven, den von allen Seiten gebrüllten Befehlen, dem klirrend hellen Aufeinandertreffen von Piken und Säbeln bis zum harten Einschlag der Pfeile in Holz und Schilde.

Im Zentrum dauerte der Kampf zwei Stunden, ohne eine Entscheidung zu bringen, während die beiden Flügel der Christen ernsthafte Schwierigkeiten hatten. Barbarigo wurde von Scirocco Pascha eingekreist. Barbarigos Schiffe hielten sich tapfer, doch einen Zweifrontenkampf würden sie nicht lange bestehen können. Glücklicherweise nahm Barbarigos Neffe Contarini im letzten Augenblick Kurs auf das Flaggschiff, und auch andere venezianische Galeeren lösten sich aus dem Enterkampf und kamen zur Hilfe herbeigerudert. Es gelang ihnen, ihrerseits Scirocco Pascha einzukreisen, der dabei den Tod fand. Auch Barbarigo überlebte die Schlacht nicht. Ein Pfeil traf ihn im linken Auge und verwundete ihn tödlich.

Am rechten Flügel wogte der Kampf ebenfalls hin und her, doch Marco Quirini gelang es, die unachtsamen Gegner in die Schussweite zweier Galeassen abzudrängen, die nun doch noch in den Kampf eingreifen konnten. Sie sorgten mit ihrem Kanonenfeuer für verheerende Schäden und schickten die feindlichen Galeeren auf den Meeresgrund.

Die Türken steuerten mit ihren Schiffen Kap Skropha an, und die Mannschaften versuchten, an Land zu schwimmen. Die Venezianer folgten ihnen in rasch ausgesetzten Booten und töteten sie.

Es schien, als wäre die Wolke aus Pulver selbst ein gefräßiges Wesen, das sich über den gesamten Golf fortbewegte und seine Opfer ausweidete wie ein Ungeheuer aus der Unterwelt.

Unterdessen hatten sich immer mehr christliche Sklaven, die auf den osmanischen Galeeren als Ruderer schuften mussten, aus ihren Ketten befreit und fielen unbewaffnet, aber wild entschlossen ihren Peinigern in den Rücken.

»Um Himmels willen. *Um Himmels willen*«, entfuhr es Davide.

Hasan, Luca und der Fischer blickten nach Osten. Vor

ihren Augen schien ein alttestamentarisches Strafgericht stattzufinden. Der Horizont glühte rot hinter tiefgrauer, von Staub erfüllter Luft, ein Sonnenuntergang aus Blut und Feuer. Die Hölle hatte ihre Tore geöffnet und zeigte sich nur wenige Meilen vor ihnen in ihrer ganzen Grausamkeit: mit ihrem Lärm und Gestank, den dumpfen Kanonenschüssen, den schrillen Einschlägen in Holz, dem Knattern der Arkebusenläufe, dem Geschrei und Geheul, dem Hass und der Verzweiflung.

»Die armen Kerle«, stieß Hasan hervor.

Selbst hier, in gut drei Meilen Entfernung, roch es bereits nach Pulver, Eisen und verkohltem Holz. Bei dem leichten Wind, der vorherrschte, war das kleine Fischerboot schneller vorangekommen als die mit Menschen, Waffen und Munition vollgestopften Galeeren. Und nun bot sich ihnen ein Panorama des Grauens, das nicht von dieser Welt zu sein schien.

Davide dachte an Miguel, der dort mittendrin um sein Leben kämpfte. Wenn er nicht längst tot war. Denn welches menschliche Wesen vermochte diesem Inferno zu entkommen?

»Sollen wir wirklich näher heran?«, fragte Oliver.

»Wir müssen«, nickte Davide. Er kniff die Augen zusammen und suchte nach Schiffen mit den Wappen der Serenissima. »Die venezianischen Galeeren bilden die Flügel. Lasst es uns zuerst rechts versuchen. Vielleicht treffen wir dort die *Torcello* mit Ranocchia.«

»Sofern er es überlebt hat«, murmelte Hasan.

Von hier sah es so aus, als wäre keine Menschenseele dieser Todeswalze entronnen. In dem ersterbenden Wind kamen sie allerdings kaum voran.

Die Entscheidung fiel im Zentrum. Erst langsam, dann immer schneller bekam die Heilige Liga die Oberhand. Es war ein Fehler der osmanischen Admiräle gewesen, auf Bogenschützen zu setzen, die zwar mit höherer Frequenz schießen konnten, deren Pfeile aber längst nicht so effizient waren wie die Kugeln der Arkebusen. Auch auf Schanzverkleidungen und Rüstungen hatten die osmanischen Oberbefehlshaber verzichtet und dafür auf die Agilität ihrer Soldaten im Enterkampf gesetzt.

Die Entscheidung fiel durch die *Sphinx*, das gut gepanzerte und mit wild entschlossenen Soldaten bemannte Schiff des venezianischen Kommandanten Colonna, das sich bis auf Schussnähe dem osmanischen Flaggschiff unter Ali Pascha genähert hatte. Arkebusensalven aus vierhundert Läufen fegten über das Deck in die dicht gedrängten osmanischen Bogenschützen, zerfetzten Muskeln, Organe und Knochen. Kaum ein Osmane blieb unverwundet. In die Schmerzensschreie mischten sich plötzlich Schreckensrufe, denn im allgemeinen Chaos war es der *Real* gelungen, sich schnell zu nähern, und Soldaten enterten das Heck von Ali Paschas Galeere.

»Rache für Famagusta!«, riefen die schwarz gekleideten christlichen Krieger, als sie an Deck stürzten, und nichts und niemand konnte sie aufhalten. Eine unerbittliche dunkle Flutwelle vernichtete, was immer sich ihr in den Weg stellte. Einige Osmanen nahmen den Kampf auf und wurden abgestochen, andere sprangen über Bord. Nach kurzem Gefecht war das Flaggschiff der Osmanen vollständig in den Händen der Heiligen Liga.

Auch Ali Pascha, der Schlächter von Zypern, war auf dem Achterkastell von einem Arkebusenschuss verwundet worden; Blut sickerte aus zwei Wunden am Oberschenkel und in der Leiste. Er wollte aufstehen, doch zwei spanische Offiziere traten ihm in die Kniekehlen, sodass er zu Boden sackte. Dann rissen sie ihn empor.

Alis braune Augen flackerten schwach, die scharfe Nase über dem dicken grauen Bart schien gebrochen zu sein. Er war ein kleiner Mann, der kaum etwas zu wiegen schien. Ganz mühelos hielten ihn die Soldaten in die Höhe.

»Wo ist dein Gott jetzt?«, fragte einer der Spanier und spuckte Ali ins Gesicht. Der wollte etwas erwidern, doch ein Schwall Blut schoss zwischen seinen Zähnen hervor und lief über den Bart. Er brachte nur ein heiseres Gurgeln zustande. Seine schöne Stimme, die einst von den Minaretten gerufen hatte, war verstummt und sollte nie mehr Gehör finden.

»Lasst mich zu ihm!«, rief eine Stimme hinter ihnen. Die Spanier machten bereitwillig Platz. Ein junger venezianischer Offizier, noch keine zwanzig Jahre alt, schob sich nach vorn und nickte den Spaniern zu, die ihrerseits eine Verbeugung andeuteten.

Der Venezianer baute sich so nah vor Ali Pascha auf, dass ihre Nasenspitzen einander beinahe berührten. Aus kühlen grünen Augen betrachtete der Sieger den Geschlagenen, dann nickte er den Spaniern zu, die Ali Pascha auf die Knie zwangen.

Auf diesen Moment hatte der Venezianer ein Jahr lang gewartet, er hatte dafür gebetet, ihn zu erleben. Er zückte das Schwert, das er mit viel Sorgfalt poliert und scharf gehalten hatte. Der junge Offizier beugte sich hinab zu dem

Knienden, der nun schwer atmete. »Ich bin der Sohn des Marcantonio Bragadin«, flüsterte er.

Ali Pascha blickte auf und nickte. Dann reckte er den Kopf nach vorn.

Und der Sohn des Marcantonio Bragadin, des so entsetzlich zu Tode gekommenen Kommandanten von Zypern, hob das Schwert.

Mitten aus dem Schlachtenlärm erschollen Fanfarenstöße. »Victoria!«, flogen die Rufe aus der Ferne über die beinahe glatte Wasseroberfläche.

»Das sind die Unseren!«, erkannte Davide. »Die Heilige Liga hat gewonnen!«

Oliver und Luca bekreuzigten sich.

»Rasch, wir nehmen die Ruder!«, rief Hasan.

»Victoria, Victoria!«

Auch Alis Stellvertreter Pertau Pascha war gefasst und geköpft worden. Die beiden abgeschlagenen Häupter baumelten von den Rahen der *Real*, und am Heck bauschte sich die eroberte Standarte der Osmanen, das Banner der Kalifen, auf der dreißigtausendmal der Name Allahs geschrieben stand und das noch in keiner Schlacht verloren gegangen war.

Nur Uluch Pascha am linken Flügel der Heiligen Liga war noch ein gefährlicher Gegner. Er hatte Gianandrea Doria ausmanövriert und wollte ihn nun einkreisen. Doch dann erkannte er, dass die Schlacht verloren war.

Also stieß er mutig in die Lücke zwischen den Galeeren der Genuesen und dem Zentrum der Christen, um zu entkommen – ein verwegener Plan.

Das kleine Geschwader der Johanniter stellte sich ihm entgegen, doch die Soldaten hatten keine Chance gegen den starken Verband. Auch die acht Galeeren Juan de Cordonas, die den Rittern zu Hilfe eilten, konnten den Durchbruch nicht verhindern. Dreihundert der fünfhundert Seesoldaten Cordonas verloren in der erbitterten Abwehrschlacht ihr Leben, von den Rittern der Johanniter überlebten nicht mehr als drei. Erst als sich die mächtige *Real* dem Kampfgeschehen näherte, drehte der osmanische Verband endgültig ab und flüchtete in Richtung Istanbul. Der Sieg der Heiligen Liga war nun sicher.

Doch das Grauen des Krieges war noch nicht vorbei, im Gegenteil. Jetzt erst wurde der Mensch des Menschen Wolf. Einige verzweifelte Osmanen hielten sich an Trümmern fest, versuchten an Land zu schwimmen oder umklammerten gar die Ruder der Galeeren der Christen. Sie flehten, jammerten und schrien. Beiboote wurden ausgesetzt, um sie alle zu erschlagen, was die Soldaten der Heiligen Liga mit großer Hingabe taten.

Das Meer war übersät von brennenden Trümmern, gekenterten Galeeren, Tauen und Masten. Sie trieben auf dem Wasser, dazwischen Körper, leblos, grotesk verstümmelt oder verzweifelt um Hilfe rufend. Pulverfässer barsten, und Explosionen von fern und nah fegten über ihre Köpfe hinweg.

Oliver holte die Segel ein, die in der immer wieder erschlaffenden Brise ohnehin wenig bewirkt hatten. Die letzten fünfhundert Fuß legten sie rudernd zurück.

Die Siegesschreie wurden immer lauter. Pulverqualm und schwefliger Gestank krochen in Augen und Nase.

Davide hielt Ausschau nach der *Torcello,* erkannte aber zunächst die *Sphinx* und ließ auf sie zuhalten.

Oliver und Luca hievten mit Hasans Hilfe einen Osmanen an Bord, der sich an einem treibenden Ruder festhielt. Sein rechtes Bein war völlig zerschmettert und hing nutzlos vom Rumpf herab. Dann griffen sie noch zwei Spanier auf, von denen der eine unversehrt war, der andere aber zwei Pfeile in der Schulter stecken hatte, die ihm große Schmerzen bereiteten. Schließlich zogen sie noch einen Venezianer an Bord, dessen Ohr von einem Arkebusenschuss weggerissen worden war; sonst schien ihm nichts zu fehlen.

Hasan tat, was er konnte, verband die Wunden behelfsmäßig und flößte den Verwundeten Eppsteins schmerzstillende Kräutertinkturen ein.

Nun, aus der Nähe, sahen sie entsetzt, was die Besatzungen der Schnellruderboote anrichteten: Mit Keulen, Schwertern und Piken hieben sie auf die verwundeten Osmanen ein, die im Wasser trieben, auf den sinkenden oder brennenden Galeeren geblieben waren, sich im Unterdeck versteckt oder versucht hatten, an die nahen Strände zu flüchten.

»Wenn das Mitgefühl schon nicht zu Eurer Christenseele dringen mag, so bedenkt, dass Euch die Osmanen als Ruderer doch nützlicher sind denn als Leichen!«, rief Davide den Soldaten in den Booten zu.

Doch alle Appelle blieben sinnlos. In einem einzigen, wahnsinnigen, von keiner Macht der Welt zu stoppenden Blutrausch wurden die Osmanen dahingemetzelt. Ob

Kommandant oder Schiffsjunge: Sie hatten zuerst die Schlacht verloren, nun verloren sie ihr Leben.

»Wir sind Venezianer und haben Nachricht vom Dogen, holt uns an Bord!«

Eine Leine wurde am Heck der *Torcello* herabgelassen.

Davide kletterte zuerst empor, Hasan und Luca folgten.

Die *Torcello* erwies sich als nahezu unbeschädigt. Zwei osmanischen Galeeren war es nicht gelungen, sie zu entern, massives Arkebusenfeuer hatte den wütenden Angriffen standgehalten. Zudem war eine der osmanischen Galeeren in das Sperrfeuer der venezianischen Galeasse geraten und schwer getroffen worden.

Die Aufbauten der *Torcello* waren mit Pfeilen gespickt, doch nur wenige Soldaten waren ernstlich verwundet. Nur vier Tote gab es zu beklagen und drei Schwerstverwundete. Unter ihnen war auch Alfredo Ranocchia, jener geheimnisvolle Besitzer des Pfefferkontors, der auf den Planken des Vorderkastells lag und aus dem Bauch blutete. Ein Schiffsarzt und ein Geistlicher kümmerten sich um ihn und verbanden ihn. Doch selbst in seinem geschwächten Zustand sah er gut aus.

Davide kniete sich neben ihn. »Mein Name ist Davide Venier. Der Doge schickt mich. Ihr kommt heim mit mir und werdet von meinem Arzt versorgt.«

Ranocchia lächelte schwach. Sein schwarzes Haar klebte ihm auf der Stirn. »Ob mein bedauerlicher Zustand diesen Aufwand wert ist?«

Davide berührte ihn vorsichtig auf der Schulter. »Sorgt Euch nicht. Ihr schafft das.«

Der Verband aus dreckigem Leinen wurde noch einmal

festgezurrt und mit einer eisernen Klammer verschlossen. Ranocchia stöhnte auf und wurde ohnmächtig.

Der Schiffsarzt zog Davide beiseite. »Wir haben die Wunde nicht schließen können, sie ist zu groß. Ich weiß nicht, ob er es bis nach Venedig schafft.«

Miguel öffnete die Augen, sah aber nichts. Kein Zweifel, er musste tot sein. Ihm fiel wieder ein, wie er, von einem unsäglichen Schmerz durchzuckt, zu Boden gestürzt war, der Osmane und dessen todbringender Griff an seiner Kehle kamen ihm wieder in den Sinn. Sein Hals tat weh, doch viel schlimmer war es um seine linke Hand bestellt, die in Flammen zu stehen schien. Die Schmerzen waren so schlimm, dass er wieder in Ohnmacht fiel.

Ein Flüstern weckte ihn auf. Es war eine vertraute Stimme. Es war Davides Stimme.

Miguel richtete sich auf und sank sofort wieder nieder. Man hatte ihn unter Deck gebracht, denn eine Arkebusenkugel hatte ihm den Handgelenksknochen zertrümmert. Es war keine lebensgefährliche Verletzung, doch ob er die Hand je wieder würde benutzen können? Draußen erschollen immer noch die Siegesfanfaren.

Als Miguel zu Boden gestürzt war und der Osmane auf ihm kniete, um ihm den Rest zu geben, hatte Arantxo dem Gegner eine Pike durch den Rücken getrieben und so seinen Herrn gerettet.

Auch Arantxo und Raúl hatten die Schlacht überlebt und standen voller Sorge bei ihrem Herrn.

»Wir … wir haben gewonnen?«, flüsterte Miguel.

Davide nickte.

Miguel weinte vor Glück.

»Willst du mit mir nach Venedig reisen? Die Galeere mit den Verwundeten legt gleich ab.«

»Werde ich sterben?«

»Nein.«

Jetzt richtete sich Miguel noch einmal auf, gewillt, sich von den Schmerzen nicht unterkriegen zu lassen. »Dann lasst mich hier bei der Flotte. Der Tag ist doch zu schön.«

Davide verstand.

»Außerdem: Wer braucht schon eine linke Hand? Wir schreiben und zechen und verteilen Ohrfeigen mit der rechten.«

»Da hast du recht, mein teurer Spanier.«

»Trink in Venedig tüchtig auf mich und unseren Sieg und grüße meine lieben Freunde. Wir werden uns bald wiedersehen!«

KAPITEL 23

Die Diagnose

Die Natur hatte angesichts der größten Seeschlacht, die die Welt je gesehen hatte, innegehalten, doch nun atmete sie wieder. Der 7. Oktober 1571, jenes von nun an für alle Zeiten historische Datum, war ein Tag nahezu völliger Windstille gewesen, weil die Luftmassen, so schien es, vom Getöse der Schlacht eingeschüchtert waren und dem Kampf vom felsigen Ufer aus zugesehen hatten. Doch nun hatten sie wieder Mut gefasst. Ein frischer, herbstlicher Ostwind kam auf, außerdem bedeckten Gewitterwolken den Nachthimmel. Brennende Schiffe erhellten das Dunkel, von überall her erschollen festliche Trompeten und fröhliche Lieder, aber auch Hammerschläge und Kettenklirren waren zu hören. Denn die wenigen Türken, die man am Leben gelassen hatte, wurden an die Ruderbänke gefesselt.

Da es nun immer stärker stürmte, beschloss Don Juan, sich mit der Flotte in den Naturhafen hinter der Insel Petala zurückzuziehen. Auf der *Real* schlief in dieser Nacht niemand. Alle Admiräle und hohen Offiziere kamen an Bord, um Don Juan zu seinem Sieg zu gratulieren. Auch der alte Sebastiano erschien, hinkend und mit verbundenem Bein. Er hatte vom Achterkastell aus die Osmanen unter Beschuss genommen und sich von einem jungen Soldaten stets frisch geladene Arkebusen reichen lassen.

Dabei hatte er aber selbst einen Pfeil in den Oberschenkel sowie mehrere Splitter herumfliegender Trümmer abbekommen.

»Ich habe wohl gesehen, was die venezianischen Galeeren geleistet haben«, erklärte Don Juan feierlich. »Die spanischen Edelleute sind aus dem Staunen nicht herausgekommen!« Der junge Kaisersohn und der alte General umarmten einander tränenreich.

Am Morgen des 8. Oktober legte sich der nächtliche Sturm und wurde zu einer frischen, kühlen Brise. Don Juan kehrte mit einigen Galeeren auf den Schauplatz der Schlacht zurück und ließ die noch dienstfähigen Männer zählen. Anschließend lud er alle Admiräle zum Frühstück auf die *Capitana* Gianandrea Dorias ein – es war das einzige Schiff, auf dem es noch heiles Geschirr gab.

Zwei Galeeren mit Schwerstverwundeten wurden vorab gen Westen nach Spanien und gen Norden nach Venedig geschickt, darunter die *Torcello* unter ihrem Kommandanten Grappasoli, die eine der seetüchtigsten Schiffe der Heiligen Liga geblieben war.

Oliver hatte sein Segelboot mit einem Seufzen treibend zurückgelassen; Davide versprach ihm eine üppige Entschädigung.

Ein frischer Ostwind beförderte die Schiffe flott aus dem Golf von Patras und ihrer Heimat entgegen. Davide und Grappasoli, welcher die Schlacht ohne eine einzige Schramme überstanden hatte, freundeten sich rasch an. Grappasoli stammte aus Padua und war ein Mann in den Vierzigern, der trotz eines kleinen Buckels viel Agilität und Tatendrang verströmte. Er hatte sein Glück mit Gewürzen und Tuch in Venedig gemacht und die Bewaffnung der Galeere weitgehend aus eigenen Mitteln finanziert. Dafür hoffte er nun auf die Aufnahme in den Großen Rat der Stadt.

Auf der Überfahrt, bei der Hasan Oliver und Luca das Schachspiel beibrachte, so wie Davide es einst von Eppstein gelernt hatte, bemerkte Davide etwas Seltsames: Viele der leichter verletzten Soldaten hielten ihre Wunden künstlich offen, damit sie möglichst stattlich vernarbten.

Schon sechs Tage später erreichten die Schiffe Venedig, wo die Kunde vom Sieg bereits am Vortag eingetroffen war – berittene Kuriere hatten sie überbracht. Tausende Menschen hatten sich vor dem *arsenale* versammelt und warteten auf die Heimkehr der Krieger, doch die beiden Galeeren, die nun am Horizont auftauchten, enttäuschten die Schaulustigen. Ausgesetzte Schnellruderboote informierten die Venezianer, dass die eigentliche Flotte erst in einigen Tagen erwartet wurde.

In einer beispiellosen Geste hatte Doge Alvise Mocenigo die Räume seines Palastes für die heimkehrenden Verwundeten herrichten lassen. Betten waren herangeschafft worden, und gemeinsam mit dem Großen Rat hatte der Doge alle Medizinkundigen, Chirurgen und Barbiere Venedigs verpflichtet, sich bereitzuhalten und beim Eintreffen der Flotte unverzüglich zur Verfügung zu stehen.

Matrosen schleppten Trage um Trage mit Verletzten heran, die bereits an Bord der Galeeren notdürftig verpflegt worden waren, nun aber frische Verbände, gutes Essen, sauberes Wasser und warme Decken erhielten. Nicht alle würden durchkommen. Nicht alle, die durchkamen, würden alle Gliedmaßen behalten. Nicht alle Amputierten würden wieder vollständig genesen. Und doch war man in dem notdürftig eingerichteten Hospital voller Hoffnung und guten Mutes. Der Sieg über die Osmanen diente als veritables Schmerzmittel, das alle Leiden linderte.

Ranocchia hatte die Reise überstanden, war aber meist bewusstlos gewesen. Bei der Ankunft in Venedig bekam er starkes Fieber. Eppstein und zwei weitere Ärzte taten, was in ihrer Macht stand, säuberten die Wunde, tauschten die Verbände, beträufelten sie mit allerlei Essenzen, flößten dem Schwerstverwundeten in seinen wenigen wachen Phasen Wasser und Wein ein.

»Es gibt nicht viel Hoffnung«, flüsterte Eppstein. »Der Blutverlust ist gewaltig, die Wunde ist groß und entzündet sich.«

»Tut, was Ihr könnt.«

Das tat Eppstein. Doch Ranocchia überlebte den Tag nicht.

Die Nachricht erschütterte Davide, der im Innenhof seines Palazzos ausgeharrt hatte.

»Vielleicht wird Euch eines interessieren«, raunte ihm Eppstein zu. »Die Bauchwunde war die Austrittswunde und nicht die Eintrittswunde.«

»Was heißt das?«

»Die Arkebusenkugel traf ihn nicht von vorn, sondern in den Rücken.«

Davide verstand. Und doch erschien ihm die Vermutung ungeheuerlich: Sollte wirklich ein Mann an Bord absichtlich das Schlachtengetümmel ausgenutzt haben, um Ranocchia zu töten? Fragend blickte Davide Eppstein an.

»Es ist nicht ungewöhnlich, dass Soldaten in einer

Schlacht durch ihre eigenen Leute ums Leben kommen«, sagte der jüdische Arzt. »Und doch gebe ich zu, dass es ein großer und unglücklicher Zufall ist, zumal auf der *Torcello* ja vergleichsweise wenig gekämpft wurde, wie Ihr berichtet hattet.«

»Ja, das Schiff ist nahezu unversehrt und hat überhaupt nur vier Tote zu beklagen. Nun, mit dem bedauernswerten Ranocchia sind es fünf. Was, schlagt Ihr vor, ist jetzt zu tun?«

»Wenn Ihr meinen Rat hören wollt: Schaut genau drauf, wer an Bord war.«

Und so setzte sich Davide schon bald mit Grappasoli zusammen und ging mit ihm die Offiziere und Soldaten durch, die an Bord gekämpft hatten. Ein augenscheinlicher Verdacht ergab sich gegen niemanden; alle Genannten waren unbescholtene Bürger Venedigs und der umliegenden *terraferma*, die meisten noch blutjung und unerfahren. Die Schlacht war für viele ihr erstes großes Abenteuer gewesen, ja sogar der erste Anlass, überhaupt einmal Venedig oder ihre kleinen Heimatorte auf dem Festland zu verlassen. Kaum vorstellbar, dass ein Mörder unter ihnen sein sollte, der im Getöse der Schlacht und unter großer Lebensgefahr einem Kameraden kaltblütig eine Kugel in den Rücken trieb.

KAPITEL 24

Quattrodenti

Der beißende Geruch sauren Weines. Der nicht weniger durchdringende Schweiß der Arbeiter aus Cannaregio, die in nicht enden wollender Plackerei die Schiffe nach Mestre be- und entluden und nun ein paar Stunden Erholung von der Mühsal genossen. Der Wirt ohne Vorderzähne, der sich diebisch freute, wenn er einem Betrunkenen wieder einmal zu viel Geld abknöpfen konnte. Die Huren, die fein taten und doch nur den Preis hochtreiben wollten. Der schmierige, fettige Boden und die klebrigen Becher: Es war herrlich! Davide hätte keinen Ort lieber aufgesucht.

»Ein großer Sieg, mein lieber Davide«, freute sich Tintoretto und hob zum wiederholten Male das Glas. »Sechsundneunzig Galeeren hat die Heilige Liga versenkt, einhundertdreizehn erobert, wie die Boten berichten. Dreißigtausend tote Osmanen, darunter ihre fähigsten Kapitäne und Heerführer.«

»Und doch wird sich zeigen, was dieser Sieg nützt«, sagte Davide. »Uluch Pascha ist mit achtzig Galeeren nach Istanbul entkommen. Wir haben den Osmanen den Bart rasiert, aber der wächst nach. Mit der Eroberung Zyperns aber haben sie uns Venezianern den Arm abgeschlagen, und der wächst leider nicht mehr nach.«

»Du vergisst das moralische Gewicht dieses Sieges.

Galten die Osmanen nicht stets als unbesiegbar? Nun, sie sind es nicht. Ihr wisst das, und viel entscheidender: Sie wissen es nun auch. Und womöglich steht in diesen Stunden die Flotte der Heiligen Liga bereits vor Istanbul und schießt die Stadt kurz und klein.«

Dem war nicht so. Gleich am Morgen des 8. Oktober 1571, bei ihrem Frühstück auf der *Capitana*, hatten die Befehlshaber Kriegsrat über die weiteren Operationen abgehalten. Don Juan wollte unbedingt einen Winterfeldzug, es stand für ihn außer Frage, dass der Sieg genutzt werden müsse, trotz des Befehls König Philipps, die spanische Flotte solle nach Messina zurückkehren. Don Juan wollte sogleich die Festung Lepanto belagern, wohin sich die Reste der osmanischen Flotte zurückgezogen hatten. Dafür mussten aber zunächst die beiden Kastelle an der Meerenge eingenommen werden, und Don Juan traf bereits Vorkehrungen und gab erste Befehle. Bestürzt erkannte er, dass die anderen Admiräle den Feldzug als abgeschlossen betrachteten, und sogar seine Spanier wollten nach Hause segeln. Nur Sebastiano, der sich anfangs stets so zögerlich geäußert hatte, stand fest an Don Juans Seite. Doch die Spanier argumentierten nicht nur mit König Philipps Befehl, sondern auch mit dem miserablen Zustand der Flotte, den vielen havarierten und schwer beschädigten Galeeren und den zahlreichen Verwundeten. Hinter vorgehaltener Hand flüsterten sie zudem, dass sie als Spanier ja nun wenig Interesse daran haben konnten, für die Venezianer die Drecksarbeit zu machen und ihnen ihre verlorenen Besitztümer zurückzuerobern, ohne selbst dafür den geringsten Lohn zu kassieren.

Also gab Don Juan nach. Ja, die Soldaten waren müde,

erschöpft und nicht mehr willens, Befehlen zu gehorchen. Alle waren froh, das Schlachtfeld verlassen zu können, denn jetzt stiegen die Ertrunkenen an die Wasseroberfläche auf und bedeckten den Strand, so weit das Auge reichte. Es war ein schrecklicher Anblick, und vielen Soldaten wurde erst jetzt bewusst, was sie durchgemacht und wie viel Glück sie gehabt hatten. Nach Kampf stand niemandem mehr der Sinn.

Täglich starben Verwundete, die Soldaten wollten ihre Beute zu Geld machen, und sie sehnten sich auch nach der triumphalen Rückkehr in ihre Heimat. Auch die Schiffe brauchten dringend einen Hafen.

Und so brach Don Juan mit den Spaniern nach Messina auf, wie es der Befehl Philipps des Zweiten vorgesehen hatte, während Sebastiano mit den ramponierten Überbleibseln seiner Flotte nach Norden fuhr.

»In jedem Fall freue ich mich auf viele schöne Aufträge all der noblen Venezianer, die bei der Schlacht dabei gewesen sind und ihre ehrenvollen Taten in voller Rüstung der Nachwelt erhalten wollen«, sprach Tintoretto zufrieden.

»Ich hörte, zur Ausmalung des Großen Saals im Dogenpalast sei Veronese im Gespräch«, berichtete Davide.

Tintoretto verschluckte sich fast am Wein. »Der verfluchte Kleckser? Ist das wahr?«

»So wurde es mir gesagt. Vielleicht solltest du deinen alten Trick wieder hervorholen?«

Darüber sprach noch heute ganze Venedig: Vor einigen Jahren wollte die Handwerksgilde von San Rocco ihre Versammlungsräume ausschmücken lassen. Tintoretto und Veronese gehörten zu den härtesten Konkurrenten, die um den Auftrag kämpften. Jeder Künstler sollte einen

Entwurf für das mittlere Feld der Decke einreichen, anhand dessen dann der Auftrag vergeben würde. Die Künstler zogen sich in ihre Ateliers zurück und arbeiteten fleißig, doch Tintoretto hatte sich etwas ganz Besonderes ausgedacht: Er hatte die Maße grob abgeschätzt, eine originalgroße Skizze auf Leinwand entworfen und das Bild heimlich in der Nacht an der Decke befestigt. Als die Kommission, die über die Künstler entschied, nach seinem Bild fragte, deutete er einfach nur nach oben. Und bekam den Auftrag.

Tintoretto antwortete etwas, doch Davides Blick ruhte für eine Weile auf der dicken Bertha, die dieses Mal nicht beim Armdrücken war, sondern, von einem Ring aus Bewunderern umgeben, am Tresen ihren Wein trank. Da war etwas Seltsames, Unerklärliches an ihr. Doch was war es?

Francesco Collauto, das Frettchen, kam hereingestürmt und lief auf Davides Tisch zu. Als er sah, dass Davides Blick auf der dicken Bertha ruhte, hielt er kurz inne, er wollte sich nicht erneut bis auf die Knochen blamieren. Doch seine Neugier war zu stark. »Venier, mein bester Venier! Erzählt mir alles, was Ihr erlebt habt, Ihr Abenteurer! Gegen Euch ist ja selbst ein Marco Polo ein langweiliger Handelsreisender!«

Davide bremste ihn mit erhobener Hand. »Ich erzähle Euch alles, was Ihr hören wollt.«

»Ich bitte drum, ich bitte drum. Sagt schon, ist denn …«

»Ich erzähle es ja, doch hört zunächst mich an. Was wisst Ihr über den Pfeffer?«

»Pfeffer? Wollt Ihr mit mir in diesen erhabenen Stunden über Küchenrezepte reden?«

»Nun sagt schon, was Euch dazu einfällt!«

»Ein köstliches Gewürz. Ein teures Gewürz.«

»Wie teuer?«

»Die Preise schwanken.«

»Wie mir scheint, schwanken sie nur in eine Richtung.«

»Da habt Ihr recht, und doch hat niemand so recht darauf geachtet, schließlich sind wir ja im Krieg mit den Osmanen.«

»Schön. Mit wem muss ich Eurer Meinung nach sprechen? Wer ist der große Pfefferexperte in Venedig?«

Das Frettchen verengte seine Augen verschwörerisch zu Schlitzen. Allerdings sah es nun aus wie die Karikatur eines Verschwörers. »Ihr wisst es doch selbst am besten.«

Davide lachte. »Ja, aber ich hatte gehofft, Ihr könntet mir einen anderen Namen nennen!«

Quattrodenti kam an den Tisch und verzog seinen Mund zu einem Lächeln, das bei ihm wegen der fehlenden Vorderzähne immer äußerst bedrohlich wirkte. »Noch einen Krug Wein, *signori*?«

Davide hob abwehrend die Hände. »Morgen wartet einiges an Arbeit auf mich.«

»Werter Herr Venier, man muss sich im Leben entscheiden, ob es einem am Abend gut gehen soll oder am Morgen.«

Davide überlegte: War dieser Spruch nun weise oder bloß geschäftstüchtig?

Der erste Novembertag zeigte sich kalt und sonnig. Seit Wochen hatte es nicht geregnet, und die Kanäle Venedigs, sonst in diesem Monat chronisch hochwassergefährdet, waren nach einem insgesamt trockenen Sommer und ebenso regenarmen Herbst auf einem Tiefstand, den das Frettchen in seinen städtischen Mitteilungen *storico* nannte, historisch. Das Niedrigwasser behinderte die tief liegenden Transportgondeln, vor allem jene, die Süßwasser von Mestre nach Venedig schifften. Die Brunnen Venedigs gaben gerade genug Trinkwasser für die zweihunderttausend Einwohner her, doch das Wasser wurde unter anderem auch zum Färben von Stoffen benötigt. Einige der reichsten Venezianer ließen sich das Wasser lieber vom Festland beschaffen, am liebsten von den klaren Quellen des alpinen Tirols. Von der Familie Labia hieß es sogar, ihre Bediensteten würden das Silbergeschirr ausschließlich mit Bergwasser putzen. Klar, dass die Wasserhändler vom Festland den Labias und anderen Gutgläubigen fantasievolle Preise für die schweren Fässer berechneten, die sie letztlich nur in Mestre füllen ließen.

Nach Frischwasser sehnte sich auch Davides Nase. Denn die niedrigen Pegel allerorts hatten einen besonders unangenehmen Nebeneffekt: Die schlammigen Kanäle begannen zu stinken. Selbst in der kühlen Luft breiteten sich die üblen Gerüche des fauligen Morasts aus, denn die Abfälle und Exkremente der Großstadt wurden nicht mehr von dem natürlichen Kanalisationssystem ins offene Meer befördert.

Kurz vor dem Stichkanal zum Ghetto steckte eine Gondel im Schlamm fest. Sie war so schwer beladen, dass sie fast bis zum Deck im Morast versunken war. Die Art des Transports war für diesen Wasserstand einfach zu optimistisch gedacht. Die Ruderer versuchten, sich mit Stößen vom Ufer aus der misslichen Lage zu befreien, zwei alte Venezianer kommentierten die Szene. Auch aus den Fenstern links und rechts des Kanals beobachteten Anwohner mit großem Genuss das Geschehen. Die beiden Gondolieri wurden angesichts der wachsenden Zahl an Zuschauern und der immer hämischeren Anfeuerungen zunehmend nervös. Der am Bug, ein dünner Rothaariger mit kleiner Nase, drückte das Ruder gegen die Uferbefestigung, der am Heck, ein feister Bursche mit fasrigem Bart, hatte das Ruder in den Grund gerammt, als könnte er das Fahrzeug samt seiner Last von fünf prallen Eichenfässern irgendwie emporstemmen und den gesamten Rumpf aus dem Schlick hebeln.

»Ein Fass muss runter von Bord, sonst befreit Ihr Euch nie«, rief Davide den Ruderern zu, aber bei all ihren verzweifelten Anstrengungen hörten sie nicht auf ihn und mühten sich weiter ab.

Zwei junge *nobili* kamen vorbei und schauten sich alles ebenfalls in bester, angeheiterter Laune an. Und es kam, wie es kommen musste: Sie wetteten auf den Ausgang des Dilemmas.

Eppstein hatte Davide nichts von dem Überfall erzählt, doch als der Spion des Dogen nun am Eingang des Ghettos stand, wurde sein Passierschein penibel untersucht. Denn Calaspin hatte vier verlässliche Wachsoldaten abgestellt, die Eppsteins Wohnung in zwei Schichten Tag und Nacht überwachten. Die nun abgelösten Soldaten saßen bis auf Weiteres in den Bleikammern, um darüber nachzudenken, wer sie bestochen hatte, um sich so leichten Zugang zum Ghetto zu verschaffen. Einige Mitglieder des Großen Rats hatten über die zusätzlichen Kosten für die Abstellung junger Männer gemurrt, die doch an den Ruderriemen der Republik und vor den Toren des *arsenale* besser aufgehoben wären, statt den Eingang des Ghettos zu bewachen. Doch Calaspin erinnerte jeden Einzelnen der *nobili* daran, was Eppsteins medizinische Künste bereits für deren Familie geleistet hatten, und deutete zudem mit vagen, aber eindringlichen Worten die Bedeutung des jüdischen Arztes für die Verteidigung Venedigs an, woraufhin das Murren schnell nachließ. Auch weil sich die meisten *nobili* vor Calaspin fürchteten, was Calaspin wiederum schmeichelte.

»Hier also hätten sie Euch beinahe geschnappt und von uns fortgerissen«, sagte Davide, nachdem Eppstein ihm von dem Vorfall berichtet hatte. Davide sah sich um und schnupperte. Noch immer hing ein leicht schwefliger Geruch in der Luft, obwohl der Überfall fast einen Monat zurücklag und die Brandspuren längst beseitigt waren.

Eppstein hatte sich in der Nacht in den Dogenpalast flüchten können, wo Calaspin noch am Arbeiten war. Dieser schickte sofort ein Dutzend Soldaten in Richtung Ghetto, doch von den Eindringlingen fehlte jede Spur.

»Ich hatte etwas Schwarzpulver und einen glühenden Kamin, um mich zu verteidigen. Angesichts der Umstände eine glückliche Mischung. Aber es war knapp.«

»Könnt Ihr Euch den Überfall erklären? Habt Ihr eine Ahnung, wer dahinterstecken könnte?«

»Nein, ich bin völlig ratlos. Die Eindringlinge haben nicht Venezianisch gesprochen, aber ein gutes Italienisch. Wenn auch mit Akzent.«

»Genuesen?«

»Dies war mein erster Gedanke, doch nichts deutete darauf hin.«

»Aber es sprach auch nichts dagegen?«

»Nein. Wobei der Mann …« Eppstein runzelte die Stirn, »ja, erst jetzt fällt es mir wieder ein … Der Mann machte ganz zu Anfang eine Andeutung, dass mich die ketzerischen Werke dort, wo er mich hinzubefördern gedenke, in allergrößte Schwierigkeiten bringen würden.«

»Das klingt nach einem tief katholischen Land.«

»Sehr richtig. Vielleicht Spanien? Oder Frankreich? Gar das päpstliche Rom?«

»Ein weites Feld, um Nachforschungen anzustellen«, lächelte Davide.

»Da stimme ich Euch zu.«

»Könnt Ihr mir den Mann beschreiben, so gut es eben geht?«

Eppstein tat es, so gut es eben ging: dunkles, kurzes Haar, kurzer, dichter Bart, höchstens fünfundzwanzig Jahre alt, normal groß, kräftig gebaut, aber sehr schlank. Ein schmales Gesicht mit dünnen Lippen. Der lange, schimmernde Seidenschal. Und die Angewohnheit, sich ständig mit der Zunge die Unterlippe zu benetzen. Die beiden Begleiter, die erst im Chaos des verpuffenden Schwarzpulvers in den Raum gestürzt waren, hatte Eppstein nur als Schatten wahrgenommen und konnte keine genauere Beschreibung liefern.

»Vorerst wird es das Beste sein, sich auf Calaspins Wachen zu verlassen. Zudem rate ich dringend, dass Ihr Euch so eine kommode doppelläufige Pistole der Teutonen zulegt, die mir mehr als einmal gute Dienste geleistet hat.«

Eppstein schmunzelte. »Ja, da habt Ihr recht. Mein kleines Stilett hat den Kerl nicht sonderlich beeindruckt.«

KAPITEL 25

Die glorreiche Rückkehr

Am 5. November 1571 traf die Flotte Sebastiano Veniers in Venedig ein – oder zumindest die verkohlten und zerhackten Reste davon. Doch niemand in der jubelnden Menschenmenge blickte so genau hin, als sich die Schiffe unter Kanonendonner und wehenden Fahnen näherten. Der Jubel hatte nichts Ekstatisches wie bei der Abfahrt der Flotte, als man sich von dem militärischen Pomp und dem geradezu sakralen Anblick der unter geblähten Segeln und mit schäumenden Ruderschlägen gen Süden treibenden venezianischen Armada hatte mitreißen lassen, sondern war nun, bei der Rückkehr der Krieger, ein kollektives Seufzen der Erleichterung. Jetzt war der Sieg wirklich Gewissheit, keine bloße Verlautbarung eines Kuriers, sondern für jedermann sichtbar!

Auf den erbeuteten Galeeren, die ihre Fahnen im Wasser hinter sich herschleiften, waren die Gefangenen zur Schau gestellt. Der Doge selbst ließ es sich nicht nehmen, den Admiral und seine Offiziere zu empfangen und sofort zu einem Dankgottesdienst in den Markusdom zu geleiten. Der alte Venier, von der Überfahrt und von der Beinwunde geschwächt, die in der Kälte und dem salzigen Wind nicht hatte verheilen wollen, musste gestützt werden.

Schlimm sahen die Soldaten und Matrosen aus, die

nach den Offizieren von Bord mehr stolperten als schritten, fast alle mit Verwundungen, völlig zerrissener Kleidung, eingefallenen Augen und abgemagert, und wer sich ihnen auf mehr als zehn Fuß näherte, dem wehte ein furchtbarer Gestank in die Nase. Die Vorräte waren knapp gewesen, der Wind steif, die hygienischen Verhältnisse katastrophal. Die Mannschaften hatten sich, eingepfercht und umgeben von Blut und Exkrementen, weitgehend von Reis und Bohnen ernährt, die sie auf den gekaperten Galeeren sichergestellt hatten. Den türkischen Rudersklaven war es noch schlechter ergangen; beinahe täglich musste man einen von ihnen von den Ketten nehmen und seine sterblichen Reste über Bord werfen.

Die venezianischen Soldaten hatten es immerhin ein klein wenig besser als jene bedauerlichen Söldner in römischen und spanischen Diensten. Sie waren in Neapel von Bord gejagt worden, von den Offizieren betrogen um ihren Lohn und ihre wohlverdiente Beute. Zerlumpt, barfuß und um Nahrung bettelnd, zogen sie, die unzähligen Helden einer monumentalen Schlacht, durch die schmutzigen Gassen, fristeten den Rest ihres Daseins als Bettler oder verreckten an Wundbrand oder Hunger oder beidem.

Die Soldaten aber, die hier in Venedig von Bord gingen, wurden, sofern sie keine Offiziere waren, von der Menge aufgesogen und verschwanden in den *calli* der Serenissima. Viele von ihnen waren keine Venezianer, hatten weder Freunde noch Familie in der Stadt, und waren völlig auf sich allein gestellt. Manche kehrten zurück in ihre Heimat, aufs Festland, in die Lombardei, ins Tessin oder nach Tirol. Manche von ihnen blieben. Man würde sie in ein paar Jahren in Kneipen in Cannaregio wie bei Quattrodenti antreffen, als mittellose Trinker, wo sie mit ihren Kriegswunden prahlten, doch keiner würde ihnen glauben, und manche Kaufleute würden die Nase rümpfen und ihnen vielleicht aus Mitleid ein trübes Glas Wein spendieren.

KAPITEL 26

Sternschnuppen

Tausende Sterne funkelten vom herbstlichen Nachthimmel herab. Davide und Veronica standen vor dem Fenster; die neuen Scheiben aus Muranoglas erlaubten einen klaren Blick auf die Sterne. Die beiden hatten *fegato alla veneziana* und anschließend einen mit Zucker, Zimt und etwas Vanille verfeinerten Obstsalat gegessen und tranken nun mit Wasser verdünnten Wein, während Hasan abräumte. Das Kaminfeuer wärmte das Speisezimmer aufs Schönste, denn sobald das Tageslicht verschwand, wurde es mittlerweile ziemlich kühl.

»Das sind alles Sonnen«, sagte Davide. »So wie unsere Sonne, nur viel weiter weg.«

»Eine komische Vorstellung, nicht wahr?«, fragte Veronica und schmiegte sich an ihn.

Davide legte ihr den Arm um die Schulter. Für einige Augenblicke gelang es ihm, die Gedanken an die Schlacht und auch das Rätsel um die toten Kaufleute zu verdrängen.

»Ja, wirklich seltsam, aber es kommt noch besser: Es gibt da einen Deutschen, der behauptet, dass die Erde um die Sonne kreist und nicht etwa die Sonne um die Erde.«

»Wie absurd!«

»Das hat mir Eppstein erzählt.«

»Glaubt er selbst es auch?«

»Ich denke schon.«

Veronica schwieg einen Moment und wollte dann wissen: »Und was ist mit den Sternschnuppen?«

»Wie lustig, dasselbe habe ich Eppstein auch gefragt.«

»Was hat er geantwortet?«

»Er hält sie für, nun ja, Unrat, wenn ich ihn richtig verstanden habe.«

Veronica entwand sich in gespielter Empörung Davides Umarmung. »Und was ist mit unseren Wünschen?«

»Die gehen vielleicht auch ohne Sternschnuppen in Erfüllung. Außerdem hat Eppstein gesagt, dass es im November die meisten Sternschnuppen gebe, nicht etwa im August. Bloß ist im Herbst keiner lange genug draußen.«

Beide blickten nun angestrengt in den Nachthimmel und warteten. Als Hasan kam, um etwas Wein nachzuschenken, standen sie immer noch reglos vor dem Fenster.

Und endlich: Eine besonders schöne Sternschnuppe schoss quer übers Firmament.

Davide und Veronica kniffen zeitgleich die Augen zusammen, um sich etwas zu wünschen.

»Aber nur der hat einen Wunsch frei, der sie zuerst gesehen hat!«, rief Veronica.

»Wir wünschen uns einfach das Gleiche«, lächelte Davide.

»Wir dürfen es doch nicht sagen!«

»Aber wir dürfen es denken.«

Sie gaben sich einen langen Kuss.

Hasan, der noch einmal in das Speisezimmer gekommen war, zuckte die Schultern, legte so leise wie möglich ein Holzscheit in den Kamin und zog sich diskret zurück.

KAPITEL 27

Von Salz und Pfeffer

Misstrauisch wie immer empfing ihn Prokurator Grattardi höchstselbst. Es war schon ein Privileg, zu ihm vorgelassen zu werden. Eine Mauer aus Papierstapeln türmte sich zwischen ihm und dem Gast, denn Grattardi tat gern beschäftigt und studierte weiter eine Aktennotiz, obwohl er Davide, der sich hinsetzte, ohne die Aufforderung abzuwarten, zweifellos bemerkt hatte. Der Prokurator und seine sechs Vize-Prokuratoren waren für die staatlichen Vermögen zuständig, hatten aber auch die Oberaufsicht über die Banken, vollstreckten Testamente und fungierten als Vormunde für Witwen und Waisen adliger Familien.

»Schon das zweite Mal in recht kurzer Zeit, dass Ihr zu mir kommt!«, sagte Grattardi nach einer Weile, ohne aufzublicken. »Ihr wollt doch nicht so etwas Albernes wie Freundschaft mit mir schließen?«

»Gott bewahre!«, rief Davide, bemerkte in Grattardis Frotzelei aber einen seltenen Anflug von guter Laune, der ihm nur nutzen konnte.

»Was wollt Ihr also?« Grattardi sah nun endlich auf. Er hatte ein Gesicht, wie es nur die eigene Mutter lieben konnte: Der unbehaarte Schädel wurde von gewaltigen Ohren flankiert, die fahle Haut hatte immer etwas amphibisch Feuchtes, die Augen hinter der Brille aus geschliffenem Muranoglas wirkten grotesk groß. All das war auf einem kleinwüchsigen, rachitischen Körper platziert, der Grattardi insgesamt wie geschaffen für den gehobenen Verwaltungsdienst aussehen ließ. In jedem anderen Beruf wäre er unweigerlich verhungert.

»Wie reich ist Venedig?«

Grattardi röchelte. Es sollte wohl ein Lachen sein. »Ihr habt starke Nerven.«

»Nein, ich meine es ganz ernst.«

»Könnt Ihr mir den Hintergrund Eurer Frage erläutern, damit ich ein klein wenig präziser antworten kann?«

»Sagen wir, ich interessiere mich für die Investition in Pfeffer. Würdet Ihr mir zuraten?«

»Aha.« Grattardi stand auf, zupfte seinen Mantel mit Hermelinpelz zurecht, den er nie ablegte, und winkte Davide zum Fenster.

Gemeinsam blickten sie auf den Markusdom und den Campanile. Es regnete leicht, Menschen hasteten über den Platz, ein paar Verkaufsbuden machten schlechte Geschäfte.

»Ein hübscher Anblick, nicht wahr?«

»Zweifellos.«

»All das ist auf Salz gebaut. Dreihundert Jahre lang hatten wir Venezianer die Macht darüber.«

»Doch die Zeit des Salzes ist vorbei, nicht wahr?«

Grattardi seufzte. »Es gibt zu viele Salinen rund ums Mittelmeer, und Venedig hat nicht mehr die Kraft, sie alle zu kontrollieren wie einst und die Preise zu diktieren. Zu viele andere Mächte sind auf den Geschmack gekommen.«

»Das waren zweifellos gute Jahre für unsere Kaufleute.«

»*Tempi passati*. Und was tut man, wenn eine so verlässliche Geldquelle aufhört zu sprudeln?«

»Man sucht woanders?«

»Beinahe. Man sucht *etwas anderes*.«

»Und damit sind wir beim Pfeffer.«

»Richtig. Pfeffer ist fast genauso gut. Und von Natur aus knapper. Die Sträucher wachsen nur weit im Osten, jeder Import ist ein Wagnis. Handelsschiffe sind Monate unterwegs und manchmal über ein Jahr, wenn die Winde ungünstig stehen. Und manchmal«, Grattardi blickte Davide nun tief in die Augen, »verschwinden sie für immer.« Das war zweifellos eine Anspielung auf die unglückliche Unternehmung des Riccardo Bellini. Der alte Prokurator wusste wirklich alles.

»Der Osten kennt die Preise des Westens nicht, der Westen nicht die Preise des Ostens. Der Einzige, der beide kennt, ist der venezianische Kaufmann. *Omnes vias pecuniae norunt,* heißt es über uns: »Wir kennen alle Wege des Geldes.« Und dieses Wissen ist die wahre Macht. Beim Handel mit Pfeffer kommt ein erkleckliches Sümmchen zustande. Sechshundert Tonnen werden pro Jahr nach Venedig gebracht und weiterverkauft.« Grattardi bemühte sich um ein Lächeln und nahm, umständlich atmend, Anlauf für einen Witz. »Oder um es für jene auszudrücken, die sich weniger in Handelskontoren als vielmehr in zweifelhaft beleumundeten Tavernen herumtreiben: Das entspricht fast dreitausend französischen Großfässern Wein!«

»Oh ja, so wird es gleich viel anschaulicher«, gab Davide zu.

»Natürlich gibt es auch jede Menge anderer Säulen unseres Wohlergehens. Das Muranoglas, allerlei geschmiedete Metalle, Wachs, Ingwer, Gewürznelken, Zimt, Sandelholz. Und doch ist nichts so lukrativ wie der Pfeffer, der von Venedig aus nach Paris, Madrid, London, Augsburg, Köln, Antwerpen und Wien gelangt.«

»*I soldi portano i soldi e i pidocchi portano pidocchi*«, zitierte Davide ein altes venezianisches Sprichwort: »Geld bringt Geld hervor und Läuse Läuse.«

»So ist es wohl.«

»Was würde jemand tun, der Venedig schaden wollte?«

»Er würde versuchen, das Monopol zu brechen.«

»Wie macht man das?«

»Ihr seid doch selbst ein Kaufmannssohn. Sagt Ihr es mir.«

Davide dachte nicht lange nach. »Man müsste die Warenströme umleiten, in einen anderen Hafen zum Beispiel, und man müsste neue Kontore erschaffen.«

»Viel zu kompliziert, Venier! Macht den zweiten Schritt nicht vor dem ersten.«

»Oder man müsste den Pfeffer einfach vom Markt wegkaufen.«

»Sehr gut! Dafür braucht man aber Geld, richtig?«

»Viel Geld, wie mir angesichts des von Euch angegebenen Volumens scheint.«

»Und doch ist es eine Tatsache, dass in den letzten Monaten unglaublich viel Pfeffer aufgekauft wurde, was zu einem heftigen Preisanstieg geführt hat. Das ist erst einmal gut. Es sei denn, der Pfeffer taucht irgendwo anders wieder auf und wird billig auf den Markt geworfen. Damit wäre der Monopolist – also in diesem Fall Venedig – binnen kürzester Zeit erledigt.«

»Doch für solch eine gewaltige Aktion braucht es Geld. Viel Geld. Und man riskiert hohe Verluste.«

»Jedenfalls zu Beginn«, nickte Grattardi.

»Wer hat so viel Geld?«

»Keine Einzelperson. Nicht einmal Krösus höchstpersönlich, der im Übrigen, wie es heißt, in den letzten Monaten einiges von seinem Vermögen eingebüßt hat.«

Krösus, eigentlich Donatello Marchesan, war der reichste Mann Venedigs und bei ganz großen Vorhaben immer vorn mit dabei. Doch Davide wusste auch, dass er seit einiger Zeit bettlägerig war und offenbar an Wassersucht litt, die seinen Unternehmergeist arg einschränkte.

»Steckt ein Staat dahinter?«

Grattardi nahm seine Brille ab und putzte sie umständlich. Er atmete hörbar ein und aus. »Das wäre meine Vermutung. Ich hatte sie auch bereits unserem verehrten Dogen und dem rührigen Kanzler mitgeteilt, doch die wollten nichts davon hören. Denn was weiß ich schon? Ich bin ja auch erst sechsunddreißig Jahre in den Prokuratien.«

KAPITEL 28

Zwei weitere Morde

Es war noch nicht vorbei.

Bloß für Quintarelli war es nun vorbei.

Das Stilett drang links zwischen Rippe fünf und sechs ins Fleisch, zerstörte den Rippenknorpel und zerfetzte die abdominale Aorta, was zu heftigen inneren Blutungen führte. Quintarelli, ein beleibter, etwas granteliger Kaufmann in den späten Fünfzigern mit einer ausgesprochenen Schwäche für Wein und hellblonde Kurtisanen, war tot, bevor sein Kopf hart auf dem Pflaster aufschlug. Das war bedauerlich, denn man mochte ihn gern, obwohl er kein ausgelassener Begleiter zu Festen, Gelagen oder Orgien war. Doch er hatte kluge Gedanken, die durch den Wein eher noch klarer wurden. Ein Abend mit ihm hatte immer etwas Erhellendes, denn er tat bereitwillig kund, an welchen Geschäften er sich gerade beteiligt hatte und wo er sich einen Gewinn erhoffte. In seinen Augen war es keine gute Idee, aus seinen Investitionen ein Geheimnis zu machen, denn je mehr sich etwas herumsprach, desto profitabler konnte es ja am Ende auch für ihn selbst werden.

Zuletzt hatte er viel über Pfeffer gesprochen.

Und nur kurze Zeit später, als Quintarellis Körper noch ausblutend in der Gasse lag und einige Kunsthandwerker und Schreiner aus der Calle Strazze sich vergeblich bemühten, ihn wieder zum Leben zu erwecken, stach dasselbe Stilett erneut zu.

Dieses Mal traf es den Kaufmann Giuseppe Di Natale, einen aus Bari zugereisten Getreidehändler, der berühmt für seine Pastaabende war, bei denen er die besten Abschlüsse tätigte. Er führte auch ein neues Gericht in Venedig ein, bei dem man die eigenartigen roten Früchte namens *pomodori*, Goldäpfel, zerquetschte und den Nudeln unterrührte, wie man es im Süden des italienischen Stiefels seit einigen Jahren zu tun pflegte, seit die spanischen Herren diese rote, etwas bittere, säuerliche Frucht von ihren Besitzungen in Übersee mitgebracht hatten.

Doch Giuseppe, ein Sanguiniker erster Güte, hatte nicht so viel Glück wie Quintarelli oder die anderen Ermordeten. Denn das Stilett stieß im rechten Winkel auf die fünfte Rippe, und sowohl die Wucht des Stoßes als auch die erstaunliche Härte von Giuseppes Skelett sorgten dafür, dass die Klinge abbrach und im Körper stecken blieb. Kein lebenswichtiges Organ wurde verletzt, doch der Blutverlust war enorm, und Giuseppe schrie vor Schmerzen. Er konnte sich auf den Beinen halten, aber die entsetzliche Pein einer fast ellenlangen Klinge, die in seiner Körpermitte steckte, ließ ihn nur flach atmen. Er versuchte, sich dem Attentäter zu nähern, der nur wenige Schritte entfernt seinem Todeskampf zusah, doch er kam nur zwei, drei Schritte voran, dann sank er auf die Knie. Er klagte den Himmel und alle Heiligen an und blickte noch einmal auf den Attentäter. Etwas war seltsam an ihm, aber sein Blick war bereits zu schwach, um es richtig zu erkennen. Der Attentäter näherte sich ihm nun seinerseits und griff eigenartigerweise nach Giuseppes linker Hand, wo dieser bald ein Stechen spürte, das allerdings bei seinen grässlichen Schmerzen zu vernachlässigen war.

Keiner der angerufenen Heiligen war Giuseppe gnädig. Er sollte bis spät in den Abend leben und qualvoll langsam verbluten.

Eppstein, der aufgrund eines Missverständnisses zweier Boten erst viel später gerufen wurde, kam eine halbe Stunde nach Eintritt des Todes. Möglich, dass er den Apulier noch hätte retten können.

Davide wurde ebenfalls von Boten zu den Orten der Verbrechen geführt. Ein Blick auf die Hände der Toten machte beiden klar, dass sie Opfer derselben Mordserie geworden waren, die bereits vor der Schlacht von Lepanto begonnen hatte.

KAPITEL 29

Summa summarum

Also, was wisst Ihr?« Hasan räumte die Teller ab.

Der Abend war feucht und kühl, das Wetter schlug um, und der Palazzo wollte noch nicht so behaglich warm werden wie die kleine Wohnung in Cannaregio, obwohl Hasan alle Kamine in munterem, knisterndem Betrieb hielt. Vielleicht lag es aber auch daran, dass Veronica nun schon seit einigen Tage nicht bei ihm erschienen war, was Davide in ruhigeren Zeiten sicher mehr Anlass zur Sorge bereitet hätte.

»Nicht allzu viel. Außer dass uns Venedigs Kaufleute allmählich wegsterben.« Davide schenkte sich einen Schluck verdünnten Wein nach.

»Ihr übertreibt. Besteht Venedig nicht ausschließlich aus Kaufleuten?«

»Jetzt übertreibst du. Aber fassen wir zusammen, vielleicht finden wir etwas, das wir bislang übersehen haben.«

»Erzählt mir alles, was Ihr wisst. Vielleicht erkennen wir dann das, was wir bislang übersehen haben.«

»Es wird keine lange Geschichte.«

»Aber eine mit vielen Toten.«

»Richtig. Gleich zu Beginn waren es drei: Antonio Carraro, Marino Lorenzon und Carlo Schiavon. Ein Salzhändler, ein Glashändler, ein Tuchhändler. Alle drei, so viel wir wissen, unbescholtene Bürger. Alle drei starben am selben Tag durch das Stilett.«

»Durch ein sehr gekonnt geführtes Stilett, sollte man hinzufügen.«

»Da hast du recht«, nickte Davide, »das war kein Anfänger.«

»Und es sollte wohl ein Fanal sein, worauf die gekreuzten Finger der Leichen hinweisen.«

»Offenbar steckt auch eine Warnung dahinter. Fragt sich nur: An wen ist sie gerichtet?«

»Zumal dieser Umstand doch niemandem bekannt sein dürfte?«

»Oh, unterschätz Venedig nicht. Neben Kaufleuten wird die Stadt vor allem von Tratschweibern jeglichen Geschlechts bevölkert. Die gekreuzten Finger haben sicher ihren Weg zum Adressaten gefunden. Alle drei hatten mit dem Pfefferhändler Ranocchia zu tun, einem Venezianer, der lange in Portugal gelebt hat und erst vor wenigen Monaten in die Stadt gekommen ist. Bei ihm und auch bei anderen verschuldeten sie sich, offenbar um Pfeffer aufzukaufen.«

»Dessen Preis gerade unerträglich hoch ist.«

»Ja, anscheinend kauft alle Welt Pfeffer. Ranocchia schifft sich als Offizier ein, um in die Schlacht gegen die Osmanen zu ziehen, erhält in ebenjener Schlacht eine schwere Verwundung, an der er schließlich stirbt.«

»Eine schwere Verwundung unter höchst dubiosen Umständen.«

»Möglicherweise durch den Schuss eines Kameraden, obwohl man das wohl nie herausfinden wird. Auch nicht, ob der Schuss gezielt abgegeben wurde oder im Gefechtsgetümmel versehentlich den Falschen traf. An Bord der

Torcello befand sich niemand, der verdächtig war, zumindest nicht bei einer oberflächlichen Untersuchung der Angelegenheit.«

»Nicht zu vergessen, dass Ihr selbst unter Verdacht steht, was immer auch an Morden in Venedig geschieht.«

»Ich denke, das können wir vernachlässigen. Kaum sind wir also wieder hier, geht das Töten weiter. Dieses Mal erwischt es zwei Kaufleute.«

»Oder gibt es irgendwo ein drittes Opfer? Wird vielleicht immer im Dreierpack ermordet?«, fragte Hasan.

»Eine Theorie, die man durchaus bedenken sollte, aber von einer weiteren Leiche ist bislang nichts bekannt.«

»Und auch den neuen Opfern werden posthum die Finger gebrochen.«

»Und die Pfefferpreise sind immer noch ganz oben. Grattardi vermutet Ausländer dahinter, die unser Monopol aufbrechen wollen. Eine gewagte These.«

»Grattardi? Der Prokurator? Ich wusste gar nicht, dass er etwas anderes macht, als Zahlen zu addieren«, spottete Hasan.

»Tja, vielleicht ist die Sache mit den Zahlen besonders dann recht hilfreich, wenn es um Preisspekulationen geht. Aber wie hängt das alles zusammen?«

»Nun ja, eine Verbindung erkenne ich.«

»Nämlich?« Neugierig blickte Davide zu Hasan auf.

»Ranocchia.«

»Was ist mit ihm?«

»Er hat in Portugal gelebt und ist noch nicht lange von dort hierhergezogen. Und die Portugiesen sind große Pfefferhändler, nicht wahr?«

»Ja, das stimmt.«

»Könnte es sein, dass die Portugiesen auf irgendeine Weise mit ihm in Verbindung standen?«

Davide runzelte die Stirn. »Das ist aber ein sehr vager Verdacht.«

»Besser als nichts.«

Davide lächelte. »Ja, besser als nichts. Vielleicht sollte ich mich beizeiten einmal im *Mercado* umschauen. Und du hörst dich um und versuchst herauszufinden, wo Veronica ist.«

»Sie hat viel zu tun mit der Auflösung ihres Palazzos, denke ich.«

»Versuch dennoch, ihr möglichst schnell eine Nachricht von mir zu überbringen.«

KAPITEL 30

Die Sühne

Veronica war seit ein paar Tagen verschwunden. Hatte die Sternschnuppe ihr und Davide doch kein Glück gebracht?

Auch das Personal, das ihr im Palazzo in ihrer prekären finanziellen Situation noch geblieben war, sowie Bartolomeo, ihr treuer Gondoliere, wussten nichts Näheres über ihren Verbleib und waren ebenfalls verstört.

Davide trug mit viel Mühe die Fakten zusammen, denn die Stadt war angesichts des gewonnenen Krieges aus der Bahn geraten wie ein taumelnder Kinderkreisel. Alles schien doppelt so schnell zu gehen und zugleich aneinander vorbeizulaufen. Die meisten hohen Herren waren trunken vor Glück und trunken vor Wein, hatten sie sich doch schon in allerdüstersten Farben die Konsequenzen einer Niederlage ausgemalt: der Karneval verboten! Die Kirchen in Moscheen umgewandelt! Nun konnten sie umso ausgelassener den Triumph feiern.

Möglich, dass Veronica bei den Verwandten ihrer Mutter in Vicenza war, vielleicht hatte es einen Trauerfall gegeben, und möglich, dass der Bote, der Davide die Nachricht hätte überbringen sollen, im allgemeinen Siegestaumel in einer der vielen Tavernen oder an dem wärmenden Busen einer Kurtisane angespült worden war, die angesichts des Sieges mit Sonderpreisen lockten.

Nachforschungen ergaben vorerst nichts. Davide hatte keine andere Wahl, als eine Weile auf Veronicas Rückkehr zu warten und bis dahin die Dinge zu regeln, die zu regeln waren. Jedenfalls hatte er einen Boten nach Vicenza geschickt.

»Ihr habt doch nichts dagegen, dass ich meinen Assistenten mitgebracht habe?«

Hasan, der an Davides Seite stand, verbeugte sich.

»Wie könnten wir Euch eine solche Bitte abschlagen?«, erklärte der Vorsitzende der Kaufleute generös.

»Ich bin gekommen, um Euch an unser nicht unbeträchtliches Abkommen zu erinnern«, erklärte Davide und nahm, ohne eine Aufforderung abzuwarten, an dem Eichentisch im Palazzo Platz, was bei den Kaufleuten für leichte Entrüstungswallungen in Form von Schnappatmung und beschlagenen Silberkelchen sorgte.

Sechs waren es nicht mehr wie beim letzten Mal, denn einer von ihnen war inzwischen gestorben. Die anwesende Dukatengesellschaft bestand also nur noch aus fünf bunt gewandeten, sehr alten Männern mit allerdings gefährlich scharfem Verstand. Zumindest wenn es ums Geldverdienen ging. Jedoch saß ein Vertreter des Hinterbliebenen mit am Tisch, der sich um die Erbschaftsangelegenheiten kümmerte. Er hielt sich etwas abseits und war im Gegensatz zu den samt- und perlenbehangenen Kaufleuten schlicht gekleidet. Er war auch deutlich jünger als die Kaufleute und recht gut aussehend, allerdings von tiefen Pockennarben auf den Wangen schwer gezeichnet.

»Ja, in der Tat. Nun, was unser Abkommen angeht ...«

»Oder nennen wir es doch Wette, was es schließlich war.«

»Uns ist das Wort ›Abkommen‹ lieber«, lächelte der Vorsitzende.

»Wir sind ja hier nicht in einer Taverne«, murmelte ein anderer gerade laut genug, dass es alle mitbekamen.

Hüstelndes Lachen erfüllte den Raum und stieg an Tintorettos Gemälden bis zu den Deckenfresken empor. Nur der Mann mit dem vernarbten Gesicht lachte nicht mit.

»Nun, Abkommen oder Wette, in jedem Fall hatten wir eine Vereinbarung, dass Ihr der Witwe des verstorbenen Riccardo Bellini die Schulden erlasst, die ihm durch seine Schiffsbeteiligungen und den offenbaren Verlust der entsandten Schiffe entstanden sind«, fuhr Davide ungerührt fort. »Denn im umgekehrten Fall, den Ihr als deutlich wahrscheinlicher angesehen habt, hätte ich Euch ja das Doppelte gezahlt, und das war ein Angebot, das Ihr nicht hattet ablehnen wollen. Was im Nachhinein recht erfreulich für unsere Seite ist.«

»*Allora* ...«, erklärte der Vorsitzende gedehnt, doch Davide ließ ihn nicht zu Wort kommen.

»Überdies tut Ihr noch ein gutes Werk und lasst Veronica Bellini in ihrem Palazzo wohnen, statt sie in ein Armenhaus in Cannaregio zu befördern, und das ist doch ...«

»Oh nein, oh nein, mein lieber Venier, so haben wir es aber nicht vereinbart.«

»Ach, nein?«

»Ja, wisst Ihr, mein lieber Herr Venier ...« Der Vorsitzende trommelte seine Fingerkuppen aneinander, und zwar so heftig, dass sein Doppelkinn zu wackeln begann. »Wir sind hinsichtlich unseres Abkommens nicht so sicher.«

»Tatsächlich?«, gab sich Davide überrascht.

»Seht«, sagte der Greis, der dem Vorsitzenden zur Linken saß, »es ist nämlich so …«

Und vor Davides Augen entspann sich ein sorgfältig einstudiertes Schauspiel, eine Kette von Argumentationen, bei denen einer dem anderen ins Wort fiel, jedoch nur, um sich gegenseitig zu bestätigen, eine Reihe von Erörterungen, die so voller Vielfalt, Buntheit und Einfallsreichtum waren wie Tintorettos Werke an den Wänden und die Deckenfresken seiner kunstschaffenden Kollegen. Lediglich der Mann mit den Narben blieb ruhig.

Davide hörte sich das Lamento geduldig an. Er wusste, dass alte Leute zu Wiederholungen neigten, und ließ die betagten Kaufleute gewähren.

»Zudem fehlt doch wohl noch die offizielle Bestätigung des Sieges, auf den wir natürlich«, hier räusperte sich der Vorsitzende, »alle gehofft, doch an den wir, wie Ihr wisst, nie so recht geglaubt haben.«

»*Certo, capisco.*«

»Außerdem hatten wir noch gar nicht definiert, was denn das Wort ›Sieg‹ überhaupt bedeutet. Besteht ein Sieg einfach in der Tatsache, mehr Galeeren vernichtet als verloren zu haben, oder bestünde ein Sieg nicht viel eher in der Rückeroberung Zyperns oder, besser noch, in der Eroberung Istanbuls, unseres guten alten Konstantinopels?«

»Ich verstehe, ich verstehe.« Wieder nickte Davide. Doch nun kam sein Auftritt. »Hasan, Ihr schreibt mit? ›Sieg nicht sicher – Abkommen hinfällig‹«, diktierte Davide nachlässig. Dann, wie zu sich selbst gewandt, sagte er: »Oh, es wird interessant sein, was unser Kanzler und der Doge zu dieser für uns unerfreulichen Entwicklung sagen werden. Hasan, sag, wann sind wir im Dogenpalast? Um die Mittagszeit, richtig? Erinnere mich daran, dass ich Calaspin darüber unterrichte, er hatte ja ausdrücklich darum gebeten.«

Einige der Kaufleute schluckten, doch die Gesichtszüge des Vorsitzenden blieben versteinert.

»Ja, Hasan, und dann müssen wir ja noch zu Eppstein, um die neuen doppelläufigen Pistolen und die geschärften Stilette entgegenzunehmen, ferner die neuen Mixturen aus den Kräutern der Hebriden, die ganz rückstandslos auch den stärksten Mann … na, Ihr wisst schon … Und dann …«

»Ich sehe, Ihr seid ein viel beschäftigter Mann, vielleicht sollten wir Euch nicht aufhalten, Eure zahlreichen Termine wahrzunehmen«, sagte der Vorsitzende, dessen Stimme allerdings schon in eine höhere, nervösere Tonlage gewechselt war.

Davide legte den Finger auf die Lippen, um den Vorsitzenden zum Schweigen zu bringen – welcher ob dieser ungeheuerlichen Geste auch sofort verstummte.

»Seht, das ist meine Beute aus Lepanto.« Davide zog drei Wurfmesser hervor, die aus Afrika stammten und die die Osmanen im Nahkampf benutzten. Sie bestanden aus einem einzigen, schmalen Stück Stahl, dessen untere Hälfte den Griff bildete und dessen obere Hälfte zu einer scharfen Klinge geschliffen war. Die Osmanen bevorzugten leichte Messer, die zielgenau geworfen werden konnten. Die Klinge blitzte und funkelte in dem fahlen Licht des Palazzos.

Dann stand Davide mit einem Ruck auf, dass der Stuhl hinter ihm umfiel, und nahm Maß, wie Hasan es ihm gezeigt hatte: Erst wurden beide Arme in Brusthöhe nach vorn gestreckt, dann der rechte Arm bogenförmig hinter den Kopf geführt und mit einer schnellen Bewegung wieder nach vorn gebracht, während der linke Arm sich ruckartig zurückzog und das Gewicht ganz auf das linke Bein verlagert wurde. So hatte er jeden Abend am Mastbaum der Galeere geübt, erst allein, dann mit immer mehr Zuschauern, die ihn anfeuerten und verblüfft merkten, dass er immer besser wurde. Als sich einige der Soldaten auch einmal mit dem Wurfmesser versuchten, jedoch den Mast verfehlten und um ein Haar Besatzungsmitglieder verletzt hätten, sprach Kommandant Grappasoli ein Machtwort und erlaubte nur Davide allein die abendlichen Übungen. Die Soldaten fertigten aus einer zerfetzten Schanzverkleidung eine Zielscheibe mit drei Ringen an und wetteten immer höhere Einsätze um Davides Treffsicherheit.

Und so wie vor ein paar Wochen an Bord der *Torcello* schleuderte er nun das erste Messer. Es bohrte sich passenderweise in Tintorettos *Heiligen Sebastian.*

Die Kaufleute blickten entsetzt auf das geschändete Ölgemälde.

»Ähem, sehr beeindruckend, aber …«

Auch die nächsten beiden Messer zischten durch den Saal in den Körper des von Pfeilen durchbohrten Märtyrers. Die Aktion verfehlte ihre Wirkung nicht. Es waren nicht so sehr die Würfe selbst, sondern das scharfe Pfeifen der Klingen in der Luft und die trockenen, lauten, wie Arkebusenschüsse klingenden Einschläge auf das mit Öl bemalte Holz, welche die alten Kaufleute merklich durcheinanderbrachten.

Der Vorsitzende war der Erste, der die Fassung wiedergewann. »Ich verstehe nicht, warum Ihr uns nun drohen wollt. Denn auch wir sind nicht ganz ohne Einfluss und können uns vielleicht nicht selbst, doch durchaus mit pekuniärer Hilfe vor Menschen wie Euch schützen und sind keineswegs verpflichtet, Eure Forderungen …«

Davide beugte sich vor, stützte sich auf dem Tisch ab und sah den Kaufleuten in die Augen. »Ich habe nichts mehr. Kein Vermögen, keinen Namen«, flüsterte er mit eindringlicher, tiefer Stimme. »Doch Ihr – Ihr habt alles zu verlieren. Euer Geld. Euren Namen. Euren Ruhm. Mir macht es nichts aus, im Dreck zu kriechen. Mir macht es nichts aus, wieder ins Gefängnis zu gehen. Ja, es macht mir nicht einmal etwas aus, zu sterben, denn ich habe die Hölle so oft gesehen, dass sie für mich eine Heimat geworden ist.«

»Und doch sind auch wir nicht machtlos …«, wandte der Vorsitzende etwas hilflos ein.

Davide merkte, dass das Selbstbewusstsein seines Gegenübers schwand. Und er legte mit seiner furchterregenden Flüsterstimme nach: »Seit ich aus dem Gefängnis herausgekommen bin, habe ich ein Netzwerk aufgebaut, um das mich sogar der mächtigste Mann der Stadt beneidet. Jeder Bettler, der auf der Straße steht, könnte ein von mir persönlich ausgebildeter Assassine sein, der Euch mit einem einzigen Handgriff tötet. Ihr fallt um, ohne noch ein Wort sagen zu können, und Ihr seid Geschichte, ebenso wie Eure Familie und Euer Vermögen. Ein paar Leute werden um Euch trauern, ein paar Leute werden Tränen vergießen. Doch schon nach wenigen Tagen ist alles vorbei. Die Sonne geht auf und unter, die Flut kommt und geht, und Ihr seid nur noch eine Handvoll Staub.«

Die Stille war für einige Augenblicke so vollkommen, dass der Lärm auf dem Canal Grande durch die dicken Fenster drang: gedämpfte Rufe, harte Ruderschläge, dröhnende Fässer und Kisten, die irgendwo entladen wurden.

Nun brach der pockennarbige Vertreter des Verstorbenen die peinliche Stille und erhob erstmals das Wort. »Ich halte die Forderung des Herrn Venier für legitim und stimme im Auftrag der Familien Faliero und Capitello zu, unser Abkommen in Herrn Veniers Sinne einzuhalten.«

Die Kaufleute links und rechts des Vorsitzenden nickten fast unmerklich. Aber sie nickten.

»Signor Venier, es ist wohl das Beste, Ihr lasst uns nun allein, damit wir uns beraten«, erklärte der Vorsitzende, der seine Fassung langsam wiedergewann.

Davide verfiel in einen jovial-kaufmännischen Ton. »Ich erwarte bis morgen vor der Mittagsstunde eine schriftliche Bestätigung unserer Abmachung und somit den völligen Schuldenerlass, unterschrieben von Euch allen. Ihr wisst, wo Ihr mich findet.« Er griff zu seinem Tabarro und warf zwei Golddukaten auf den Tisch. »Das ist für den heiligen Sebastian und seine Reparatur.«

»Herr, Ihr wart großartig! Ich musste mich zusammenreißen, um nicht zu lachen.« Hasan klatschte vergnügt in die Hände, und auch Davide grinste.

»Ja, ich war gut, nicht wahr? In meinem Beruf lernt man die Verstellung doch sehr schnell.«

»Die Alten hatten richtig Angst vor Euch. Wenn mich nicht alles täuscht, stand dem einen oder anderen sogar der Schweiß auf der Stirn!«

»Das war beabsichtigt. Ich ahnte, dass es so weit kommen würde, denn Venezianer, die widerstandslos Geld herausrücken, müssen erst erfunden werden.«

»Und meint Ihr, es hat etwas gebracht?«

»Wer weiß? Ich bin aber recht zuversichtlich.«

Davide und Hasan warteten in einer Seitengasse, unter einem Portego vor dem pfeifenden Wind geschützt, einer nordöstlichen Bora, die über die Mittagszeit anzuschwellen pflegte.

»Seht, da kommt er.«

Ein junger Mann in einem schon etwas abgenutzten Tabarro näherte sich. Es war der Vertreter des verstorbenen Kaufmanns. Er schüttelte Davide die Hand.

»Nun?«, fragte Davide.

»Die Beratungen waren schnell zu Ende, denn Euer Auftritt hat eine gewisse, nun ja, Wirkung gezeitigt.«

»Gut. Weiter?«

»Eure Forderungen werden erfüllt. Bis morgen habt Ihr, wie von Euch gewünscht, die schriftliche Bestätigung.«

Hasan klatschte ein weiteres Mal in die Hände, und Davide atmete erleichtert aus.

»Ich habe mein Möglichstes dafür getan, dass die Entscheidung zu Euren Gunsten ausfiel. Sind wir damit quitt?«

Davide nickte. »Fürs Erste jedenfalls.«

Es war Valentino Lucari, der alte Trinkkamerad Davides und ehemalige Inquisitor, der bei der Verhandlung gegen seinen einstigen Freund eine nicht unwichtige Rolle gespielt hatte, indem er wider besseres Wissen bei allen Anschuldigungen geschwiegen hatte.

Und nun hatte er seine Schuld zurückgezahlt. Zumindest zu einem kleinen Teil, befand Davide.

Der ehemalige Inquisitor wollte ihm die Hand schütteln, ließ es aber lieber bleiben, wandte sich wortlos ab und verschwand in einer Gasse. Ein Windstoß ließ seinen Tabarro aufbauschen wie einen endgültigen Abschiedsgruß.

KAPITEL 31

El Mercado

Das waren gute Nachrichten für Veronica. Bloß waren sie ihr nicht mitteilbar, weil noch immer niemand etwas über ihren Aufenthaltsort wusste. Der Bote war aus Vicenza zurückgekehrt und hatte sie dort nicht angetroffen. Davides Sorge um sie wuchs, doch was konnte er tun?

Trotz all der schrecklichen Erlebnisse der letzten Wochen weigerte er sich, von einem wie immer gearteten Unglück auszugehen, und glaubte fest an eine ganz einfache, natürliche Erklärung. Veronica war eine kluge, selbstbewusste Frau, die sich in der Welt auskannte. Davide beschloss, vorerst Ruhe zu bewahren und seinen rätselhaften Auftrag weiterzuverfolgen.

Das Handelskontor der Portugiesen am südöstlichen Ende von Dorsoduro war nicht so prächtig wie jenes der *turchi* und oder das der *tedeschi,* doch dafür lag es sehr günstig am Kanal mit Blick auf Giudecca und mit schnellem Meerzugang. Hier konnten im Gegensatz zum Canal Grande auch große Transportgaleeren festmachen, während die Waren von den anderen Kontoren aus umständlich von kleineren auf immer größere Schiffe verladen werden mussten, bis die Kaufleute damit aufs offene Meer hinaussegeln konnten.

Das zweistöckige Gebäude, dessen Putz der feuchte Scirocco-Wind mittlerweile abgeschliffen hatte, war im Erdgeschoss gänzlich ausgehöhlt worden, Fässer und Kisten stapelten sich darin mannshoch.

Die Portugiesen hatten sich längst als gewiefte Gewürzhändler erwiesen, die ihre Ware von Venedig aus auf die Iberische Halbinsel und mittlerweile auch nach England und Flandern lieferten. Umgekehrt kamen hier Preziosen aus den portugiesischen Besitzungen in der Neuen Welt an, jenem rätselhaften Kontinent, der auf den Mercator-Karten, die Davide einmal bei Eppstein zu Gesicht bekommen hatte, »Amerika« genannt wurde und nicht, wie die Genuesen insistierten, »Neu-Kolumbien«. Sie bestachen sogar Kartografen, um den Namen des großen Sohnes ihrer Stadt durchzusetzen, doch bislang nützte es nichts. Diese Preziosen als zusätzliche Handelsware gaben den Portugiesen zusätzliches Gewicht auf dem internationalen Gewürzmarkt, der sich längst zu einem weltweiten, dicht gewebten Handelsnetz aufgespannt hatte.

Es war nicht der eigenwillige Bau des portugiesischen Handelskontors, der jeden Besucher faszinierte, sondern der betörende Duft, der aus jeder Ecke emporstieg: Es roch süßlich nach chinesischem Zimt, Anis, Kardamom und Gewürznelke, frisch nach japanischer Pfefferminze und Eukalyptus, scharf nach Basilikum und Ingwer, nussig nach Muskat. Doch der belebende, spitze Duft von Pfeffer fehlte heute gänzlich, als Davide ins Halbdunkel des Kontors trat.

Ein korpulenter Mann kam mit eigentümlich tänzelndem Schritt auf Davide zu, dessen Augen sich an das wenige Licht erst gewöhnen mussten. Hinter dem Mann schoben Männer auf Karren Kisten von einer Seite zur anderen.

»Womit kann ich Euch helfen, Venezianer?«

Der Tabarro war wie eine Uniform: Auch wenn Davide mit seiner gebräunten Haut eher wie ein Spanier aussah, verriet ihn der dicke Wollmantel doch verlässlich als Bewohner der Serenissima.

»Oh, ich bin eher zufällig vorbeigekommen. Ihr habt doch nichts dagegen?«

»Wie können wir einem noblen Venezianer wie Euch, mithin einem unserer Gastgeber, eine Bitte abschlagen?« Die Stimme des Portugiesen war hoch und hell, der lusitanische Akzent schimmerte kaum noch durch. Er musste bereits lange in der Stadt leben.

»Das ist sehr freundlich.«

»Plant Ihr den Kauf von Gewürzen? Dann helfe ich Euch gern.« Er hatte dicke Lippen, die er mit der Zunge anfeuchtete, als stünde eine Mahlzeit kurz bevor.

»Ja, um ehrlich zu sein, bin ich tatsächlich auf der Suche.«

»Was darf es sein? Wir haben ... Oh, seht, da kommen endlich die Galeeren aus Lissabon, die wir schon seit zwei Wochen erwarten!«

Davide blickte auf den Bacino di San Marco, von dem aus sich zwei Schiffe mit vom Scirocco geblähten Segeln rasch näherten. Erst eine Viertelmeile vor dem Pier wurden die Segel eingeholt, die Rümpfe glitten ihrem Ziel entgegen. Dank großen seemännischen Könnens verlief das Anlegen so glatt wie das Gleiten eines Messers in die Scheide.

Nun begann das Schauspiel, das Davide seit seiner Kindheit vertraut war: die Bewegung von allen Seiten, die den bislang verschlafenen, ruhigen Pier in ein Pandämonium verwandelte. Tagelöhner strömten herbei, boten in allen Sprachen ihre Dienste beim Be- und Entladen an, priesen ihre körperlichen Vorzüge, manche zeigten sogar ihre Muskeln, sodass der korpulente Mann für einen Augenblick in einer zerlumpten Menschentraube verschwand.

Auch ein Zollinspektor tauchte auf, ein schielender Riese mit dem schwarzen *corno* auf dem Kopf, der Seidenkappe der venezianischen Behörden. Er ließ sich die Warenlisten zeigen und überprüfte das eine oder andere Fass. Die Portugiesen mussten, wie alle anderen Fremdländer, für ihre Handelsniederlassung erhebliche Summen zahlen. Der Einfachheit halber erhob der venezianische Zoll für jedes Schiff Gebühren von derzeit fünfundvierzig Dukaten pro Tonne Zuladung, unabhängig davon, was in dieser Tonne enthalten war. Das wiederum machte den Gewürzhandel lukrativ: Eine Tonne Muskat war wertvoller als eine Tonne Zedernholz, die darauf erhobenen Zölle damit im Verhältnis günstiger.

Sechs Tagelöhner wurden ausgewählt, mit hölzernen Handkarren ausgerüstet und über die Passerella sogleich an Bord geschickt, während jene, die dieses Mal kein Glück gehabt hatten, sich schimpfend verzogen. Aus dem anfänglichen Chaos, Lärm und Geschrei formierte sich bald eine effektive Ameisenstraße von Lastenträgern. Nur noch das Rumpeln der hölzernen Räder über die Planken, das Knarren von Fass an Fass und das leise, verbissene Gestöhne der Matrosen und angeheuerten Arbeiter waren zu hören. Jeder wusste genau, was er zu tun hatte, wie bei einem lange einstudierten Tanz. Anweisungen wurden stumm erteilt, mit einem Fingerzeig oder einem Kopfnicken.

»Was bringen uns die Portugiesen, und was nehmen sie an Bord?«, fragte Davide den schielenden Zollinspektor, doch bevor dieser antworten konnte, drängte sich der portugiesische Kontorist dazwischen.

»Nichts Bedeutendes, einige Kisten feiner Baumwolle für die Tabarros, wie Ihr einen tragt, Elfenbein aus Afrika, Moschus, Opium. Und zurück nach Portugal geht es mit Eurem guten Wein und einigen Stickereien aus Burano.«

Der Zöllner inspizierte noch einige Fässer und machte sich dabei Notizen, während Davide und der Portugiese ihm zusahen. Auch die Kapitäne kamen nun von Bord, lachten und scherzten. Davide verstand einige Brocken – es war eine einfache Überfahrt gewesen, aber die Strecke von Lissabon durch Gibraltar war ostwärts auch deutlich einfacher als gen Westen, wo es gegen die vorherrschende Strömung ging, die Wasser aus dem Atlantik ins Mittelmeer pumpte und manchmal für wochenlange Verzögerungen sorgte. Sie unterhielten sich mit dem Kontoristen, der ihnen mitteilte, sie müssten so bald wie möglich wieder in See stechen, worüber sie äußerst verblüfft waren und dann sogar sehr ärgerlich wurden, doch der Kontorist, dessen Stimme nun sehr scharf klang, duldete keinen Widerspruch. Enttäuscht gingen die Kapitäne zurück an Bord, um die Entladung zu überwachen und Vorbereitungen für die Abreise zu treffen.

»Und was ist nun Euer Begehr?«, flötete der Kontorist wieder ganz liebenswürdig.

»Als Mensch, der des Abends gern scharf genießt,

suche ich seit Tagen in ganz Venedig nach Pfeffer, doch erst war er teuer, dann fast unbezahlbar, nun gibt es ihn gar nicht mehr.«

Der Kontorist schüttelte mit bedauernder Miene den Kopf.

»Kein Pfeffer für das darbende Venedig?«, lächelte Davide.

»Oh, selbst Myrte gibt es nicht mehr, die doch gern als Ersatz verwendet wird.«

»Ich biete Euch zehn Golddukaten für ein einziges Pfefferkorn.«

Der Mann lachte hell auf. »Abgesehen davon, dass Ihr das sicher nicht ernst meint: Ihr könntet mir ein Königreich bieten, und doch könnte ich Euren Wunsch nicht erfüllen.«

»Wie kommt das?«

»Angebot und Nachfrage.«

»Wer fragt nach?«

»Die ganze Welt, wie es scheint.« Der Kontorist wandte sich ab und schimpfte mit einem der angeheuerten Hilfsarbeiter. Dabei bediente er sich einer zornigen Mischung aus Italienisch und Portugiesisch.

Ihr Atem bildete kleine Wölkchen in der fahlen Dunkelheit des Halbmondes. Die Mitternachtsstunde hatte gerade geschlagen, Venedig ging zu Bett. Die wenigen Gondolieri in den schmalen Kanälen hatten genug damit zu tun, in der Düsternis ihren Weg zu finden, und kümmerten sich nicht um die vereinzelten Passanten, die noch unterwegs waren.

Sie näherten sich zu Fuß, um möglichst wenig Aufsehen zu erregen. Ausländische Handelshäuser waren ebenso wie ausländische Galeeren unantastbares Hoheitsgebiet, dessen Verletzung schwerste diplomatische Verwicklungen zur Folge haben konnte. Calaspin hätte es ihnen rundheraus verboten.

Doch an dem portugiesischen Handelskontor und dem Kontoristen war irgendetwas eigenartig gewesen. Davide konnte nicht genau sagen, was es war, doch in ihm hatte sich eine Ahnung entwickelt. Eine Ahnung, dass hier etwas nicht so war, wie es schien. Eine Ahnung, die er mittlerweile, als Außenseiter der feinen Gesellschaft und nach seinem tiefen Fall vom Sohn eines angesehenen Kaufmanns zu einem rechtlosen Häftling, entwickelt hatte, jenes Gefühl, Masken und Falschheit rasch durchschauen zu können.

Außerdem hatte er sonst nichts anderes.

Davide und Hasan schlichen sich über die Passerella an Bord der ersten, größeren Galeere, die bereits fertig beladen war. Jeder Schritt machte Lärm, doch die Geräusche verhallten in der kalten Nacht.

Geschnarche überall. Rot gefrorene Nasen ragten aus den Leinendecken. Die Ruderer hatten sich auf ihren Bänken ausgebreitet und schliefen in der feuchten Novemberkälte. Die Offiziere und der Kapitän hatten sich vermutlich in einer der billigen Tavernen einquartiert, wo man nach Ausschankschluss auf dem Boden schlafen konnte, aber immerhin in der Wärme eines allmählich erlöschenden Kamins.

Plötzlich hörten sie Schritte. Davide drehte sich rasch um und griff zu seinem Stilett.

»*Notte*«, murmelte ein junger, schlaksiger Matrose mit

halb geschlossenen Augen, der schlaftrunken an ihnen vorbeiwankte.

»*Buonanotte*«, antwortete Davide.

Der Matrose pinkelte über Bord, nickte Davide und Hasan zu und ging zurück unter Deck.

Die Fässer und Kisten waren sowohl an Deck als auch unter Deck verladen. Je schwerer die Ladung, desto weiter unten stapelte man sie. Das kam Davide entgegen: Was er suchte, musste demnach am Oberdeck zu finden sein. Er widmete sich den Fässern, die bereits sorgsam vertäut waren. Hasan reichte ihm ein Stemmeisen, er öffnete eines davon. Seine Hände wühlten nur in hübschen, weichen Stickereien, die seine Unterarme umschmeichelten. Doch als er tiefer ins Fass tauchte, geriet er mit den Fingern an ein Trennbrett. Er nickte Hasan zu und versuchte, das Brett auszubrechen, was ihm nicht gelang. Auch sorgte er sich um die Geräusche.

Doch Hasan hatte noch ein anderes Werkzeug dabei: einen Handbohrer. Davide sah sich um und setzte schließlich den Bohrer außen am unteren Drittel des Fasses an. Er kurbelte eine Weile, bis er ein Loch geschaffen hatte. Als er den Bohrkopf herauszog, rieselten ein paar Körner aufs Deck. Davide und Hasan hoben sie auf. Kein Zweifel: Es war Pfeffer. Davide zerdrückte eines der Körner mit den Händen und genoss die Schärfe auf der Zunge. Dann fiel er vornüber und war ohnmächtig, noch bevor seine Stirn auf die Planken schlug.

Stille. Sterne. Ein klarer Himmel. Dann wieder Nebel.

Oh, merda.

Er war gefesselt. Und zwar nicht amateurhaft, sondern mit festen Knoten. Im Mund hatte er einen Knebel, den er ausspucken konnte, doch das war die einzige gute Nachricht. Seine anderen Sinne nahmen nur ausgesprochen schlechte Nachrichten wahr:

Er hatte entsetzliche Schmerzen im Nacken.

Er lag auf einem schwankenden Boden.

Neben ihm lag Hasan. Noch ohnmächtig und geknebelt.

Sie waren extrem professionell verschnürt worden, an Armen und Beinen, die Hände vor der Brust verschränkt wie die Toten, welche im Orient auf diese Art bestattet wurden.

Sie lagen in einer Gondel.

Es war immer noch Nacht.

Sie waren mitten auf dem Meer.

Er konnte sich kein Stück weit bewegen.

An Po, Rücken und Beinen wurde es unangenehm feucht.

Das war es: Die Gondel hatte ein Leck. Zwischen seinen Beinen sprudelte das bitterkalte Wasser der Adria ins Boot, und es begann allmählich zu sinken.

»Hasan, Hasan!«

Davide versuchte, seinen Gefährten zu wecken und sich gleichzeitig aus den Fesseln zu befreien. Beides war vergeblich.

Allmählich bildete sich in seinem mitgenommenen Hirn eine klare Vorstellung dessen, was passiert war: Bei ihrer illegalen Inspektion hatten die Portugiesen sie überrascht und hinterrücks niedergeschlagen. Dann hatte man sie gefesselt und in einem lecken Boot mitten in der Nacht aufs offene Meer geschickt. Es gab daran nichts zu deuten: Sie würden sterben. Davide sah es überraschend gelassen, wohl auch, weil seine Sinne noch reichlich benebelt waren. Nun würde er nie erfahren, was mit Veronica passiert war und wer die vielen Stilett-Morde verantwortete.

Das Wasser stieg und stieg. Er spürte die Kälte an seinen Ohren, dann an den Wangen, schließlich in den Mundwinkeln. Noch ein letztes Mal ruckte er an den seemännisch kenntnisreich verschnürten Fesseln, doch es gab nicht die geringste Chance, sich aus ihnen zu lösen.

Ein letztes Mal rief er Hasans Namen. Das Wasser bedeckte seine Lippen, seine Wangen, seine Augen, schließlich die Nase.

Es war vorbei.

KAPITEL 32

Eine Überraschung

Ein Ruck durchfuhr seinen Körper. Und noch ein Ruck. Er wurde hochgerissen. Er hustete. Und hustete noch einmal. Spuckte Meerwasser. Und wurde wieder ohnmächtig.

Dann wurde Davide wieder wach. Es war immer noch Nacht, doch von irgendwoher kam Licht. Jemand hielt eine Öllaterne in die Höhe.

Das Gesicht über Davide war ein vertrauter Anblick. Der Kopf schien nur aus Ohren zu bestehen. Konnte das wahr sein?

»Seid Ihr es? Wirklich?«, keuchte er.

»Ihr irrt Euch nicht.«

Davide hustete und lachte zugleich. »Euch hätte ich am wenigsten …« Er hustete wieder.

Der Angesprochene lächelte. »Ich weiß schon, was Ihr sagen wollt, und das kann ich gut verstehen.«

So vertraut das Gesicht auch war, so fremd wirkte es doch hier, auf dem Bacino di San Marco, fast auf dem offenen Meer. Davide lag auf einer Gondel, doch diese hier hatte kein Leck. »Das war wirklich knapp. Danke.«

»Oh, keine Ursache. Euer Wohlbefinden ist ja auch in meinem Interesse. Und in jenem der Republik.«

Davide fuhr auf. »Hasan! Wo ist Hasan?«

»Sorgt Euch nicht, er liegt dort vorn am Bug.«

Einer der Ruderer löste gerade die Schnüre; der Ruderer am Heck brachte die Gondel in Position, um zurück Richtung Markusplatz zu rudern.

»Ihn hat es übel erwischt, er ist immer noch ohne Bewusstsein.«

Davide brachte sich stöhnend in eine sitzende Position. »Euch hätte ich wirklich am wenigsten hier erwartet. Ich dachte, Ihr würdet die Prokuratien nie verlassen!«

»So kann man sich täuschen«, antwortete Grattardi. »Aber ein solches Abenteuer muss ich nicht noch einmal erleben. Sogar den Rücken habe ich mir bei Eurer Rettung verrenkt.«

Davide lächelte. »Eppstein bekommt Euch schon wieder hin. Was ist passiert, und warum seid Ihr hier?« Noch durchnässt vom bitterkalten Adriawasser, fror er und klapperte mit den Zähnen.

Grattardi gab Davide einen Becher Wein aus einer bauchigen Flasche. Davide nahm einen großen Schluck und hustete das meiste erschrocken wieder aus.

»Was ist das, um Himmels willen?«

»Ein Wein aus Lusitania. Passend, nicht wahr? Er ist besonders gehaltvoll, weil er viele Jahre in Fässern gelagert wird.«

Und dann erzählte Grattardi, dass er die Portugiesen schon lange in Verdacht hatte, den Pfeffer vom Markt wegzukaufen, und als ihm die Zollbediensteten die Ankunft zweier Handelsgaleeren meldeten, brach er mit seinen beiden Ruderern auf eigene Faust auf, um möglicherweise etwas Verdächtiges zu entdecken.

»Ich sah gerade noch, wie Ihr und Euer Diener an Bord jenes wurmstichigen Bootes getragen und aufs Meer geschoben wurdet. Ich wartete eine Weile ab, dann eilte ich Euch zu Hilfe.«

»Ihr hattet mit Eurem Verdacht recht. Die Galeeren haben Pfeffer geladen.«

»Wie viel?«

»Das kann ich unmöglich sagen.«

Grattardi seufzte. »Ihr müsst wissen, dass Venedig im Jahr 1504 einen Durchstich der Suez-Halbinsel oder einen Kanal vom Nil zum Roten Meer machen wollte, und die Portugiesen verhinderten es«, führte er aus. »Alle anderen scheinen das vergessen zu haben. Seitdem weiß ich jedoch: Es ist der König von Portugal, der unser schlimmster Feind ist. Denn er will uns an unserer empfindlichsten Stelle treffen: dem Geld.«

»Das klingt abstoßend profan.«

»Ich habe es Euch doch schon einmal erklärt: Geld ist der beste Schmierstoff, um eine Gesellschaft am Laufen zu halten.«

Davide fühlte sich erholt genug, um sich aufzurichten. Er wankte zu Hasan, der langsam wieder zu sich kam. Er blutete stark am Hinterkopf, möglicherweise war sein Schädel gebrochen.

»Bringt ihn besser rasch zu Eppstein«, empfahl Grattardi, »ich fürchte, es hat ihn arg erwischt.«

KAPITEL 33

Kriegsrat

Es war eine Versammlung, wie es sie in Venedig ganz selten gab: Kanzler Calaspin, Prokurator Grattardi und Davide hatten sich beim Dogen eingefunden. Im Kamin des Sala degli Scarlatti knisterte ein Feuer, dessen Flammen sich in den goldenen Deckenintarsien widerspiegelten, doch die Stimmung der vier Männer war eher unterkühlt.

Doge Alvise Mocenigo, im zweiten Jahr im Amt, war noch ein wenig müder und gebückter geworden; die Last des *corno ducale*, jener eigenartigen Mütze aus rotem Samt, machte ihm zu schaffen. Der fleißige Verwaltungsbeamte war kein Mann für den Balkon des Dogenpalastes, Repräsentieren lag ihm einfach nicht.

Kanzler Calaspin schien wie immer alterslos zu sein, er hielt sich gerade und hatte seine entschlossene Dienstmiene aufgesetzt, die sich ihm längt ins Gesicht geprägt hatte – er konnte gar nicht mehr anders aussehen.

Grattardi hingegen zitterte vor Wut und Erregung, und das war ein Gefühlsausbruch, dem er sich nur selten hingab. Die Sache mit dem Pfeffer nahm er persönlich, und wie konnte er das auch nicht, schien doch Venedigs Macht ins Wanken geraten zu sein.

Die Bediensteten hatten Wasser und Wein in silbernen Karaffen gebracht und waren dann vor die Tür geschickt worden. Grattardi war außergewöhnlich unruhig, wagte aber nicht, das Wort zu ergreifen.

»Wie geht es Eurem Diener?«, fragte Calaspin in die etwas unangenehme Stille hinein.

»Er hat einen mächtigen Hieb abbekommen. Die Lust auf Abenteuer wird ihm fürs Erste vergangen sein.«

Calaspin lächelte. »Er ist aus kräftigem Holz geschnitzt und wird schon wieder zu Sinnen kommen.«

»Ihr seid Euch sicher mit dem Pfeffer, Venier?«, fragte der Doge nun wie abwesend.

»Völlig sicher, mein Doge. Ich habe sogar davon gekostet.«

»Wir müssen die Galeeren festsetzen!«, rief Grattardi aufgebracht.

»Es ist nur ein Handelskrieg«, winkte der Doge ab.

»Aber ein Krieg ist es.«

»Ihr überseht etwas Entscheidendes«, wandte sich nun Calaspin an Grattardi. »Der Pfeffer ist schon seit einigen Monaten verschwunden, portugiesische Galeeren waren jedoch lange nicht mehr in Venedig. Die beiden Galeeren, die gestern anlegten, sind meines Wissens die ersten seit dem Frühsommer.«

Davide stutzte. »Haltet Ihr demnach eine größere Verschwörung für möglich?«

»Ja, das halte ich tatsächlich für möglich. Flandern, Holländer, Engländer, Franzosen, Osmanen, Genuesen, Römer – wer weiß, wie viele Verbündete die Portugiesen haben.«

»Wie dem auch sei: Die Portugiesen sind ein Teil dieses Handelskrieges, und wir müssen verhindern, dass die Galeeren auslaufen«, beharrte Grattardi.

Der Doge blickte erst seufzend an die Decke und

dann zu Calaspin. »Ihr kennt meine Meinung, nicht wahr?«

Calaspin nickte. »Sie ist auch die meine.«

»Prokurator, hört mir gut zu«, wandte sich der Doge an Grattardi. »Das Festsetzen einer ausländischen Galeere hätte fatale Folgen. Wir können keinen *casus belli* riskieren. So geschwächt, wie unsere Flotte gerade ist, wäre dies das Letzte, was wir gebrauchen können. Auch würde sich kein Soldat finden lassen, der für uns sein Blut gibt, nicht einmal ein Söldner.«

Grattardi wollte empört etwas erwidern, doch Davide kam ihm zuvor. »Wir müssen sie ja nicht offiziell festsetzen.«

»Was meint Ihr?«, fragten der Doge und Calaspin zugleich.

»Können wir nicht einen der Offiziere bestechen?«

Calaspin schüttelte den Kopf. »Das wurde bereits versucht. Alle Portugiesen schlafen entweder an Bord oder in dem Handelskontor unter strenger Bewachung. Es ist ihnen verboten, sich unter die Venezianer zu mischen.«

»Also müssten wir die Portugiesen dazu zwingen, Venezianer an Bord zu nehmen«, schlug Davide vor.

»Wie soll das gehen?«

»Wie wäre es mit einem Unglück an Bord? Etwa einem Brand, sodass unsere Wehrleute anrücken müssen, um das Feuer zu löschen?«

Calaspin rieb sich das Kinn. »Das könnte eine Idee sein.«

An die Tür zum Sala wurde ungebührlich laut geklopft. Der Doge verdrehte die Augen. »Entschuldigt meine Bediensteten, sie sind noch etwas ungestüm, obwohl ich sie bereits mehrfach gemaßregelt habe. *Entrate!*«, seufzte er.

Im Türrahmen stand atemlos ein etwas älterer, durch die langen Jahre des Bedienstetenlebens abgemagerter Mann mit verfusseltem grauen Haar und vor Aufregung geröteten Wangen. »Entschuldigt die Störung, doch ich konnte nicht umhin ... dass von den Portugiesen ... ich hörte, und ich sollte Euch mitteilen ... es war doch des Prokurators Wunsch, dass ich sofort Meldung mache, ja, und nun ... also, die Galeeren, also, die portugiesischen Galeeren, die sind nun abgesegelt.«

Die Stille schwappte vom Überraschten ins Nachdenkliche. Diese Nachricht kam mehr als unerwartet.

»Ja, ist das möglich? Trotz der Südwinde? Und ohne Begleitschutz gegen die dalmatischen Piraten?«, wunderte sich der Doge.

»Kein vernünftiger Kaufmann würde das riskieren«, war sich Grattardi sicher.

»Es sei denn, jemand anders bezahlt ihn«, mutmaßte Calaspin.

»Zum Beispiel ein Staat«, ergänzte Davide.

»Können wir sie nicht verfolgen?«, Grattardi wollte die leidige Sache unbedingt aus der Welt geschafft wissen und hatte auch einen persönlichen Ehrgeiz entwickelt, alles zum Wohlgefallen der Republik zu wenden.

Calaspin winkte müde ab. »Mit unseren zerfetzten Kriegsschiffen wird das kaum möglich sein.«

»All der gute Pfeffer«, seufzte Davide.

»Auf dem Weg zum Markt nach Lissabon, wo er für einen Schleuderpreis unter die Händler gebracht wird, die damit in Amsterdam, London und wer weiß wo Fabelgewinne erzielen.« In Grattardis Kopf arbeitete es; vermutlich berechnete er die Gewinnspanne, die ein Kaufmann mit jedem Fass voller Pfefferkörner erzielen würde. Und auch die Zwischenhändler würden angesichts dieser riesigen Spannen nicht mehr Venedig, sondern Lissabon ansteuern.

Alvise Mocenigo begann plötzlich, breit zu grinsen, was eine seltene Gemütsregung des müden Mannes war und seinem Gesicht etwas geradezu beängstigend Maskenhaftes verlieh. »Einen Trumpf haben wir noch im Ärmel, meine Herren.« Er zog einen Brief hervor und entfaltete ihn mit majestätischem Gehabe. Gewisse große Gesten hatte er sich in den zwei Jahren seiner Regentschaft trotz seiner Grundmüdigkeit immerhin angeeignet. »Es wird eine französische Flottille erwartet. Vier Rudergaleeren samt Begleitbooten.«

Grattardi war so erregt, dass sich auf seinen Wangen Hitzeflecken zeigten. »Verstehe, verstehe! Wenn die uns auch den letzten Pfeffer wegkaufen und heimlich fortschaffen, könnte das der endgültige Beweis sein! Alle wollen unserem Venedig an die Gurgel, doch dieses Mal werden wir uns wehren!«

»Wie verhindern wir, vor den gleichen Problemen zu stehen wie bei den Portugiesen?«, fragte der Doge.

Calaspin wandte sich an Davide, der gerade die Beule an seinem Kopf befühlte. »Was haltet Ihr davon, wenn Ihr Euch die nächsten Tage beim Barbier etwas nachlässiger rasieren lasst und Euren schicken Tabarro gegen eine fadenscheinigere Garderobe tauscht?«

»Was soll das bewirken?«, fragte Grattardi misstrauisch.

Doch Davide verstand. »Ich soll beim Entladen der Schiffe helfen, *giusto*?«

Calaspin nickte, und das Gesicht des Dogen verzog sich erneut zu einem grotesken Grinsen.

Ein paar Stunden später, als der Doge sich längst zu seinem frühen Schlaf niedergelegt hatte, trat einer der Bediensteten, der für das Einschenken des Weins zuständig gewesen war, vor die Tür der Diensträume. Dort erwartete ihn schon ein Mann, ein schlanker, aber kräftig gebauter Bursche mit ungewöhnlich langem Seidenschal.

»Wer also war bei Mocenigo?«

Der Bedienstete nannte die Namen der drei Gäste.

»Konntet Ihr hören, was besprochen wurde?«

»Nein, das tut mir leid, *signore*. Die Türen sind gar zu dick, und ich war nicht der einzige Bedienstete im Nebenzimmer.«

»Nun, das spielt auch keine Rolle.« Nachdenklich benetzte der Mann mit der Zunge die Unterlippe. »Und es war ganz sicher Venier?«

»Ja, da habe ich keinen Zweifel, *signore*.«

»Er genießt also Mocenigos Vertrauen?«

»Mir scheint es so. Es ist nicht das erste Mal, dass er beim Dogen war, *signore*.«

»Gut, gut. Habt Dank für die Auskunft und haltet mich stets über weitere Besuche auf dem Laufenden.«

»*Si, signore*.« Der Bedienstete spürte zufrieden die kühle und zugleich wärmende Schwere der fünf Golddukaten auf seiner Handfläche.

KAPITEL 34

Die Nachricht

Am nächsten Tag hielt Davide den erlösenden, von sechs Namen unterschriebenen Brief in der Hand, der Veronica von allen Schulden befreite. Er hatte nichts anderes erwartet, dennoch war die Erleichterung groß.

Was für ein ereignisreicher Herbst! Die Venezianer hatten einen großen Sieg davongetragen, und Davide war Zeuge eines furchtbaren, aber auch weltverändernden Ereignisses gewesen, möglicherweise eines Wendepunkts zum Besseren. Er hatte seinen Auftrag erfüllt, so gut es eben ging. Und er hatte Veronica, so wie es aussah, von allen drückenden Schulden befreit.

Er hätte sich eigentlich gut fühlen müssen, doch er hatte noch immer keine Nachricht von Veronica. Wo war sie bloß? Nicht einmal Luca mit seinen vielen Kontakten konnte sie aufspüren. Dabei blieb eine Frau wie Veronica Bellini, die schönste Witwe der Serenissima, für gewöhnlich nicht unbemerkt, wenn sie sich durch die Stadt bewegte, ob zu Fuß oder per Gondel.

Nachdenklich schlenderte Davide am Canale della Misericordia entlang. Es ging dort selbst für venezianische Verhältnisse ungewöhnlich lebhaft zu, denn bald sollten die Karnevalsfeiern beginnen. Dieses Mal waren angesichts des Sieges von Lepanto besondere Ausschweifungen zu erwarten.

Der Tag war kühl, aber sonnig, als sich Davide beim Barbier Giovanni in seiner ehemaligen Nachbarschaft einfand. Wie immer hatte Giovanni ein kleines Liedchen angestimmt, war er doch, wie viele seiner Berufskollegen, ein talentierter Musiker. Er hatte eine angenehm tiefe Stimme und spielte sogar die Laute. Singen zu können, gehörte zum Berufsbild eines Barbiers, musste er doch beruhigend auf seine Kundschaft einwirken, denn man suchte ihn nicht nur wegen eines Haarschnitts oder einer Rasur auf, sondern auch, um sich einen Zahn ziehen oder kleinere Wunden verarzten zu lassen.

Direkt neben Giovanni bearbeitete der Schreiner Pierpaolo ein paar Eichenbretter. Der wunderliche Vater des Schreiners stand wie jeden Tag unter dem Vordach des Betriebes. Er sagte nie ein Wort, doch bei jeder Transportgondel, die vorbeikam, spuckte er ins Wasser. Auf diese ungewöhnliche Art hieß er die Ruderer willkommen.

Meist pflegte Giovanni draußen zu arbeiten, dort war das Licht besser. Davide nahm auf dem Stuhl vor seinem Laden Platz.

»Giovanni, heute muss ich dich um etwas Ungewöhnliches bitten: Mach mich nur recht hässlich.«

»Darum hat mich noch nie jemand gebeten, und ich hoffe sehr, Ihr beliebt zu scherzen.«

»Es ist mein voller Ernst, und frag nicht, warum. Stutz mich ganz wild und verwegen, als wäre ich gerade aus den *pozzi* entflohen.«

»Mein Herr, das verstößt ganz gegen die Ehre meiner Zunft.«

»Es gibt einen Dukaten obendrauf.«

»Nun, dann legen wir los. *Subito, subito*. Aber verratet Ihr mir dennoch, welche Grillen Euch erfasst haben?«

»Nein, schneid einfach los.«

»Hat es vielleicht mit dem Karneval zu tun?«

»Giovanni!«

Und so sang Giovanni im Takt von Pierpaolos Hammerschlägen aus dem Nachbarhaus. Es war eine schwermütige Ballade von einem unglücklichen Seefahrer und seiner noch unglücklicheren Frau. Der eine ertrank, die andere wartete ihr Leben lang vergebens auf seine Rückkehr.

»Hast du nicht etwas Erbaulicheres in deinem Repertoire?«, knurrte Davide.

»Herr, Ihr kommt mir heute ganz unausgeglichen vor.« Doch Giovanni begann, das alte Volkslied von der Madonna des Meeres zu singen, welche die im Sturm herausfahrenden Fischer beschützt.

Madonnina del Mare
No ti devi scordare di me
Vado lontano a vogare
Mal il mio dolce pensiero è per te …

Das klang schon deutlich erfreulicher.

Während der Barbier sang, rasierte und schnippelte, sah Davide eine vertraute Gestalt auf der anderen Uferseite des schmalen Kanals. Oh, sieh an, die dicke Bertha, dachte er. Sie sah recht passabel aus und bewegte sich leichtfüßig, beinahe grazil. Nichts deutete auf ihre überbordende Kraft hin, die sie beim Armdrücken entfaltete, ja, sie lächelte sogar freundlich. Die dicke Bertha trug einen Tabarro – für eine Frau ein eher ungewöhnliches, aber durchaus nicht exzentrisches Kleidungsstück –, welcher auf vorteilhafte Art ihre Körpermasse verbarg.

Am Ende hielt der Barbier Davide im glitzernden Novemberlicht ein Spiegelchen vor die Nase. »Herr, das ist ja beinahe meinem Ruf abträglich, was ich mit Euch angestellt habe!«

Er hatte gute Arbeit geleistet: Davides Bart war lückenhaft rasiert, wie mit einem alten, stumpfen Messer. Die braunen Haare hatte Giovanni munter zerzaust.

»Den Dukaten habe ich mir verdient, hat doch meine Hand gegen ihren Willen gearbeitet.«

Hasan hingegen, der einen großen, mit allerlei von Eppsteins Kräutern getränkten Turban trug, welcher ihm die Platzwunde am Schädel verschloss, hatte großen Spaß daran, seinen Herrn entsprechend einzukleiden. Er zupfte und knotete und schnitt Löcher und riss Fetzen.

»Wisst Ihr schon Näheres über die Franzosen?«

»Nein, ich bekomme Bescheid, sobald sich die Schiffe nähern.«

»Ihr werdet Euch von mir noch ein paar Augenringe schminken lassen. Die Hafenarbeiter sehen selten frisch aus, weil sie doch erst frühmorgens aus den Tavernen torkeln.«

»Ähem«, räusperte sich jemand hinter ihnen.

Bei ihrem Scherzen hatten sie das Klopfen nicht gehört, sodass sie sich beide überrascht zu dem Boten umdrehten, der nun im Raum stand.

»Du bist früh dran! Sind die Schiffe denn schon angekommen?«, fragte Davide.

»Schiffe? Nein, Herr.« Der Bote war ein Bursche von höchstens vierzehn Jahren, dessen Stimme noch zwischen Junge und Mann schwankte.

»Oder sag, bringst du Nachricht von Veronica Bellini?«

Der Bote war verblüfft. »Ich ... ich such den Herrn Venier. Wisst Ihr, wo ...«

»Der bin ich.«

»Ihr seid es?« Der Bote blickte skeptisch an der zerlumpten Gestalt hinab, und auch der kleine Orientale mit dem blutigen Turban sah offenbar nicht sehr vertrauenerweckend aus.

»Kostümprobe für den Karneval«, bemerkte Davide lakonisch.

»Aha, verstehe.« Der Bote lachte erleichtert auf. »Nun, hier ist ein Brief für Euch.«

»Von wem?«

»Nun, die Geschichte ist etwas eigenartig ...«

Davide kniff die Augen zusammen, öffnete einen mit Kerzenwachs versiegelten Umschlag und las die wenigen Zeilen.

Lieber Davide,
kommt heute zur Mitternachtsstunde in das Sestiere Santa Croce zum Campo San Giacomo dall'Orio und wartet auf mich vor dem Portal der Kirche San Zan Degolà.
Kommt allein, denn ich muss Euch etwas Wichtiges mitteilen.
Eure Veronica

Vieles an diesem Brief war ungewöhnlich und zudem äußerst besorgniserregend. Warum sollte er sich in Santa Croce einfinden und nicht bei Veronica daheim? Warum zu dieser späten Stunde? Es war zweifellos ihre Schrift, und doch war sie niemals so förmlich gewesen. Warum sprach sie ihn auf diese Art an? Handelte es sich um eine Warnung?

»Was war eigenartig? Wer hat dir diesen Brief gegeben? Eine Frau?«

»Ein Mann, Herr.«

»Was für ein Mann? Kennst du ihn?«

»Nein, ich hab ihn noch nie zuvor gesehen.«

»Beschreib ihn mir.«

»Oh, nun ja, Herr, es war ein, äh, ein Mann. Nicht alt, nicht jung.«

»Soso. Etwa so groß wie ich selbst, aber mit breiterem Kreuz? Ein Venezianer?«

»Nein, ich glaub nicht, Herr. Er sprach einen fremden Dialekt.«

»Italienisch?«

»Möglich ist das schon. Aber Herr, ich kann's nicht genau sagen, ich hab unser Venedig doch noch nie verlassen und weiß nicht, wie man hinter den Bergen des Apennin oder an den Küsten des Südens parliert.«

»Wo hat er dich angesprochen?«

»Bei der Gondelstation am Ca' d'Oro. Dort ist mein Stammplatz. Er stieg aus einer Gondel, gab mir den Brief und das vereinbarte Geld, dann bestieg er wieder die Gondel und fuhr davon.«

»Wie sah die Gondel aus?«

»Oh, nichts Ungewöhnliches. Schwarz, mit grauer Felze und zwei Ruderern.«

Davide sah ein, dass weiteres Nachfragen zwecklos war, und reichte Hasan die Nachricht. »Was meinst du?«

»Sorgt Euch nicht, sicher gibt es dafür eine harmlose Erklärung. Heute um Mitternacht wisst Ihr mehr.«

Der Bote räusperte sich. Dann räusperte er sich noch einmal, um höflich auf ein Trinkgeld hinzuweisen.

Geistesabwesend steckte ihm Davide einen Dukaten zu. »Ruf mir den Luca, er soll sich für den Abend bereithalten«, wandte sich Davide nun an Hasan, nachdem sich der Bote verabschiedet hatte.

»Soll auch ich mitkommen?«

»Fühlst du dich denn schon wieder ganz wohl?«

»Ganz wohl, Herr!«

»Vielleicht als zweiter Gondoliere am Bug? Auch wenn das Rudern nicht deine Stärke ist.«

»Aber im Fall eines Falles hätte ich zwei zusätzliche, flinke Fäuste zu bieten.« Zum Beweis zerschnitt Hasan mit einer schnellen Links-Rechts-Kombination die kühle Luft von Davides Palazzo.

Davide nickte nachdenklich. »Auch das Stilett sollten wir nicht daheim lassen.«

»Meines ist frisch geschärft, und um Eures kümmere ich mich auch.«

Als Ruderer stellte sich Hasan gar nicht mal so schlecht an – aber immer noch miserabel genug, dass Luca, der am Heck stand, immer wieder in schönstem Venezianisch fluchte und ihm Anweisungen zurief, damit er den Bug in Fahrtrichtung hielt. So glitten sie durch die nächtlich klare Stadt, mit zwei Fackeln an den Bordwänden.

Davide hörte dem Gefrotzel zwischen dem jungen Gondoliere und seinem osmanischen Gefährten kaum zu. Er war aufs Äußerste angespannt, denn er wusste, dass etwas mit Veronica geschehen war. Bei allem Optimismus gelang es ihm nicht, sich ein Szenario auszudenken, das eine angenehme Überraschung bereithielte. Die Gondel kreuzte derweil über den Canal Grande und stach südwärts in den Rio di San Zan Degolà ein. Weil die Stadt schlief und auch die Boote sich ausruhten, musste Luca die Gondel in zweiter Reihe vertäuen.

»Ihr wartet hier.«

Davide schritt durch eine schmale Gasse zum Campo, der an die Kirche angrenzte. Vor dem Seitenportal, gegenüber dem zentralen Brunnen des Platzes, stand jemand. Es war ein kleiner, gebeugter Mann, dessen gräuliche Kapuze sein Gesicht völlig verdeckte. Neben ihm stand eine noch kleinere Gestalt, offenbar ein Junge, der eine Öllampe hielt, ein hübsches Stück aus Bronze.

Keiner von den beiden war Veronica. Davide hielt die Fackel in der linken Hand, tastete mit der Rechten nach dem Stilett unterm Tabarro und näherte sich vorsichtig.

Der Mann hörte die Schritte und hob den Kopf leicht an. »Ihr seid Venier, Davide?« Es war kaum mehr als ein Flüstern, das doch in der nächtlichen Stille klar und deutlich zu hören war.

»Wo ist Veronica Bellini?«

»Das weiß ich nicht, mein Herr. Ich habe nur einen Brief für Euch.«

»Noch einen Brief? Was ist das für eine Scharade?« Davide riss ihm das Papier aus der Hand.

Verehrter.
Eure Signora ist bei uns.
Ihr wollt sie wieder bei Euch?
Dann tut Folgendes:
Vernichtet den obersten Venezianer.
Jenen mit der roten Samtkappe.
Ihr habt sieben Tage dafür.
Das wird Eure Veronica retten.
Sonst ist sie des Todes.

Davide zückte sein Stilett. »Sagt mir sofort, wo sich Veronica aufhält, oder Ihr seid selbst des Todes!«

»Das wäre sehr unklug, denn ich kann Euch nicht weiterhelfen und bin doch nur der unwissende Überbringer«, sagte der größere Mann, während der kleinere unablässig mit dem Kopf nickte, beinahe wie eine Taube, die auf dem Markusplatz Brotkrumen aufpickte.

Davide hatte genug. Er sprang auf und riss dem Boten die Kapuze vom Kopf. Der Anblick schockierte ihn zutiefst: Er sah in ein schauriges, eingefallenes Gesicht mit großen Augen, deren Pupillen dieselbe milchige Färbung hatten wie die Iris. Der Mann war blind.

Und dann wurde es ihm klar: Der blinde Bote war eine beinahe mythische Gestalt in Venedig. Er war ein Mann, den es nicht zu geben schien. Alle hatten schon von ihm gehört, kaum einer hatte ihn je gesehen. Einer, der nur für besonders ernste Nachrichten verpflichtet wurde, einer, der unbestechlich und zuverlässig war. Und einer, der niemals seinen Auftraggeber verraten konnte. Und der immer von einem Jungen begleitet wurde, der mit Taubstummheit geschlagen war. Die perfekten Überbringer.

Davide ließ das Stilett sinken. »Was soll ich nun tun?«

Der blinde Mann neigte seinen Kopf in Davides Richtung und lächelte. »Fragt mich nicht, denn ich habe die Nachricht nicht gelesen. Wie könnte ich auch?«

»Sagt Eurem Auftraggeber, ich verlange Klarheit. Und ein Lebenszeichen.«

Der blinde Bote kicherte. »Auftraggeber? Ihr …«

»Haltet den Mund. Ihr werdet den Auftraggeber kontaktieren. Tischt mir nicht das Märchen auf, dass Ihr nicht wisst, wie Ihr ihn erreicht. *Ihr* nicht. Und wenn Ihr es nicht schafft und Veronica etwas zustoßen sollte, dann seid Ihr der Erste, den ich dafür verantwortlich mache.«

Das Lächeln auf dem Gesicht des Boten verschwand. Er war blind, aber er war nicht dumm. Von Davide Veniers Fähigkeiten musste ihm niemand etwas erzählen, und mit seinem exzellenten Gehör fiel es ihm nicht schwer, die Entschlossenheit in dessen Stimme herauszuhören.

»Ich werde sehen, was ich tun kann.«

Davide fühlte sich, als hätte er einen erneuten Hieb auf den Schädel bekommen. So recht wusste er nicht mehr, wie er nach Hause gekommen war, und erst in seinem Palazzo klarte sich sein Kopf auf.

»Eine doppelt schlimme Sache. Veronica ist entführt, und Ihr sollt zum Mörder werden«, fasste Hasan mitfühlend das Dilemma zusammen.

»Wie kommen diese Leute auf mich?«

»Ihr seid der ideale Mann! Erstens gerissen genug, es zu tun, zweitens erpressbar genug, um es zu tun, denn schließlich geht es um Veronica, und drittens habt Ihr Zugang zum Dogen und genießt sein Vertrauen wie kaum ein anderer Venezianer.«

»Danke, Hasan. Willst du mir vielleicht Mut machen, diesen perfiden Plan auszuführen?«

»Zugegeben, Ihr seid im Schach. Aber Ihr seid noch lange nicht schachmatt.«

»Und am Morgen werden die französischen Galeeren einlaufen. Was rätst du mir?«

»Das eine hängt zweifellos mit dem anderen zusammen«, sagte Hasan.

»Da hast du recht.«

»Es gibt nur einen Mann, der Euch jetzt helfen kann.«

»Ich weiß. Schick nach ihm, während ich zu den Franzosen gehe.«

KAPITEL 35

Die Schiffsentladung

Hasan reichte die Weinkrüge in schneller Folge über den Tresen in die Menge und ließ sich von den geröteten Gesichtern feiern.

»Er lebe hoch!«

»Hoch, hoch!«

»Unser bester Freund!«

»Ein Engel ist uns erschienen!«

»So trinkt doch mit, Herr!«

Bei Lorenzo ging es hoch her. Eigentlich ging es hier immer hoch her, jede Stunde am Tag und in der Nacht, am Bacino di San Marco und an einer der wichtigsten Anlegestellen der großen Transportgaleeren.

Lorenzos Taverne war ein Verschlag, gegen den selbst Quattrodentis Etablissement wie ein Palazzo wirkte. Die Theke bestand aus verrotteten Transportkisten. Kerzen aus tierischem Fett verbreiteten wenig Licht und einen erbärmlichen Gestank, ausgeschenkt wurde nur übler Wein und bitterer, ansonsten unverkäuflicher Grappa. Die Preise waren lächerlich niedrig, für einen Dukaten konnte man hier eine Woche lang bis zum Anschlag trinken. Wer Wasser wollte, wurde ausgelacht, und wer töricht genug war, etwas zu essen zu bestellen, bekam ranzigen Käse und trockenen Schinken zweifelhafter Provenienz. Gerüchteweise stammte er nicht einmal vom Schwein.

Lorenzo war kein übler Bursche, wenn man einmal davon absah, dass er seine sturzbetrunkenen Gäste regelmäßig beklaute, was viel lukrativer war als die Margen, die ihm bei den preisgünstigen Getränken blieben.

Seine namenlose Kneipe war seit vielen Jahren Treffpunkt der Dockarbeiter, jener harten Burschen, die als Tagelöhner auf ankommende Schiffe warteten. Lorenzo selbst war Teil der Kneipentradition, hatte er das Lokal doch von seinem Vater übernommen, einem eingewanderten Sizilianer, der einst davon geträumt hatte, die feinen Kapitäne und Offiziere aus aller Welt mit erlesenen Spezialitäten zu verwöhnen. Doch dieser Traum war bald ausgeträumt, und der kleine Lorenzo wuchs inmitten von vernarbten, breitschultrigen Typen auf, die ihn alle mit viel Liebe behandelten. Er galt als Talisman, und wenn die Schiffe ausblieben, musste man ihm nur kräftig durch die Locken streichen, und schon segelten welche herbei. Sie füllten ihn aber auch mit Wein und Schnaps ab, und so kam es, dass Lorenzo bis heute einer seiner besten Kunden war und die Säuerlichkeit des Weines gern für den angenehmen Glimmer in Kauf nahm.

Noch heute schaute Lorenzo jedem Neuankömmling zuerst auf die Hände. Keiner der Dockarbeiter hatte noch alle Finger. Beim täglichen Heben, Absetzen und Stapeln schwerer Kisten, bei dem bis zu acht Leute mit anpackten, ging früher oder später jeder ein paar Glieder verlustig. Einer, der noch alle Finger besaß, war entweder ein Neuling oder kein Dockarbeiter. Und damit ein wirklich ungewöhnlicher Gast.

Doch so einen wie Hasan hatte er noch nie erlebt. Denn er hatte nicht nur noch alle zehn Finger. Er war auch ein sonderlicher Bursche, vielleicht sogar ein Orientale, dazu eher alt. Kein Dockarbeiter wurde sehr alt, mit vierzig, fünfundvierzig Jahren war Schluss. Der Rücken, das Saufen. Die fehlenden Finger oder auch mal ein zerquetschter Fuß. Immerhin sah der Orientale kräftig aus, trotz des Verbands um seinen Kopf, der mit getrocknetem Blut getränkt war. Hart im Nehmen war er also auch, fast wie ein Dockarbeiter. Vor allem aber hatte er Geld. So viel Geld, dass Lorenzos Augen vor Freude glitzerten.

Ein Junge stürzte ins Lokal. »Die französischen Galeeren sind da!«

Doch keiner hörte hin. Die eine Hälfte war schon zu betrunken, die andere Hälfte wollte sich auf dem Weg zu diesem Zustand nicht stören lassen.

Und so kam es, dass bei der Ankunft der Schiffe, einer stattlichen Viererflottille mit zwei kleineren Begleitbooten, nur ein paar merkwürdige Gestalten am Pier von Dorsoduro nicht weit vom Zollamt standen, menschliche Ausschussware, zerlumpte Überbleibsel, lebende Leberschäden, die sich nicht einmal mehr Lorenzos Wein leisten konnten.

Der französische Flottillenkapitän betrat über die Passerella mit großer Geste venezianischen Boden. Nach seinem Blick zu urteilen, hatte er ein standesgemäßeres Empfangskomitee erwartet. Sein Quartiermeister nahm die Bewerber genauer in Augenschein, seufzte dann laut und verpflichtete sie alle.

»Die Venezianer hatten große Verluste im Krieg gegen die Türken«, erklärte einer der beiden Zollbeamten, die hinzugekommen waren.

»Und durch den allzu leicht verfügbaren Wein«, schnaubte der Franzose zurück. Mit recht sicherem

Schritt und ohne das übliche Wanken jener Männer, die Monate auf See verbracht hatten, entfernte er sich. Hinter ihm trugen zwei Lakaien seine Koffer. Es war klar, dass der Mann wusste, in welcher Herberge er die Nacht verbringen würde; einer Herberge, die vermutlich neben einer Matratze, einer Decke aus Gänsedaunen und einem Krug Wein noch andere Annehmlichkeiten, vornehmlich erotischer Natur, bereithielt.

Ein Zöllner ging unterdessen an Bord zur Rattenkontrolle, denn das Gesetz verlangte: *Wenn Waren oder sonstiger Besitz an Bord eines Schiffes von Ratten beschädigt werden, und der Schiffsführer hat es versäumt, eine Katze zum Schutz vor den Ratten zu besorgen, soll er den Schaden bezahlen.*

»Meine Herren!« Der Quartiermeister klatschte in die Hände.

Mithilfe des zweirädrigen *carrello*, einer unerlässlichen Transporthilfe in der Lagunenstadt, entluden die Männer Kisten und Fässer, die kaum Inhalt zu haben schienen. Der Quartiermeister fand schnell Gefallen an einem der Dockarbeiter, einem groß gewachsenen Mann, der trotz seiner schäbigen Kleidung perfektes Französisch sprach, was bei diesem Menschenschlag doch eher selten der Fall war. Er behandelte ihn etwas weniger schlecht als das halbe Dutzend der übrigen Hilfskräfte.

»Beinahe eine Leerfahrt«, bemerkte einer der Zöllner, der das Ausladen überwachte, stichprobenartig jedes dritte Fass öffnen ließ und dessen Inhalt mit den Ladepapieren abglich. Die meisten Fässer waren leer, einige andere enthielten Stoffballen, Schuhe und Lederwaren – Luxusartikel aus Paris, die bei den Venezianerinnen gerade groß in Mode waren.

»Das kommt selten vor, nicht wahr?«, fragte eine zerlumpte Gestalt – eben jene, die zuvor mit dem Quartiermeister Französisch gesprochen hatte.

»So gut wie nie. Das muss man sich erst einmal leisten können.«

Als Davide mit dem *carrello* ins Lagerhaus fuhr, entdeckte er hinter einem Verschlag versteckte Fässer. War darin der Pfeffer?

»Na, na, na, was macht er denn da? Hier vorn wird gestapelt«, rief der Quartiermeister.

Davide hob entschuldigend die Hände und kam nach vorn.

»Meister, wir sind hier bald fertig. Wann geht es weiter?«

»Wer weiß, schon morgen früh? Findet Euch pünktlich ein und seid sparsam mit dem Wein heute Abend!«

Der Zöllner bekam vom Quartiermeister ein kleines, ausgebeultes Geldsäckchen zugesteckt und ließ es nonchalant unter dem Tabarro verschwinden. Außer Davide sah es niemand.

»Wann wird beladen?«, rief nun ein anderer Hafenarbeiter, der eine letzte Kiste auf dem Rücken heruntertrug.

»Erst morgen, für heute ist Schluss«, freute sich der Quartiermeister. »Bei dem Südwind glaube ich auch kaum, dass wir zügig wieder ablegen können.«

»Ihr solltet auf die Bora warten.«

»Ach, lasst die Winde Winde sein, zeigt mir lieber den Weg zu den Herbergen, in denen das Leben lebt. Denn ich mag meine Jahre auf dem Buckel haben, aber nicht jeder alte Mann malt mit einem alten Pinsel.«

KAPITEL 36

Die Kurtisane

Davide setzte sich um die elfte Abendstunde an den gedeckten Tisch seines Palazzos, dessen Dimensionen ihm immer noch etwas unheimlich waren. Es gab geschmorte Taube mit Olivenöl, Brot und geriebenem Käse. Aber ohne Pfeffer.

»Diese Sache mit dem Pfeffer nehme ich den Schuldigen langsam persönlich krumm«, knurrte Davide.

»Ich sehe, dass Ihr Euren Humor nicht verloren habt«, freute sich Eppstein, der zu Gast war.

Zu weiteren Scherzen war Davide allerdings nicht aufgelegt. Er stocherte mit wenig Appetit in seinem Essen herum und verschmähte den Wein gänzlich. »Verzwickte, böse Sache«, murmelte er.

»Das ist unbestritten.«

»Wo kann Veronica sein?«

»Fragt Euch lieber, wer dahintersteckt. Das führt Euch auf schnellerem Weg zu Eurer Signora.«

»In Venedig hat der Doge nicht viele Feinde.«

»Man weiß um seine eingeschränkte Macht«, stimmte Eppstein zu.

»Weiß man es auch im Ausland?«

Eppstein hob die Schultern.

»Seid Ihr auch der Meinung, dass es die Ausländer sind, die das Pfeffermonopol brechen wollen?«

»Das halte ich für möglich.«

»Also sollte ich mir jene Vertreter vornehmen, welche die Macht dazu haben.«

Eppstein nickte. »Das wäre das Klügste.«

»Ich habe da sogar eine Idee. Hasan, ich kann dir nicht ersparen, noch einmal vor die Tür zu gehen. Du musst unserem Luca einen dringenden Auftrag überbringen, den er sofort erledigen soll.«

Davide schrieb ein paar Zeilen auf ein Stück Papier und gab es seinem Diener.

Nachdem Hasan das Haus verlassen und Eppstein sich auf den Rückweg ins Ghetto gemacht hatte, streifte Davide durch die nächtlichen Gassen der Stadt, einerseits Klarheit im Kopf suchend, andererseits die Hoffnung nicht aufgebend, doch noch Veronica wie durch einen ungeheuren Zufall zu finden. Die Gässchen und Campi waren noch belebt, es herrschte eine summende Vorfreude auf die bevorstehenden karnevalistischen Festlichkeiten, die jedes Jahr früher zu beginnen schienen. Und diese erwartungsfrohe Atmosphäre passte so gar nicht zu Davides Düsternis und Verwirrung.

Als er zurückkam, fand er in seinem Palazzo eine eigenartige Szene vor: Hasan und Luca redeten verzweifelt und gestenreich auf eine Person ein, die auf einem Stuhl mit dem Rücken zu ihm saß und deren Frisur wie eine gewaltige gelbe Wolke über der Rückenlehne schwebte und unter ihrer energischen Stimme erzitterte. Das Nächste, was Davide sogleich wahrnahm, war ein dichter Nebel aus Jasmin und Rosenblättern; es musste das Parfüm der Dame sein.

»Wenn sich das als schlechter Scherz herausstellt, dann werdet Ihr es büßen!«

»Beruhigt Euch, er wird bestimmt gleich hier sein«, beschwichtigte Hasan die Dame.

»Das will ich Euch auch raten. Ich bin ganz anderen Umgang gewohnt, müsst Ihr wissen.«

Als Davide im Türrahmen erschien, blickten Luca und Hasan erleichtert auf, und auch der Gast drehte sich um.

»DAVIDE!«, kreischte der Gast entzückt.

Der Angesprochene blickte in ein breites Lächeln, weiße Zähne, die von dicken roten Lippen umrahmt wurden, über denen eine spitze Nase saß. Beinahe der gesamte Raum wurde durch die kugelrunden hellblauen Augen beleuchtet, die, um ihre Wirkung noch zu betonen und das Licht gewissermaßen zu bündeln, von tiefschwarzer Schminke eingefasst waren. Das ganze Gesicht blitzte und funkelte wie ein wertvoller Stein.

»Martinique!«, lächelte Davide.

Sie sprang auf, stürmte auf Davide zu und drückte ihn an ihren Busen, welcher nicht klein war. Ob Martinique ihr richtiger Name war, wusste niemand, vermutlich wusste sie es selbst nicht mehr. Sie war eine der prominentesten Kurtisanen der Stadt, eine lokale Berühmtheit, auch wenn nur eine Hand voll feiner Herren sich ihre Dienste leisten konnte. Warum sie für ihre Dienste Fabelpreise verlangte, war jedem Betrachter auf den ersten Blick klar.

»Ich wusste von Eurer Begnadigung und habe mich sehr gefreut.« Noch einmal drückte sie ihn an sich, auf eine schwer zu bestimmende, doch anzügliche Art. Sie macht alles, raunte man sich über sie zu. Sie macht es gut. Und sie macht es gern.

»Tut mir einen Gefallen, wundervolle Martinique.«

»Jeden, den Ihr wollt. Ihr kennt mich doch.«

Es zahlte sich nun aus, dass Davide ihr einst einen garstigen Freier, einen wohlhabenden Tuchhändler aus Verona, mithilfe des friulanischen Türstehers vom Hals geschafft hatte. Der Tuchhändler hatte sie mehrfach geschlagen, bis Davide, damals noch ein reicher Venezianer, ihm unmissverständlich gedroht hatte. Als das nichts nützte, schickte Davide den Friulaner, und seitdem hatte der Freier die Lust aufs Verprügeln von Frauen verloren. Außerdem musste er seither mit der linken Hand schreiben.

»Ich weiß, dass zu Euren Kunden der französische Botschafter gehört.«

»Arnaud de Ferrier! Ja, er macht mir regelmäßig seine Aufwartung und bringt mir immer Blumen mit. Die guten aus Flandern. Ein ganz außergewöhnlicher, feiner *signore*.«

»Und Ihr müsst bei ihm nicht Euren französischen Akzent vortäuschen.«

Martinique ließ ihr glockenhelles Lachen erklingen, wie es nur Menschen fertigbringen, die völlig mit sich im Reinen sind. Martinique war als Elfjährige in ein Nonnenkloster bei Vicenza gekommen, das sich bald zu einem der einträglichsten Klöster des italienischen Nordens entwickeln sollte. Denn die Äbtissin besaß eine kreative Vorstellung vom geistlichen Leben und machte aus dem Kloster eines der berühmtesten Bordelle zwischen Mailand und Wien, strategisch exzellent an den Verbindungsstraßen der Kaufleute gelegen. Sie stellte ihren Novizinnen allerdings frei, ob sie an dem profitablen Nebenerwerb teilhaben wollten oder nicht. Die meisten waren ohnehin nicht aus Überzeugung in den Dienst am

Herrn eingetreten, sondern weil die Eltern eine Esserin weniger am Tisch haben und eine Mitgift zur Hochzeit weniger entrichten wollten, und standen daher anderen Ideen vom Ordensleben aufgeschlossen gegenüber.

»Habt Ihr etwas Außergewöhnliches festgestellt?«

»Ihr meint, außerhalb des Bettes?«

»Ja, außerhalb des Bettes.«

Martinique erwies sich bald als die tüchtigste Nonne von allen und wuchs zu einer betörenden jungen Dame heran. Ob sie inzwischen dreißig oder vierzig Jahre alt war, konnte niemand sagen; auch ohne Hilfsmittel und Puder sah sie zauberhaft aus, wie ein paradiesischer Vogel mit buntem Gefieder, an dem man sich nicht sattsehen konnte.

»Ihr wisst, dass ich nie über meine Kunden rede. Andererseits bin ich dagegen, Prinzipien mit zu Davide Venier in seinen Palazzo zu nehmen.«

»Das ist sehr freundlich von Euch, liebe Martinique.«

»Nun, ich bin niemand, der seinen Köcher für jeden Pfeil öffnet, wenn Ihr versteht, was ich meine. Und ich bin auch jemand, der sehr genau hinhört. Und mir ist durchaus bewusst, dass Dinge passieren, die zumindest eigenartig sind.«

»Das ist sehr klug beobachtet, liebe Martinique.«

»Der liebe Arnaud trifft sich neuerdings jeden Mittwoch in der französischen Botschaft zu einer, wie soll ich sagen, Versammlung, an der viele Ausländer teilnehmen.«

»Für einen Botschafter eines fremden Landes nicht ungewöhnlich«, bemerkte Davide.

»Und doch geht er stets äußerst erregt dorthin und kommt nicht weniger erregt von dort zurück. Weil ich den lieben Arnaud ansonsten als ausgeglichenen Menschen kenne, für den seine repräsentativen Aufgaben keine große Last darstellen, war ich doch recht verwundert.«

»Seit wann gibt es diese Versammlungen?«

»Seit Anfang des Jahres.«

Davide blickte Hasan an. Der nickte. Ob nun Zufall oder nicht: Seit Anfang des Jahres war der Pfeffer knapp.

»Was wisst Ihr sonst?«

»Arnaudchen machte immer ein großes Geheimnis aus diesen Treffen, aber einer Martinique macht keiner was vor. Ich spürte ihm nach und kann Euch nun sagen, wo sie sich treffen.«

»Wunderbar, meine liebe Martinique. Sagt mir alles, was Ihr wisst.«

Martinique warf sich in Pose, denn sie genoss den Umstand, dass ihr gleich drei Männer erwartungsvoll an den Lippen hingen. Ausnahmsweise nicht wortwörtlich, sondern bildlich.

KAPITEL 37

Die Beladung

Wieder einmal hatte Hasan ganze Arbeit geleistet. Davides Haar kunstvoll in Unordnung gebracht und seine Augenringe mit Kohle wirkungsvoll herausgearbeitet. Wer nicht allzu genau hinsah, nahm ihm den Hafenarbeiter durchaus ab. Die Beladung der französischen Schiffe sollte tatsächlich gleich am nächsten Morgen erfolgen, da die Winde in der Nacht günstig zum Aufbruch gedreht hatten. Bald würde der Winter kommen, und dann wagte sich kaum mehr einer quer übers unberechenbare Mittelmeer.

Als Davide den zerlumpten Umhang überwarf, war die Verkleidung nahezu perfekt. Noch fünf Tage blieben ihm, Veronica zu finden oder das Undenkbare zu tun und den Dogen zu töten. Der heutige Mittwoch war ein wichtiger Tag. Denn am Abend würde jene geheimnisvolle Versammlung im Palazzo des französischen Botschafters stattfinden, von der ihm Martinique berichtet hatte.

Es war ganz früh am Morgen und kalt, aber sonnig und windstill, als Davide zu Fuß den Pier erreichte, wo der Quartiermeister bereits am Einweisen war. Er nickte Davide zu und wies mit dem Kinn auf eine Gruppe, die soeben im Lagerhaus verschwand.

»Was schleppen wir denn heute den Franzmännern auf die Decks?«, fragte Davide leutselig.

»Salz«, knurrte einer der Dockarbeiter und rollte mit Davides Hilfe eines der Fässer aufs *carrello*. Dann stemmten sie die Griffe nach unten, und die Räder konnten sich bewegen. Davide blieb bei den Fässern, während sich der Dockarbeiter auf den Weg zur Passerella machte. Davide tat so, als würde er ein weiteres Fass zum Abtransport bereit machen, stattdessen öffnete er eines der Fässer mit einem kleinen Stemmeisen. Es knirschte furchtbar, aber die anderen Dockarbeiter und der Quartiermeister waren gerade an Deck. Kein Zweifel, in den Säckchen befand sich Salz.

Die beiden für die Schiffe zuständigen Zöllner waren eingetroffen, gingen mit dem Quartiermeister ins Lagerhaus, ließen sich die Fässer zeigen und ordneten die Öffnung zweier Stichproben an.

Davide hielt sich abseits und sah, wie der Quartiermeister zwei Säckchen mit Dukaten hervorholte, die er den Zöllnern mit einer geübten Bewegung zusteckte und welche die Zöllner mit einer ebenso geübten Bewegung in ihren Taschen verschwinden ließen.

Eine Bestechung war nichts Ungewöhnliches, und schon gar nicht bei venezianischen Zöllnern. Aber dass sie gleich zweimal erfolgte, ließ Davide stutzig werden. Verbarg sich unter dem Salz etwas anderes? Möglicherweise wiederum Pfeffer, der völlig von Venedigs Märkten verschwunden war? Doch um das herauszufinden, musste Davide eines der Fässer aufbrechen, vor allem eines von jenen, die ganz hinten gelagert waren.

Und um das zu tun, gab es nur eine Möglichkeit.

Nachdem die letzten Fässer verladen waren, gingen die Hilfsarbeiter von Bord und bildeten sofort eine aufgeregte Traube rund um den Quartiermeister, verlangten ihren

Lohn und versuchten bis zum letzten Augenblick, einen oder zwei Dukaten mehr herauszuschlagen. Umgekehrt behielt der Quartiermeister im Chaos einen kühlen Kopf und versuchte seinerseits, den vereinbarten Preis zu drücken, sodass man sich am Ende doch wieder in der Mitte traf. Es war ein Spiel, ja ein regelrechtes Ritual, das sich mit der Regelmäßigkeit von Ebbe und Flut wiederholte und ohne das der Arbeitstag nach Meinung aller nicht vernünftig ausklang.

Davide war der Tumult nur recht. Er hatte beim Verstauen der Fässer darauf geachtet, eine kleine Nische frei zu halten, gerade groß genug, damit sich ein Mann dort verstecken konnte.

Und genau das tat Davide, als seine Kollegen von Bord gegangen waren.

Während draußen noch gefeilscht wurde, brach er eines der Fässer auf, das ihm bis zur Hüfte reichte. Drinnen fand er, wie erwartet, Salz, eingeschlagen in Leinen und Segeltuch, um es vor der Feuchtigkeit zu schützen und das wertvolle Gewürz schön körnig in den Häfen Europas ankommen zu lassen. Mit einem Messer stach er Sack um Sack auf. Der Lärm der Hilfsarbeiter wurde schwächer, die Matrosen scherten sich aber nicht um den Laderaum und waren an Deck zugange, um die schwere Galeere bereit zum Ablegen zu machen.

Als Davide sich etwa zu einem Drittel vorgearbeitet hatte, wurde er stutzig. Einer der Säcke, die er nun griff, fühlte sich anders an. Er schnupperte daran, dann schlitzte er ihn auf. Aus ihm rieselten Pfefferkörner und klackerten auf die Planken.

»*Allez-y*, holt die Passerella ein!«, rief der Kapitän auf dem Oberdeck.

Das war sein Stichwort. Er griff sich noch ein Säckchen Pfeffer und schob es sich unter den Umhang.

»*Messieurs.*« Er trat an Deck, grüßte höflich links und rechts und lief flink im letztmöglichen Augenblick über die Passerella ans Ufer.

Die Matrosen waren zu verdutzt, um zu reagieren oder sich auch nur laut zu wundern, und sahen der seltsamen Gestalt mit offenen Mündern nach. Der französische Kapitän rief noch etwas, doch sowohl Davide als auch die Rudergaleere entfernten sich unaufhaltsam vom Pier, der eine zu Land, die andere zu Wasser.

KAPITEL 38

Beim französischen Botschafter

Sofort begab Davide sich ins Sestiere San Marco. Er hatte den zerlumpten Umhang abgestreift und in einer Gasse entsorgt. Mit seinem Tabarro, den er darunter getragen hatte, sah er schon deutlich manierlicher aus, trotz des fleckigen Barts und der zerrupften Frisur. Auf dem Weg kam er an einem kürzlich eröffneten Bordell vorbei, das offiziell als Versammlungshaus der Gottesfürchtigen Schwestern der Heiligen Hand firmierte. Vor dem Eingang stritten sich zwei Kurtisanen mit zwei Freiern, denn der eine wollte die andere, und der andere wollte sie auch.. Doch in Venedig redeten die käuflichen Damen, die etwas auf sich hielten, durchaus mit und behielten sich vor, die ausgehandelten Preise anzupassen, falls die Arbeit nach Unbehagen oder zumindest weniger Freude aussah.

Es war neblig, aber das war ganz sicher kein venezianischer Nebel. Denn dieser Nebel war warm und roch stark, aber anders als Rauch, der von Feuerholz herrührt. Doch wie der Rauch eines Kamins mit schlechtem Abzug biss der Qualm in den Augen. Davide blinzelte und sah lange nichts.

Die französische Botschaft war, wie alle Botschaften der christlichen Staaten in Venedig, kein besonders imposanter Bau: ein zweistöckiger, windschiefer Palazzo mit bröckelndem Mauerwerk, milchigem Fensterglas und einer Tür, deren Riegel leicht und völlig geräuschlos aufzuhebeln gewesen war. Generell waren fest etablierte Botschaften eine recht neue Angelegenheit; zuvor hatte man sich mit Gesandten und Kurieren begnügt. Die Botschafter hatten mittlerweile viel Macht, aber noch wenige Möglichkeiten, sie zu zeigen.

Ein schmaler Flur, in dem einige Kerzen leuchteten, führte in einen größeren, aber keineswegs imponierenden Versammlungsraum, der gut beleuchtet, jedoch sehr nachlässig möbliert war. Und statt auf eine zum Abendessen versammelte Gesellschaft zu treffen, wie es Davide erwartet hatte, standen vier Personen um einen Tisch herum und rauchten. Einer davon war Arnaud de Ferrier, ein schmaler, stolzer Mann mit extravaganter Kleidung und viel Schmuck an den Händen. Zwei andere Männer schienen ihrer Kleidung nach Italiener zu sein, ein vierter, der Wortführer des Grüppchens, trug einen auffälligen Seidenschal, genau, wie ihn Eppstein beschrieben hatte.

So also roch Tabak, dieses Kraut aus der Neuen Welt, dachte Davide noch, als er zwei schwere Hände auf beiden Schultern spürte. Er machte sich nicht einmal die Mühe, sich umzudrehen. Die Hände beförderten ihn nach vorn, direkt zur Gruppe.

»Wollt Ihr uns nicht Gesellschaft leisten, Herr Venier?«, fragte der Seidenschal.

Hatte Martinique ihm eine Falle gestellt? Aber was machte das schon für einen Unterschied. Die anderen drei hatten mit dem Besuch offenbar nicht gerechnet und schauten ihn entgeistert an. Die Hände, die ihn ins Licht bugsiert hatten, verzogen sich wieder in den Schatten.

»Was ist mit Eurem Bart passiert? Ihr seht etwas derangiert aus.«

Man hatte ihn erwartet, und man kannte seinen Namen. Davide hatte es zuvor nur geahnt, aber nun war ihm klar: Diese Männer waren für Veronicas Verschwinden verantwortlich.

»Wie geht es ihr? Wo ist sie?«

»Signora Bellini geht es gut, und sie ist an einem völlig sicheren Ort, wo sie zuvorkommend behandelt wird.«

»Ist sie hier in Venedig? Seit wann ist sie in Eurer Gewalt?«

Der Seidenschal, der seinem Akzent nach ein Portugiese war, lächelte.

Davide zückte sein Stilett und bohrte es durch die Kleidung und den Seidenschal an die Brust des Portugiesen.

»*Mon Dieu*!«, stieß Arnaudchen hervor, »*o dio*«, stöhnten die beiden Italiener und traten einen Schritt zurück.

»Sollte ihr etwas geschehen, so wird auch Euch etwas geschehen. Und es macht mir nicht das Geringste aus, für den Mord an Euch ins Gefängnis geworfen oder hingerichtet zu werden.«

Einige Gestalten – jene, die ihn nach vorn geschubst hatten – lösten sich aus dem Hintergrund und kamen auf Davide zu. Es waren, wie Davide nun ohne große Überraschung feststellte, ziemlich miese Typen mit ziemlich schlechter Laune, die ihre Fäuste offensichtlich selten unterm Tabarro trugen.

Der Portugiese behielt sein Lächeln und gab den Schlägern zu verstehen, sich zurückzuhalten. »Ihr seid klug genug zu wissen, dass alles Unangenehme, was hier passieren sollte, zum sofortigen Tode der Signora Bellini führen wird. Was sagt Ihr zu einem kleinen Spaziergang? Nur wir beide?«

Davide steckte sein Stilett weg. Er hatte keine Wahl, musste abwarten und versuchen, dem Portugiesen möglichst viele Informationen zu entlocken.

Die beiden verließen die Botschaft und schlenderten wie vertraute Kaufleute die Piere entlang. Davide versuchte, seine Wut zu zügeln. In seinem Kopf arbeitete es. Er hatte den Schlüssel zu Veronicas Freiheit – er ging sozusagen gerade neben ihm –, doch der Mann war viel zu schlau und viel zu skrupellos, als dass ihm ein Stilett am Hals Angst gemacht hätte. Einerseits musste Davide auf Zeit spielen, um mehr über den Mann zu erfahren. Andererseits hatte er genau das nicht: Zeit.

»Es ist durchaus in meinem Interesse, dass Signora Bellini diese etwas unschöne Episode unbeschadet übersteht.«

»Wie auch immer diese Sache ausgeht: Ich möchte Euch tot wissen.«

Der Portugiese lachte herzlich. »An Eurer Stelle würde ich vermutlich genauso denken.«

»Was bezweckt Ihr mit Euren Missetaten?«

»Mehr, als Ihr glaubt.«

»Was meint Ihr damit?«

»Seien wir doch ehrlich: Ein Calaspin, ein Grattardi, ein Alvise Mocenigo – sind diese Buchhalter wirklich in der Lage, ein venezianisches Imperium zu verteidigen? Ihr wisst es doch selbst, seid ein weit gereister, kluger Mann.«

»In den letzten Jahren und Jahrhunderten sind wir mit unseren vermeintlichen Buchhaltern gar nicht schlecht gefahren.«

»Aber die Zeiten haben sich geändert. Zypern hat man

Euch genommen, und wie es heißt, zahlt Euer Doge schon wieder Gelder an die Osmanen, um die Handelswege offen zu halten. In weniger als einer Generation ist Eure Serenissima zerbröselt und hält sich allenfalls noch in der Lagune. Vielleicht werden ein paar Reisende kommen und Eure hübschen Palazzi und Kanäle bewundern. Wahrscheinlicher aber ist, dass Euch die Türken überrennen und vernichten.«

»Die Seeschlacht vom Oktober hat das Gegenteil bewiesen. Ihr habt davon gehört, nicht wahr?«

Der Portugiese lächelte. »Bei einer Niederlage Eurer Flotte gegen die Türken wären wir schon längst zur Tat geschritten, und wir hätten uns all diesen unangenehmen Zinnober ersparen können.«

Sie passierten eine Herberge für ausländische Kaufleute, vor der zwei Gäste mit eigenwilligen, pyramidenförmigen Hüten mit einem Zwerg stritten. Ja, es war ein Zwerg, höchstens vier Ellen hoch, der in schönstem Venezianisch auf eine bestimmte Zahlung pochte, während die beiden Ausländer ihn mit Gewürzen zu bestechen versuchten, von Zimt und Muskat war die Rede. Unter anderen Umständen hätte Davide genauer hingehört, doch in diesen Minuten hatte er Wichtigeres im Kopf.

Der Portugiese zog nun wieder an dem eigenartigen Stein mit einem länglichen Mundstück, aus dem beständig dünner Rauch stieg. »Nach allem, was wir wissen, rauchen es die Ureinwohner des neuen Kontinents schon seit Tausenden Jahren«, wechselte er das Thema. »Sie nennen es Tabak, und sie stopfen es in diese kleinen Pfeifen.«

»Ich habe schon davon gehört. Es stinkt fürchterlich.«

»Nur wenn Ihr es nicht selbst konsumiert. In zehn,

zwanzig Jahren wird dieses Kraut die neue Macht auf dem Weltmarkt sein und den Venezianern endgültig das Genick brechen.«

Ein Betrunkener fiel wenige Schritte vor ihnen zu Boden, ungebremst mit dem Gesicht voran. Davide half ihm auf und sah, dass der Mann sich nicht ernsthaft verletzt hatte, weil Betrunkene tatsächlich einen Schutzengel zu haben schienen. Er platzierte den Saufbruder auf die windgeschützten Stufen eines Palazzos, wo dieser, den Kopf auf den Knien, seinen Rausch ausschlafen konnte. Dann setzten die beiden ihren Weg fort.

Der Portugiese hatte die Szene ungerührt beobachtet und einfach weiterreferiert: »Schon jetzt sind die Gewinnspannen fabelhaft. Falls Ihr Geld übrig habt, kann ich Euch günstige Passagen auf Kredit vermitteln. Es ist eine potente Droge und kommt aus der Neuen Welt. Und weder Ihr noch die Osmanen habt in jenem Teil des Meeres Zugriff auf die Handelsrouten, und erst recht nicht diese lästigen dalmatischen Piraten.«

»Immer vorausgesetzt, das Kraut findet so viele Freunde, wie Ihr glaubt, und, was vielleicht noch wichtiger ist, die Pflanze lässt sich nicht in Europa anbauen.«

Der Portugiese lachte. »Nun, das stimmt, ein wenig Ungewissheit ist bei meiner Prognose wohl dabei, wie es Prognosen ja eigen ist. Daher kümmern wir uns hier und heute um den Pfeffer. Aber Ihr solltet von dem Tabak kosten und Euch von seiner beruhigenden und zugleich belebenden Wirkung überzeugen.«

Davide blickte skeptisch.

»Die Wilden rauchen die Pfeifen wie Kamine und pflegen das gemeinsame Rauchen auch nach einem Vertragsabschluss und beim Aushandeln des Friedens. Sie machen daraus eine regelrechte Zeremonie.« Der Portugiese reichte Davide die Pfeife.

Er betrachtete sie eingehend, befühlte den rötlichen, warmen Stein.

»Die Wilden modellieren sie in den schönsten Formen: als Adler, als Raubkatze, Frosch, Eichhörnchen, Schildkröte, Fisch oder als Otter. Diese hier ist eine ganz schlichte Pfeife für uns Christenmenschen, die wir keine Tiergötter anbeten. Doch für die Wilden ist es ein magisches Instrument. Weiter im Süden des Kontinents, wo die Spanier ihr Gold holen, wickeln sie den Tabak sogar nur in Blätter ein und zünden das eine Ende an. Sie nennen es *zigarra.*«

Davide zog an der Pfeife und hustete. Daran würde er sich in seinem Leben wohl nicht mehr gewöhnen. Auch spürte er nichts von einer belebenden oder beruhigenden Wirkung.

»Also haben wir einen Vertrag?«, fragte der Portugiese.

»Einen Vertrag, besiegelt nach Art der Wilden? Gar nichts haben wir.«

Der Portugiese nahm die Pfeife und zog lange daran, und seine Augen wurden ganz glasig. Mit etwas belegter Stimme wandte er sich an Davide. »Ob Ihr wollt oder nicht«, sprach er nun ganz langsam, »wir haben eine Abmachung. Und die Zeit ist nicht auf Eurer Seite.«

»Was ist mit den Kaufleuten?« Auch hier war es eher Ahnung als Gewissheit, die Davide zu dieser Frage veranlasste. Doch hinter so vielen unaufgeklärten Todesfällen konnte nur ein mächtiger Verbund stecken.

»Welche Kaufleute?«

»Warum mussten fünf Venezianer sterben?«

»Ach, die Kaufleute. Ja, wisst Ihr, mein lieber Venier, um den Pfeffer aufzukaufen, brauchten wir viele, viele Zwischenhändler, denn wir hätten ja schlecht selbst in Aktion treten können. Das hätte doch sehr viel Verdacht erregt.«

»Also nahmt Ihr Kaufleute aus der Stadt.«

»Wir boten ihnen über Mittelsmänner ein gutes Geschäft an. Doch viele von ihnen witterten ein noch besseres Geschäft, weshalb sie Pfeffer unterschlugen und horteten.«

»Und was sollten die gebrochenen Finger an der linken Hand?«

Der Portugiese lachte. »Eine Idee, die Euch auf eine falsche Fährte locken sollte. Bei all den Religionen, Zünften und Geheimbünden in Venedig wollten wir Eure Spione an der Nase herumführen.«

»Schön, dass Ihr das alles amüsant findet.«

»Ach, Venier, nun plappert nicht so sentimental.«

Davide ballte zum wiederholten Mal die Faust. Wie befriedigend es wäre, diesem Kerl das Stilett in den Leib zu rammen! »Nun gut, ich töte den Dogen. Was passiert dann?«

»Tötet Ihr den Dogen, so werdet Ihr reicher belohnt, als Ihr Euch das je vorstellen könnt. Ihr habt nichts, rein gar nichts zu befürchten, denn an die Stelle des Dogen wird ein uns genehmer Herrscher treten. Einer, der auch Euch verschont, und einer, der mit harter Hand gegen die Osmanen auftritt.«

»Wer wird das sein?«

»Das zu sagen, bin ich nicht befugt.«

»Apropos befugt: Wer steckt hinter all dem?«

»Das zu sagen, bin ich nicht befugt.«

Eine vertraute Gestalt kam ihnen entgegen. Es war die dicke Bertha. Ausgerechnet. Davide war kurz verwirrt, denn er hatte sie mittlerweile doch ziemlich oft gesehen.

Natürlich, Venedig war klein. Viele Menschen, wenig Raum. Dennoch … Aber bald konzentrierte sich Davide wieder auf das, was wirklich wichtig war: Wie er und vor allem wie Veronica aus dieser Sache herauskommen konnten.

Der Portugiese und Davide nickten ihr zu, wie man es eben tat, wenn einem eine Dame entgegenkam, mochte sie auch von geringem Ruf sein.

»Zielt Ihr nicht vielmehr auf die Instabilität unserer Stadt ab?«

»Oh, nein, wirre Zustände sind immer schlecht fürs Geschäft! Erst die Pax Romana ließ die Römer reich werden. Bedenkt, wie die Schiffsverbindungen übers Meer bei jedem inneren und äußeren Konflikt zum Erliegen kamen und die verfluchten Piraten erstarkten, sobald die Ordnungsmächte schwach wurden. Wer kann das wollen?«

»Ihr dreht ja am ganz großen Rad mit dieser Verschwörung. Wer groß spielt, scheitert groß.«

»Wie auch immer: Ihr könnt doch nur gewinnen«, sagte der Portugiese. »Tötet Ihr den Dogen, werdet Ihr reich. Tötet Ihr den Dogen nicht, dann lebt Ihr Euer Leben ungefährdet weiter, und so klug, wie Ihr seid, werdet Ihr irgendwann auch reich. Aber dann werdet Ihr Eure Signora Bellini nicht wiedersehen. Immerhin gibt es in Venedig doch viele …«

»Redet nicht weiter, oder ich werde Euch sofort richten.«

Der Portugiese hob abwehrend die Hände. »Ich weise noch einmal darauf hin, dass mein Tod auch Signora Bellinis Tod bedeutet.«

Davide atmete durch, obwohl es ihm schwerfiel, sich zu

beruhigen. Ihm kam eine vage Idee. »Wenn Ihr mich also wollt, dann hört meine Bedingungen.«

Der Portugiese blieb stehen. »Ihr seid mutig, also sprecht.«

»In dem Moment, in dem der Doge stirbt, will ich meine Veronica wiederhaben. Und keine Minute später.«

Der Portugiese wollte etwas erwidern, doch Davide ließ es nicht zu. »Garantiert Ihr mir das? Denn wenn ich den Anschlag begehe, brauche ich die Sicherheit, zügig handeln zu können, trotz Eurer Beteuerungen. Euch ist doch klar, dass mein Leben trotz Eurer großen Pläne dann höchst gefährdet ist.«

Der Portugiese dachte nach. »Ja, ich verstehe das. Übereifrige Wachen, der alten Regierung treu, könnten Euch angreifen, noch bevor die neuen Mächtigen installiert sind. Aber woher weiß ich dann, dass der Doge tot ist?«

»Ganz einfach: Ihr werdet meine Geisel und seid beim Mord des Dogen zugegen.«

Der Portugiese lachte.

»Es ist mein voller Ernst«, insistierte Davide. »Ist es Euch das wert?«

Der Portugiese lachte auf. »Also gut, das ist es mir wert. Selbstverständlich will ich mich persönlich davon überzeugen, dass der Doge wirklich tot ist. Denn in Verkleidung und falschem Spiel seid ihr Venezianer ja Meister.«

»Und Ihr werdet den Euren ein Zeichen geben, dass der Doge tot ist, und Veronica kommt auf der Stelle frei.«

»Das werde ich tun.«

»Gebt mir einen Tag.«

Der Portugiese grinste, denn für ihn schien alles wie ein

großes Spiel zu sein. »Ihr seid ein harter Verhandlungspartner.«

»Ich bin der Sohn eines venezianischen Kaufmanns. Was erwartet Ihr?«

KAPITEL 39

Der Mord am Dogen

Der Doge kicherte.

Und dann lachte er. Er lachte so herzlich, dass ihm die Tränen aus den Augen perlten und über die Wangen rollten. Ja, wirklich – so hatte er nicht gelacht, seit er die schwere Aufgabe übernommen hatte, die Serenissima zu repräsentieren.

»Ich wusste, dass die Indienstnahme Veniers einige Überraschungen für uns bereithalten würde, doch mit dieser war wohl nicht zu rechnen«, gluckste er und blickte Eppstein, der vor seinem Schreibtisch stand, mit feuchten Augen an. »Ich fasse zusammen: Ihr wollt mich ermorden, und ich soll einwilligen.«

»Genau so ist es«, nickte Eppstein.

»Und das ist Euer Ernst, oder handelt es sich um einen Karnevalsscherz?« Der Doge tupfte sich das Gesicht mit einem Tuch trocken.

»Wir werden damit eine Verschwörung aufdecken, wie sie Venedig noch nie erlebt hat. Und danach werdet nicht nur Ihr mächtiger sein als je zuvor, sondern auch unsere geliebte Heimatstadt. Und Euer Name wird in den Geschichtsbüchern gepriesen.«

Der Doge winkte ab, denn Pathos mochte er nicht. Er griff nach seiner Kappe und platzierte sie vor sich auf den Tisch. »Nun, werter Eppstein, mein Vertrauen in Eure

Künste ist nahezu grenzenlos. Ihr habt den Wundbrand meines Sohnes erfolgreich bekämpft. Inzwischen erfreut er sich bester Gesundheit, gegen jegliche Prognose unserer eigenen Ärzte.«

Eppstein verbeugte sich.

»Und wer die Schmerzen meines Weisheitszahns stillen kann, für den ist es wohl ein Leichtes, mich in einen tiefen Schlaf zu schicken. Doch erklärt mir noch einmal genau, was Ihr mit mir vorhabt.«

»Etwas Wein und die gestoßenen Blüten des Roten Fingerhuts. Euer Herz wird schneller schlagen, und dann wird es für ein paar Minuten sehr langsam schlagen. So langsam, dass Euer Puls und Euer Atem nicht mehr fühlbar sind. Ihr werdet in einen Schlaf sinken, aus dem Ihr nach wenigen Minuten ganz erquickt erwacht.«

»Habt Ihr das schon öfter gemacht?«

»Nun ja. Ähem. Nein. Ich habe die Dosierung an mir selbst ausprobiert.«

»Berichtet mir noch einmal von der Verschwörung«, forderte Alvise Mocenigo den Arzt auf.

Dieser referierte, was Davide herausgefunden hatte: dass der Auftrag zum Mord von den Portugiesen gekommen sei, vermutlich auch von den Franzosen und einigen anderen Mächten. Er legte dar, worum es sich bei dem Pfefferkomplott handle, in welchem Zusammenhang es mit dem Mordauftrag stehe und warum bereits fünf Kaufleute hatten sterben müssen. Davide sei sich sicher, dass es darum gehe, Venedigs Stabilität als Staat ins Wanken zu bringen, zu einem Zeitpunkt, da man von der Seeschlacht gegen die Osmanen so bitter geschwächt sei.

Der Doge hörte aufmerksam zu und nickte dann. »Aber warum tun wir nicht bloß so als ob?«

»Wir müssen herausfinden, ob nicht auch oberste Kreise der Serenissima und manche Eurer engsten Vertrauten zu den Verschwörern gehören. Und wir werden das nur eindeutig feststellen können, wenn Ihr diesen Trank zu Euch nehmt und in einen dem Tode ähnlichen Schlaf fallt.«

Der Doge sah nachdenklich aus. »Eine gewisse Opferbereitschaft fürs Gemeinwohl gehört in der Tat zu meinen Pflichten. So gebt mir endlich diesen Euren Schierlingsbecher.« Und er trank den Becher in einem Zug leer. »Und nun lasst Davide und den portugiesischen Gesandten hereinrufen.«

Davide und der Portugiese traten ein und verbeugten sich.

»Nun, werter Venier, verehrter Gast, was habt Ihr für Anliegen, die ... die keinen Aufschub dulden ...« Dem Dogen schwanden bereits erkennbar die Sinne. Dann riss er die Augen weit auf, wie um den Schlaf abzuschütteln, und sank langsam vornüber auf die Papiere, die auf seinem Schreibtisch lagen.

»Gift«, erklärte Eppstein.

Der Portugiese tat einen Schritt nach vorn und fühlte an Hals und Handgelenk des Dogen nach dem Puls.

»Wenn uns diese Sache misslingt, werden wir gehängt, gevierteilt und ausgeweidet«, flüsterte Eppstein.

»Und nicht unbedingt in dieser gnädigen Reihenfolge«, flüsterte Davide zurück. »Ich hoffe, Ihr habt die Dosierung klug gewählt.«

Der Portugiese blickte auf. Das abfällige Lächeln war aus seinem Gesicht verschwunden. »Er ist tot.«

»Mein Teil der Abmachung ist erfüllt«, sagte Davide.

»Nun erfüllt Euren Teil, oder Ihr werdet in just diesem Augenblick mit aufgeschlitztem Bauch neben dem Dogen enden.«

Der Portugiese nickte. »Lasst uns nach draußen gehen.«

Auf dem Balkon des Dogenpalastes hob der Portugiese die rechte Hand, woraufhin sich aus einer Ecke des Markusplatzes ein Grüppchen in Bewegung setzte.

Auf dem Korridor vor dem Empfangsraum wurden Schritte laut. Die Tür wurde aufgerissen. Calaspin stürzte herein. »Was geht hier vor?« Entsetzt blickte er auf den Dogen, der auf seinem Schreibtisch zusammengesunken war. Er beugte sich über ihn, packte ihn an der Schulter, legte das Ohr an dessen stumme Lippen.

»Er ist tot«, sagte Davide, »und ich habe ihn getötet.«

Calaspin sah auf. Seine Augen flackerten in äußerster, an ihm so gut wie nie erkennbarer Erregung zwischen Davide, Eppstein und dem Fremden hin und her. »Seid Ihr des Wahns? Wachen!«

Davide war erleichtert, dass Calaspin kein Mitglied der Verschwörung war. Doch kam es jetzt auf jede Sekunde an.

Die Nacht war nahezu mondlos und finster, aber auf dem Markusplatz kam immer von irgendwoher Licht. Hasan hielt sich bei den Säulen unter den Prokuratien auf, als Wachleute ins Freie stürmten.

»Der Doge ist tot!«, riefen sie. »Der Doge ist tot!« Zwei von ihnen rannten sogleich auf den Campanile zu, um Anweisungen zum Trauergeläut zu geben.

Der nächtlich stille Platz geriet in Aufruhr. Hinter den Fenstern der Prokuratien wurden Lichter angezündet, Türen flogen auf, Menschen stürzten herbei.

Hasan lächelte und beobachtete die Gruppe Männer, die vom Bacino Orseolo her kommend gemessenen Schrittes auf den Dogenpalast zusteuerte. Ziemlich genau im Zentrum des Platzes blieb die Gruppe, die aus etwa einem Dutzend Männer bestand, stehen. Aus dieser Entfernung waren selbst für Hasans außerordentlich scharfe Augen zunächst nur undeutliche Schatten zu erkennen.

Einer der Schatten löste sich und kam mit unsicheren Schritten näher.

Hasan zückte sein Stilett.

Es war Veronica, eingehüllt in einen schäbigen Tabarro.

Hasan ließ das Stilett sinken. Langsam ging er auf sie zu.

Unterdessen begannen die gewaltigen Glocken des Campanile zu läuten. Die dröhnende Bronze riss Venedig aus dem Schlaf.

»Wartet, hört mich an«, beschwichtigte Davide den Kanzler. »Er ist nicht tot!«

»Was meint Ihr?«, fragte der Portugiese und zückte sein Stilett.

Doch Davide hatte den Angriff vorausgeahnt – das Stilett fiel klirrend auf den Marmorboden.

»Ihr seid wirklich von Sinnen!« Calaspin schien ausnahmsweise nicht mehr zu wissen, wo ihm der Kopf stand.

Die Schritte der Wachen waren zu hören.

»Für Venedigs Fortbestehen war es wichtig, dass wir nur wenige Minuten lang so taten, als ob er wirklich tot wäre.«

»Aber sein Atem?«

Davide lächelte, und der Portugiese hob die Fäuste.

Doch auch das hatte Davide vorausgeahnt, und sein Angreifer landete kopfüber dort, wo zuvor sein Stilett aufgeschlagen war.

Calaspin schnaubte.

Unterdessen kam wieder Leben in den Dogen. Immer noch mit dem Kopf auf der Tischplatte, stöhnte er mit einem lang gezogenen Ton auf.

Die Wachen liefen herbei und ergriffen Davide, Eppstein und den Fremden. Sahen Calaspin mit fragendem Blick an.

Ein Wachsoldat stürmte aus dem Palast. »Haltet ein, es ist alles ein Irrtum! Der Doge ist nicht tot! Er hatte nur einen Schwächeanfall!«

Und nun überschlugen sich die Ereignisse. Die Männer des Portugiesen stürzten auf Veronica zu, die nur noch wenige Schritte von Hasan entfernt war. Hasan lief Veronica entgegen, um sie zu schützen. Vor allem aber lösten sich aus mehreren Ecken des Markusplatzes Menschen, die zuvor niemand wahrgenommen hatte. Mit Knüppeln bewaffnet, umkreisten sie die Verschwörer und setzten sie fest. Und plötzlich war da auch Davide: Er flog förmlich die Stufen der Treppe zwischen Mars und Neptun herab und schloss Veronica in die Arme.

Die Bewaffneten waren *arsenalotti*, die rauen Werftarbeiter Venedigs, die Kapitän Grappasoli gegen ein paar Golddukaten Belohnung rekrutiert und auf dem Markusplatz versammelt hatte. Einige Stunden lang hatten sie dort ausgeharrt, bis Grappasoli, von Davide instruiert, die Gruppe der Verschwörer mit ihrer Geisel Veronica bemerkt und den *arsenalotti* schließlich das Zeichen zum Angriff gegeben hatte.

Die Verschwörer wurden noch auf dem Markusplatz überwältigt und in den Hof des Dogenpalastes gebracht.

Die Menschen, die wegen des Glockengeläuts zum Platz gelaufen waren, zerstreuten sich bald, weil es nichts mehr zu sehen gab, die Glocken nicht mehr aufgeregt läuteten und der Tod des Dogen offenbar eine Falschmeldung war – eines dieser vielen Gerüchte, die kurz aufflackerten wie ein Strohfeuer und ebenso schnell wieder erkalteten.

Calaspin ließ die gesamte Wachmannschaft antreten, ferner Nachrichten an alle Kuriere verfassen, denen er in dieser Nacht habhaft werden konnte. Am Ende ließ er den festgenommenen Portugiesen vorführen, der jedoch nicht bereit war, ein Geständnis abzulegen.

»Ihr müsst nicht hängen, wenn Ihr mir mehr über die Hintergründe der Verschwörung verratet«, insistierte Calaspin.

»Oh nein, das ist nicht meine Art des Spiels«, gab der Portugiese zurück. »Denn ein Platz in den Bleikammern ist doch wohl kaum besser als dieser Platz dort oben an der frischen Luft.« Ein allerletztes Mal befeuchtete er mit der Zunge seine Unterlippe.

Am nächsten Morgen bot sich den Venezianern ein schauriges Bild. Hoch oben an einem Galgen, der zwischen zwei Säulen des Markusplatzes errichtet worden war, baumelte eine Person. Niemand wusste etwas Genaues, auch die offiziellen Stellen schwiegen, was die Gerüchteküche nur noch stärker befeuerte. Einige meinten, es sei ein Franzose, andere vermuteten einen Portugiesen. Wiederum andere vertraten die Ansicht, es sei ein Attentäter, der den Dogen höchstselbst angegriffen habe und im letzten Augenblick gestoppt worden sei, möglicherweise ein osmanischer Assassine, den der Sultan geschickt habe.

Auch wenn die meisten Venezianer rätselten: Die Nachricht, die der Gehenkte aussandte, kam jedenfalls bei denen an, die sie zu deuten wussten.

Der französische Botschafter flüchtete noch in der Nacht aus Venedig und begab sich auf eine Pilgerfahrt nach Santiago de Compostela, auch die Zimmer in den Hotels, die von den Niederländern bevorzugt bewohnt wurden, leerten sich schlagartig.

In den nächsten zwei Tagen und Nächten schwärmten die Spione der Serenissima aus und töteten mehr als dreihundert Männer, tatsächliche oder vermeintliche Feinde der Republik.

Grappasoli stand, wie einige zu berichten wussten, ganz kurz vor der Aufnahme in den Großen Rat, eine Ehre, die in den letzten Jahren niemandem mehr widerfahren war, hatten sich die herrschenden Familien doch für einen Aufnahmestopp entschieden, um ihre Macht nicht noch mehr teilen zu müssen.

Und Davide? Er blieb von den Tagen und Nächten der spitzen Stilette verschont. Er feierte mit Veronica bei einem Festmahl zu zweit, das Hasan mit viel Liebe zubereitet hatte, und reichlich gutem Wein den glücklichen Ausgang der Entführung.

Und Hasan erfreute sich an seinem neuen Kleidungsstück, das er gar nicht mehr ablegen wollte. Denn bevor dem Portugiesen die Hände auf den Rücken gebunden worden waren, hatte er seinen Schal abgelegt und ihn Hasan gegeben. »Ihr und Euer Herr habt wohl gespielt, und es wäre doch zu schade, wenn dieser Schal mit mir verrotten würde. Ein wertvolles Stück aus Indien.«

Hasan hatte erst gezögert, doch dann genickt und sich den Schal wie eine Trophäe übergeworfen.

KAPITEL 40

Das Stilett

An diesem klaren, beinahe schon winterlichen Tag brachte die Sonne sogar das brackige Kanalwasser zum Glitzern. In diesen windstillen Stunden war es glatt wie Muranoglas, bis eine Gondel mit Wasser, Getreide oder Luxuswaren die kristallene Oberfläche zerteilte. Doch auch der Handel schien weniger geschäftig als sonst. Für ein paar kurze Momente wirkte Venedig ganz zufrieden und im Reinen mit sich selbst, fern schien alles Gefeilsche und Geschachere. Die Menschen waren gut gelaunt, und wie konnten sie es auch nicht sein? Der Krieg gegen die Osmanen war gewonnen, die Märkte füllten sich. Auch Pfeffer war endlich wieder zu bekommen. Und bald standen die ersten Feste des Karnevals an.

Davides Bart war wieder dicht und voll und nicht mehr zerzaust und ungepflegt, der Haarschnitt drückte zurückhaltende Noblesse aus, und die Augenringe, um die sich Hasan so sorgfältig mit Kohle bemüht hatte, waren längst verschwunden.

Barbier Giovanni behandelte die armen Tröpfe mit Zahnbeschwerden bei diesem schönen Wetter draußen vor der Tür. Unter dem beifälligen Gemurmel von Schaulustigen, die sich bei dieser Operation nur allzu gern einfanden und den Eingriff fachkundig kommentierten, rupfte er faulige Zähne.

Davide ging frohgemut durch die Gassen Cannaregios. Alles hatte sich aufs Wunderbarste gefügt. Veronica war wieder bei ihm und zudem schuldenfrei; sie hatte die Gefangenschaft bei den Verschwörern gut überstanden. Erfreulicherweise hatte man sie in dem Palazzo in Padua, in dem sie eingesperrt gewesen war, gut behandelt, eher als Gast denn als Geisel, sogar mit einer eigenen Bediensteten. Außerdem war sie keine, die über so etwas viel Schlaf verlor.

Am heutigen Abend würde es einen Festschmaus in ihrem Palazzo geben, zu dem einige Freunde eingeladen waren: Tintoretto, Hasan, Grappasoli, sogar Luca, der Gondoliere, und Oliver, der stille Fischer. Auch Calaspin und Grattardi hatten eine Einladung erhalten, aber dankend abgelehnt. Beide waren keine Menschen für Feste und Bankette, sondern eher stille, fleißige Arbeiter, die erst an Venedig und dann, wenn überhaupt, an sich selbst dachten.

In einer schmalen Gasse nicht weit von der Kirche der Heiligen Lucia kam Davide zum wiederholten Mal die dicke Bertha entgegen. Wieder einmal fiel ihm auf, wie geschmeidig sie sich trotz ihrer ungeheuren Kraft und Körperfülle bewegte. Nicht gerade grazil, aber doch federnd, beschwingt. Davide lächelte ihr freundlich zu, sie nickte zurück.

Als sie ganz eng an ihm vorüberglitt, durchströmte Davide eine heiße Erkenntnis. Nun wusste er plötzlich, was er so lange geahnt und warum er die dicke Bertha immer mit viel Skepsis betrachtet hatte!

Mit einem Ruck drehte er sich um und konnte gerade noch dem Stoß mit dem Stilett ausweichen, dessen Klinge ihm nur den Tabarro aufschlitzte. Er schlug es ihr aus der

Hand, und sie stürzte sich mit einem Aufschrei und bloßen Händen auf ihn, griff nach seinem Hals und hob ihn mühelos ein paar Zoll vom Boden empor. Sie war der geheimnisvolle Mörder der venezianischen Kaufleute! Da niemand vermutete, von einer Frau angegriffen zu werden, konnte sie die arglosen Opfer leicht überwältigen. Und genügend Kraft für den Stich durch dicken Stoff und die Rippen hatte sie allemal.

Davide versuchte, sich aus dem Würgegriff zu lösen, doch Bertha hatte ihre Hände zu einer eisernen, unerbittlichen Klaue geschlossen. Auch zwei Schläge in Richtung des Solarplexus, welche bei Männern immer so wunderbar funktionierten, verpufften im Stoff und im Fett. Erst ein Schlag gegen das Kinn ließ den Griff merklich schwächer werden. Davide sog kostbare Atemluft ein und setzte einen zweiten Schlag nach.

Der Griff löste sich, die dicke Bertha verdrehte die Augen und sank ohnmächtig zu Boden.

Davide hustete, und als er wieder ausreichend Luft in seine Lungen gepumpt hatte, schleifte er die leblose Tirolerin zum nächstgelegenen Kanal, ließ sich von zwei verdutzten Gondolieri ausreichend Tau geben – ein Dukaten für jeden verhinderte allzu neugierige Nachfragen – und verschnürte die Mörderin sorgfältig. Dann ließ er sich mit ihr zum Markusplatz fahren.

Der Gesandte der Habsburger forderte energisch die Auslieferung der dicken Bertha, die offenbar auch für einige ungelöste Delikte im Wiener Hochadel verantwortlich war. Calaspin weigerte sich und wollte sie von einem venezianischen Gericht verurteilen lassen. Allerdings könne man, wie der Kanzler dem aufgeregten Gesandten signalisierte, bei der Zahlung einer noch festzulegenden Summe von Golddukaten und mit einigen neuen, erträglicheren Zollverträgen für den Handel über die Alpen über alles in Ruhe reden.

KAPITEL 41

Schatten

Davide wachte auf und wusste einen Augenblick lang nicht, wo er war. Die schmeichelnden Seidenstoffe, die Düfte, die Deckenfresken, alles schien fremd. Doch dann stellte sich die Vertrautheit ein, und er drehte sich zu Veronica um, die neben ihm lag und ganz leise schnarchte. Sie hatte einiges an Schlaf nachzuholen.

Davide stand auf, zog sich so geräuschlos wie möglich an und schickte einen von Veronicas Dienern zum Markt, um nach *qahwe* Ausschau zu halten, diesem außerordentlich belebenden orientalischen Getränk, dessen Bohnen ganz neu auf den Verkaufstischen der Händler waren und zudem viele Dukaten kosteten.

Dann wusch er sich das Gesicht mit kaltem Wasser aus dem Messingzuber. Er hatte ziemlich unruhig geschlafen, denn ein Rätsel war geblieben und beschäftigte ihn. Der Schattendoge – wer war es? Welche noble Familie, welcher einflussreiche Kaufmann strebte nach dem *corno* des Dogen und dem wichtigsten Amt in der Stadt? Wer hatte mit fremden Mächten kooperiert, um Venedigs Herrscher zu stürzen und eine neue Dynastie zu errichten?

Marino Falier hatte es schon einmal versucht, vor vielen hundert Jahren, wie Davide wusste. Auch Falier wollte eine Erbfolge errichten, um Venedigs Stabilität zu garantieren, genau so, wie es alle anderen Stadtstaaten ja auch taten, etwa das reiche Florenz, das sich freiwillig ganz in die Hände des Medici-Clans begeben hatte. Doch Falier war gescheitert; er wurde festgesetzt und geköpft. Seine Bildnisse wurden übermalt oder verhängt, sein Name wurde aus allen Dokumenten gelöscht. Eine *damnatio memoriae*.

Wer wollte nun Doge werden? Oder gar Fürst? Wer wollte Venedig zu einem Königreich machen?

Davide sah in den Spiegel und fuhr sich durch den nassen Bart.

Und da kam ihm ein entsetzlicher Gedanke.

NACHWORT

Zur historischen Genauigkeit

Davide Venier ist eine fiktive Figur, wenngleich es Menschen wie ihn gegeben hat: Spione, Kuriere, Männer fürs Grobe im Auftrag der Serenissima. Und wie bei Davide war nicht immer klar, welche der vielen ineinander verzahnten und miteinander konkurrierenden Institutionen die Aufträge eigentlich vergab. Venedig war für seinen Umgang mit Republikfeinden berüchtigt und entledigte sich ihrer gern mittels Denunziation, Verbannung oder Stilett im Rücken.

Viel Freiheit nahm ich mir bei der Freundschaft zwischen Tintoretto, Miguel de Cervantes (dem Autor des *Don Quichotte*) und Davide. Zunächst Tintoretto: Eine Freundschaft zwischen einem Spion des Dogen und dem Maler ist nicht unwahrscheinlich. In der Enge Venedigs traf jeder mit jedem zusammen, zudem dienten sie denselben Herren. Ob und wie lange Cervantes in Venedig war, ist völlig unklar. Später mehr zu ihm.

Die beschriebenen Institutionen und Machtverhältnisse hat es genau so in der zweiten Hälfte des 16. Jahrhunderts in Venedig gegeben. Die zubereiteten Speisen, die Kleidung, die Waffen, die Handelswaren, die Usancen und die Vorschriften im Ghetto sind historisch korrekt.

Die Aufzeichnungen, die Eppstein studiert, bevor er entführt werden soll, behandeln die Erfindung des Fernrohrs, die gleich mehreren Niederländern zugeschrieben war, sich aber vermutlich erst einige Jahrzehnte später ereignet hat.

Die Familie Labia, von der Luca bei der Überfahrt erzählt, hat es tatsächlich gegeben, allerdings erst hundert Jahre später. Ihr prächtiger Palazzo ist noch heute in Cannaregio zu besichtigen. Derzeit gehört er dem Staatsfernsehen RAI, soll aber verkauft und in ein Kulturzentrum umgewandelt werden.

Für die Flottenbewegungen sowie den genauen Verlauf der Schlacht von Lepanto gibt es zahlreiche Berichte von Zeitzeugen und eine brillante Zusammenfassung des Historikers Felix Hartlaub, der selbst eine Romanfigur zu sein scheint, galt er doch als begnadeter Forscher, der in den letzten Tagen des Zweiten Weltkriegs in Berlin spurlos verschwand. Die Reiseroute der Armada ist auf den Tag genau angegeben.

Der Tritt gegen den Oberschenkel, den der Paduaner an Bord des Schiffes zeigt, ist eine beliebte Technik beim Thai-Boxen, wird aber auch in anderen Kampfsportarten gern angewandt. Er ist verblüffend effektiv.

Vermutlich befand sich Miguel de Cervantes von Anfang an auf der spanischen Galeere *La Marquésa* und stach nicht mit den Venezianern in See. Er schrieb einen ausführlichen Erfahrungsbericht über die Schlacht, der leider verloren gegangen ist. Am Tag der Schlacht war er tatsächlich, wie geschildert, krank und wurde von seinem Hauptmann aufgefordert, nicht am Kampf teilzunehmen. Doch er verweigerte den Befehl und übernahm mit zwölf Männern die Verteidigung des Schiffes vor den enternden Osmanen. Er wurde von zwei Schüssen in die Brust und von einem Schuss in die linke Hand getroffen, die dadurch für immer unbrauchbar war. »Ich opferte meine linke Hand zum Ruhm meiner rechten«, sollte er später schreiben. Er befand, die Schlacht von Lepanto sei »der schönste Tag des Jahrhunderts« gewesen, und schilderte, wie er zwischen zwei Schmerzohnmachten mit blutender Brust und zerschmetterter linker Hand die christlichen Siegesfanfaren gehört habe, wobei ihn ein tiefes Glücksgefühl durchdrang. Don Juan persönlich zeichnete Cervantes nach der Schlacht aus und erhöhte seinen Sold.

Ali Pascha wurde nicht von Bragadins Sohn geköpft, sondern von einem übereifrigen spanischen Offizier, dessen Name im Nebel der Geschichte verschwunden ist. Don Juan soll darüber sehr erbost gewesen sein, hätte er Ali doch gern lebend nach Rom oder nach Spanien gebracht, um ihn zu verurteilen. Immerhin ließ er später einen der beiden gefangen genommenen Söhne frei; der andere starb in der Gefangenschaft unter ungeklärten Umständen.

Eine große Venedig-Verschwörung hat es tatsächlich gegeben, und auch der Tod des Dogen war dabei geplant: Bei der sogenannten Spanischen Verschwörung trat im Jahr 1618 ein normannischer Söldner an die Spanier und ihre Verbündeten heran und präsentierte einen Plan zur Vernichtung Venedigs. An ein und demselben Tag sollten das *arsenale*, die Prokuratien und der Dogenpalast in Brand gesteckt, alle *nobili* massakriert werden, und die Schiffe der spanischen Kriegsflotte sollten die Transportwege unter ihre Kontrolle bringen. Nach Recherchen des britischen Autors Peter Ackroyd war der Marquis von Bedmar, der damalige spanische Botschafter in Venedig, ebenso von dem Komplott begeistert wie die Franzosen und der Herzog von Osuna, der spanische Vizekönig von

Neapel. Doch die Verschwörer wurden just zur Dogenwahl verraten, der Große Rat ergriff harte Gegenmaßnahmen. Am Morgen des 18. Mai 1618 erblickten die Venezianer zwei Leichen, die von einem Galgen zwischen den beiden Säulen auf der Piazzetta baumelten. Die Feierlichkeiten und Zeremonien rund um die Dogenwahl wurden jedoch ungerührt fortgesetzt. Bei den Leichen handelte es sich, wie sich bald herumsprach, um Franzosen. Es sprach sich ebenfalls herum, dass alle Herbergen, die bevorzugt von Franzosen belegt waren, plötzlich über zahlreiche freie Zimmer verfügten. Denn in der Nacht zum 18. Mai ertränkten Venedigs Spione mehr als fünfhundert ausländische Verschwörer in den Kanälen oder brachten sie mit ihrer Lieblingswaffe, dem Stilett, um. Der spanische Botschafter Bedmar floh aus der Stadt, und der ebenfalls verdächtige französische Botschafter unternahm sicherheitshalber eine Pilgerfahrt nach Loreto.

Heutige Historiker bezweifeln den Umfang der Verschwörung zwar, aber die politische Führung Venedigs hat nachweislich gnadenlos reagiert, um die Stadt zu retten. *Sempre crolla ma non cade,* sagt ein altes venezianisches Sprichwort: »Die Stadt kollabiert, aber sie stürzt nicht.«

Die typische Gewichtseinheit Venedigs waren *libbre.* Die sechshundert Tonnen Pfeffer, die damals pro Jahr in Venedig gehandelt wurden, wie von Grattardi erwähnt, entsprechen zwei Millionen *libbre.* Weil zu jener Zeit aber andernorts bereits »Tonnen« üblich waren, habe ich aus Gründen des Leseflusses das bekanntere Gewicht übernommen. Aber auch die damaligen Venezianer, die auf internationalen Handel spezialisiert waren, hätten damit etwas anfangen können.

Der französische Botschafter in Venedig hieß tatsächlich Arnaud de Ferrier, der von 1564 bis 1576 und noch einmal von 1570 bis 1582 dieses Amt innehatte. Es ist kein Bildnis von ihm überliefert. Er wurde später französischer Kanzler unter Heinrich dem Vierten, fiel jedoch wegen seiner Sympathien für die Calvinisten bald in Ungnade.

Für einige der nautische Tipps bin ich Detlef Jens dankbar, dem nettesten und trinkfestesten deutschsprachigen maritimen Autor. Er lebt auf einem Boot im Hamburger Hafen und hat schon drei oder vier Mal die Welt umsegelt.

Davide Venier kehrt zurück – in ›Der Schattendoge‹